JOSTEIN
GAARDER

苏菲的世界系列

探险之书 ｜ 用梦幻的方式进入生命与爱的王国

玛 雅

Maya

[挪威]乔斯坦·贾德 著

江丽美 译

作家出版社

我们正是没人猜测的谜。我们是
困陷于自身形象中的童话。我们是那一
直在前进而未曾抵达理解的东西。

目 录

解开人类生存之谜

傅佩荣

经过一百五十亿年的等待，我终于要动笔写这篇文章了。原来从创造宇宙的大爆炸开始，所发生的一切都是为了成就我眼前的这一件事。仔细读完贾德的新作《玛雅》之后，我很难想到不同于上述所说的开场白。

《玛雅》是一本什么样的书呢？是带有悬疑色彩的爱情小说，还是深寓哲思趣味的散文随笔？或者，是探讨生命起源以至人类演化的科学著作，还是关心永恒并且触及来世与轮回的宗教假设？正确的答案是：以上皆是。如果再加上解说西班牙画家戈雅的玛雅画像的神奇逸事，内容就更完整了。

这简直是个万花筒啊！我们一起来欣赏贾德魔术般的手法。

太平洋探险队的最后一站是斐济群岛中的塔弗尼岛。这里是国际日期变更线所经之处，新的千禧年将会在此露出第一道曙光。法兰克是探险队的一员，专业的生物学者，但是心中常有对永恒的渴望。时间是一九九八年十一月间，西班牙国家电视台派了安娜与荷西，来这里拍摄有关迎接千禧年的背景报道。这一对恋人之间的对话非常特别，好像是背诵古老的箴言，其中蕴藏了某些洞识，但却又不是一目了然的。法兰克的好奇心变得一发不可收拾。

这本书的主要内容，是法兰克从此时开始的所见所闻与沉思冥想。他将这一切写成一封长信，寄给因为女儿过世而与自己分居的太太薇拉。在陆续写下这封信的过程中，他与薇拉相聚又复合，而安娜与荷西的故事也在经过高潮迭起的剧情之后，得到圆满的结局。

"玛雅"一词使人眩惑。我们可以找到一连串与它发音相同的词。南美洲的"玛雅"古文化已经是历史陈述；而印度教的"玛雅"观念依然通行，它是幻象或面纱，遮蔽了真实界，使人们的觉悟显得格外困难。接着，安娜的家族名字正是"玛雅"，源自一个吉卜赛祖先；而这一系列祖先之中，也许有一位叫"玛雅"的女子，曾经提供了姣好的面貌，让画家戈雅画成了名作。安娜长得酷似画中的玛雅，以至常有人觉得她面善。这是遗传基因的巧合？还是轮回转世的例证？

法兰克是生物学者，在研究生命演化的现象时，偶尔会觉得自己像是"当今的达尔文"。既然如此，本书中有关生物演化的观点难免层出不穷。譬如，宇宙的存在是由一百五十亿年前的大爆炸所造成的，但是一直要到四十亿年前才有生命出现，接着是六亿五千万年前像地鼠的生物，演变到三亿六千五百万年前的两栖类，最后，人类成功地出现，不过是最近几百万年的事。想到人生不过数十寒暑，而整个酝酿与准备的过程竟然如此漫长及繁复，我们不禁要问：这一切是为了什么？

忽略这个问题，就会面临旅店中的壁虎对法兰克的质疑：人的大脑多了一些东西，具有理解能力，但是却因此遍寻不着生命意义，以致要靠酒精来麻醉自己吗？人这个物种只会制造借口、寻找掩饰，凡事都要经过伪装吗？当然，壁虎在演化路径上是人类的前辈，在法兰克笔下，则代表生物对人类提出不解之处。它对法兰克说："我是你的双胞胎兄弟，代表你的规矩。"意思是：人与其他物种是同源的，但是人的某些行为显然有违一般生物所遵循的规矩。这其中当然包括科技发展与生态破坏。本书结语有一段是："因此，保留此一星球的生存环境，不仅是全球的责任，并且也是全宇宙的责任。有朝一日，黑暗可能再度降临。而这一回，上帝的神灵将不再浮现于水面。"

这段话提及了"全宇宙"与"上帝的神灵"，正好是我们转向哲学省思的坦途。在此，书中角色暂时退居幕后，因为他们以各种方式表现的，其实是作者贾德的观点。以下稍加引申说明。

首先，关于宇宙的起源，要问它是上帝所造，还是自己恒存？西方近代以来的哲学家，比较偏好"自然神论"，亦即：上帝创造宇宙之后，放手不管，让它自己去发展。这种看法与当代科学界所宣称的大爆炸理论是可以相容的。它一方面不必否定上帝存在，同时又维护了宇宙的自主性。于是，人类可以认为自己是上帝造的，只是方法变成长期的演化。

演化的目的是一般人的意识。人有意识，就好像宇宙终于睁开了眼。人观看万物的眼，正是宇宙观看自己的眼。这里贾德借用的是黑格尔哲学：上帝是无限精神，人是有限精神，由于精神的本质必须活动（因为完全死寂的是物质），所以无限精神是创造了有限精神，好让后者可以回归自己。回归的方法是充分发挥意识的作用，使精神可以经由艺术、宗教与哲学，走向绝对精神的领域。贾德没有详细介绍上述内容，但是在字里行间提醒大家：新的千禧年到了，人类尚在成蛹阶段，如何才能蜕变为美丽的蝴蝶呢？除了展现心灵的潜能，提升精神的境界，此外别无出路。

另一位哲学家的身影也依稀可见，那就是法国的德日进。德日进把达尔文的演化论、柏格森的创化论，以及他的天主教信仰结合起来，说明了生物进化的轨迹与人类未来的正途。关键在于人类跨越过了"反省的门槛"，展现了可贵的自我意识，可以思考、判断、设计与抉择，然后有能力带领宇宙的演化走上正确的方向。这方向就是：由自我意识推扩为"我们"意识，转化为"爱"的行动。他说："在我看来，地球的整个前途，正如宗教，系于唤醒我们对未来的信念。"

贾德提醒我们：科学的年代已经接近"闭幕"阶段。人类通过科学研究所能知道的，大概都已经知道了，所能做到的，也做得差不多了。难道下一步真的是要强力介入宇宙的演化行程，弄得天翻地覆，以致"黑暗之日"再度降临吗？我们面临了生命转弯的地方，那么何不放松心情，减缓脚步，对古老的宗教启迪与哲学智慧，重新燃起请益的热忱。说不定这才是解开人类生命存在之谜的契机！

相较于贾德的成名作《苏菲的世界》来说，这本《玛雅》适合所有具备成熟思考能力的人阅读。其中的哲学分量固然不轻，但是作为主导线索的却是今日流行的生物学知识。哲学与生物学的聚焦之处，正是"人生有何意义？"这样的大问题。《玛雅》中有一句箴言回荡在字里行间："创造一个人得花上几十亿年。而魂飞魄散却只在转瞬之间。"因此，人应该珍惜此生。珍惜的极致，就会像本文的开场白所说的了。

谈到箴言，就是安娜与荷西口诵的那些语句。箴言共五十二则，原本写在五十二张扑克牌上，在玛雅家族中流传。相关的这一段故事是全书最悬疑的部分，而这些箴言究竟说了些什么？说出作者对宇宙起源、生物演化、人类意识浮现等重大问题的看法。每一则箴言都值得省思再三，合而观之，则是浩瀚澎湃的史诗。读来使人心胸开阔，觉得人类与全部生物、整个宇宙都极为亲密，接近庄子所谓"天地与我并生，万物与我为一"的意境了。

《玛雅》若是一本单纯的小说，也许会引起一阵阅读风潮；若是一本哲学著作，也许会受到学者的讨论。现在它兼具两种特质，相信将会带动整个社会的求知欲，促使大家关心一些属于根源的问题。这些问题往往没有明确的、单一的或标准的答案，但是只要想到它们，就会帮助自己的心灵变得比较沉淀、比较稳重、比较内敛，因而也可能以更清醒的意识品味自己的生命。

序曲

对我来说，只有一个地球，一个男人。

我永远不会忘记一九九八年一月，那个朔风野大、潮湿的清晨，法兰克降落在斐济群岛的塔弗尼岛上。一夜的雷电交加，一大早马拉福植物园的园主就忙着修理电厂遭受的破坏。整个食物冷冻库皆已遭殃，于是我自愿开车到马提去接几个新来的客人，他们从纳地搭机，预定在今天早上抵达这个"国际日期变更线"的小岛。安吉拉和乔肯·凯斯对我的提议感激不尽，乔肯还说，在危机之中，你总是可以信赖英国人。

　　这个严肃的挪威人一踏进我的路虎越野车，我便注意到他。大约四十开外的年纪，中等身材，和大多数北欧人一样好看，但他有着褐色的眼睛，头发显得有点垂头丧气。他自称法兰克·安德森，我还记得自己在心里偷笑着，或许他就是那种少见的品种，终其一生感叹着自己的生存缺乏精神与永恒，而被彻骨的悲伤压得透不过气来。这个假设在那天晚上更显得牢不可破，因为我知道他是个进化论生物学家。对那些有忧郁倾向的人来说，进化生物学实在难以令人容光焕发。

　　我在克罗伊登家中的书桌上，有张寄自巴塞罗那的风景明信片，它已经皱成一团，日期是一九九二年五月二十六日。上面的图案是高地未完成的大教堂沙雕——神圣的家庭，明信片背面写道：

法兰克吾爱：

　　我将在周二抵达奥斯陆。但我绝不孤独。如今一切都不一样了。你得打起精神来。别打电话给我！我要在话语干扰我们之前，先感觉你的身体。你还记得神奇不老药吗？不久你就可以尝到一点。有时候我觉得好害怕。我们能做些什么，好让自己妥协于短暂的生命之中呢？

　　　　　　　　　　　　　　　　　　　你的薇拉

　　有一天下午，法兰克和我坐在马拉福的酒吧里，各自捧着一杯啤酒，他让我看这张印着那许多尖塔的明信片。当时我正告诉他，几年前我失去了席拉，他静静坐了许久，才打开他的皮夹，取出一张折叠起来的明信片，将它摊开在我们面前的桌上。上面印的问候语是西班牙文，不过这位挪威人为我逐字翻译，仿佛他需要我的帮忙，才能够抓住自己翻译出来的意义。

　　"薇拉是什么人？"我问，"你太太吗？"

　　他点点头。

　　"我们在八〇年代末期，在西班牙认识。几个月之后，我们便一起住在奥斯陆。"

　　"但是结果不好？"

　　他摇摇头，又点点头："十年后她搬回巴塞罗那。那是去年秋天的事。"

　　"薇拉并不是典型的西班牙名字，"我说，"应该像卡达兰之类的。"

　　"薇拉是安达卢西亚的一个小镇的名字，"他说，"根据她家人的说法，薇拉的母亲在那里怀了她。"

我俯身瞧着明信片。

"所以她到巴塞罗那探望她的家人?"

他又摇了摇头。

"她在那里几个星期，是为了博士论文的口试。"

"真的啊?"

"写的是离开非洲移民他处的人类。薇拉是个古生物学家。"

"她带了谁去奥斯陆?"我询问道。

他低头凝视着手中的杯子。

"桑妮亚。"这是全部的回答。

"桑妮亚?"

"我们的女儿。桑妮亚。"

"所以你们有个女儿啰?"

他指着明信片。

"我就是从这明信片上知道她怀孕了。"

"是你的孩子?"

我看见他全身一阵痉挛。

"是啊，我的孩子。"

我猜是在某个时候，情况变得很糟。我试着拼凑出原形，但还有几个线索要调查。

"这个你会尝到一点的'神奇不老药'又是什么? 听起来真是诱人得要命。"

他迟疑片刻，然后将所有的东西推到一边，带着一抹近乎羞涩的微笑。

"没什么，这实在太蠢了，"他说，"那只是薇拉自己异想天开的结果。"

我不相信他。我猜那是法兰克和薇拉异想天开的结果。

我向酒保要了另一杯啤酒，法兰克却几乎没碰他的啤酒。

"继续。"我说。

他又说了下去。

"我们对生命都有种义无反顾的渴望。或者我应该称之为'对永恒的渴望'。不知道你懂不懂我在说什么。"

我当然懂得！我觉得心跳得太厉害，实在需要下点功夫才能使它安静一点。我只是举起一只手掌，他就明白，我并不需要他来解释所谓对永恒的渴望。他留意到我的手势，显然这不是法兰克第一次想要解释这句话的真义。

"我从未见过一个女人有着和她一样坚定的需求。薇拉是个好心肠的人，也很实际。但是也有很多时候，她活在自己的世界里，再不然就是活在我应该称之为古生物学的世界里。她比较重视垂直的、过去与未来的世界，而不重视水平的现实世界。"

"是吗?"

"她对现实世界的纷纭扰攘不感兴趣。或者是她在镜子里看到了一切。事实上她长得很美，真的很美。但我从没见过她带上一本体面耀眼的杂志。"

他坐在那儿，手指拨弄着啤酒杯。

"有一回她告诉我，年轻的时候，她曾经做过一个很生动的白日梦，有罐神奇的药水，只要她喝下一半，就可以长生不老。然后她就有无限长远的时间可以找到她想要的男人，让他喝下另一半。因此她得在某一天，找到一个理想的伴侣，不是下个星期，就是一百年或一千年后。"

我再指指那张明信片。

"现在她找到那个长生不老药了吗?"

他露出一个投降似的微笑。

"一九九二年初夏，她从巴塞罗那回来。她一本正经地宣布，我们必须吞下几滴她从小就梦想着的那种神奇的药水。现在，我们都有一小部分开始在过它自己的日子。或许在未来的十亿年里，它就会开花结果。"

"你是说，后代?"

"是啊，这就是她的想法。事实上，地球上的每一个人类，不都是几百万年前住在非洲的一名女子的后代吗?"

他抿了一口啤酒，停顿了好长一段时间，我试着再把他拉出来。

"请继续说下去。"我引诱他再说。

他深深望进我的眼里，有如在衡量我是不是个能够信赖的人。

"她那一次来到奥斯陆，就告诉我，如果她有了那个神奇不老药，绝对二话不说分我一半。当然，我始终都没喝到什么'神奇不老药'，不过那个感觉还是很棒。我瞥见她心里有种高贵的情操，作了选择绝不反悔。"

我点点头。

"这年头已经很少人会承诺什么永远的忠实。人们相聚都是只能同甘。但毕竟也有苦的时候。这就是为什么会有很多人干脆切断关系，一走了之。"

这时他变得热切起来。

"我相信我可以一字不漏记得她说了些什么。'对我来说，只有一个地球，一个男人。'她说，'我的感觉如此强烈，因为我只能活一次。'"

"真是刻骨铭心的爱情，"我点点头，"但是后来怎么了？"

他简单明了地说完了。喝完啤酒，他告诉我，桑妮亚在四岁半的时候走了，此后他们就无法再住在一起。太多悲伤在同一个屋檐下，他说。然后他就呆坐在那里，凝望着屋外的棕榈树丛。

这个话题就此终止，只有我还很谨慎地想再为它注入一点生命。

同时，我们的谈话也多少被打断，有一只蟾蜍跳上我们所在的垫高地板。它呱叫了一声，然后蜷伏在桌下，我们的脚边。

"这是一只甘蔗蟾蜍。"他说。

"甘蔗蟾蜍？"

"它的学名叫做 Bufo marinus。它们在一九三六年由夏威夷引进，好对抗甘蔗的害虫。它们在这里可活得兴高采烈。"

他指指外头的棕榈树丛，我们看到四只或五只以上的蟾蜍。几分钟之后，我在潮湿的草地上，数到十几只蟾蜍。我在岛上待了好些天，却未曾一次看到这么多只蟾蜍。法兰克几乎像是吸引着它们一样，再不久，眼前就出现了二十几只。这么多只蟾蜍同时现身让我不由得恶心起来。

我燃起一根香烟。

"我还在想你说的那种不老药，"我说，"不是每个人都敢去碰它的，我想大部分人都只会把它搁在一边。"

然后我将打火机立在桌边，悄声道："这是个神奇打火机，你点着它，就会长生不老。"

他凝视着我，没有一丝笑容。他的瞳孔仿佛正在燃烧。

"不过要想清楚，"我强调，"你只有一次机会，决定之后绝不能反悔。"

他完全无视我的警告，"这没有什么差别。"他说。不过即使在这个时候，我还是不能确定他会怎么做。

"你只要正常的生命期限吗？"我严肃地问道，"或是你想要活在地球上，永远不死？"

法兰克缓慢而意味深长地拿起打火机，点着了它。

我觉得很感动。我在斐济群岛待了将近一个星期，如今我不再觉得孤独。

"我们这样的人并不多。"我的肺腑之言。

然后他第一次露齿微笑起来。我想他对我们的这一次会面和我一样感到难以置信。

"不多，当然，不多。"他承认道。

说完他探起身子，在啤酒杯上对我伸出手来。

好像我们是某个特权俱乐部的会员。永恒的生命，法兰克和我丝毫不觉得这样的想法有什么问题。我们只是对生命的短暂感到惊骇不已。

晚餐时间将至，因此我向他暗示，我们该为刚刚缔结的盟友关系喝一杯。我提议喝琴酒，他欣然同意。

蟾蜍继续在棕榈树丛间聚集，我再度感到一阵反胃。我向法兰克自首，我还不太习惯房间里的壁虎。

琴酒来了，服务生为我们准备餐桌，送上晚餐之际，我继续坐在原地，向天堂里的天使敬酒。我们甚至为那一小撮党羽喝了一杯，这些人对天使永恒的生命始终艳羡不已。法兰克指着棕榈丛中的蟾蜍，说我们也应该敬它们一杯，真是罕见的君子之风。

"它们到底也都是我们的亲兄弟，"他直陈，"我们和它们的关系亲过小天使。"

法兰克就是这样。他的头或许深入云霄，但他的双脚还是稳站在地上。前一天他还向我坦承，从纳地到马提搭的是轻型飞机，他并不喜欢这趟路。他提到有许多乱流，同时因为路程很短，没有副驾驶，心中一路嘀咕。我们边喝酒，他边告诉我，四月底他将到沙拉满加的一个古老的大学城去参加一场研讨会，而且前一天他打电话到会议中心，确认薇拉也已经登记，即将到场。问题是，她是否已然预知他们将在沙拉满加见面，对这点他一无所知。

"但是你希望如此吗？"我冒险说道，"你希望她会去吗？"

他并未回答我的问题。

那天晚上，马拉福所有的餐桌都排在一起，并成一张长桌。这个点子是我促成的，因为有很多来客都是独自一人。安娜与荷西最早进来用餐，他们一进门，我瞥了那张八座创新尖顶高耸入云的明信片最后一眼，将它交给法兰克。

"你留着！"他冲口而出，"我反正每一个字都记得。"

我无法对他声音里苦涩的震动充耳不闻，因此试着要让他改变主意。但他丝毫不为所动，他似乎做了一个重大的决定。

"如果我自己留着，迟早我会把它撕毁。所以最好是你帮我保存起来。而且，谁知道呢？也许我们哪天会再见面。"

即使如此，我还是决定要在他离开日期变更线岛之前，将明信片还给他。但是法兰克离开的那天早上，马拉福发生了一件事让我分了心。

将近一年之后，我真的和这个挪威人再度相聚，像这样绝妙的巧合让生命更有滋味，它定期为我们滋生希望，期待确然有个神秘的力量在看顾着我们，时而拨弄一番命运之弦。

机会向我宣示，在我眼前的，并不仅只是一张风景明信片。从今天开始，我还拥有法兰克写给薇拉的一封长信，那是在四月和她见面之后所写。我认为这是个人得意之作，因为这稀有的信件竟然落入我的手中——假如我不是在半年之后，在马德里巧遇法兰克，便不可能有此殊荣。我们甚至在皇宫饭店见面，他就是坐在这家饭店里写信给薇拉的。那是一九九八年十一月。

在他写给薇拉的信里，法兰克形容我们在塔弗尼都见证到的一些事件。很可理解地，他谈到许多安娜与荷西的事，不过他也提到我们之间的一些对话。

我想要完整呈现这封长信，但时而受到一些诱惑，很想针对法兰克的看法，补充一些我自己的见解。然而，我终究决定在附上自己的太多眉批注解之前，先让这封给薇拉的信保留原貌，重新抄录一遍。

当然，我很高兴拥有眼前的这封长信，有个重要原因是，它让我可以研究五十二种箴言句型。就这点而言，容我简单陈述，若要因此而推论我只是在盗取私人信笺，那就是全然的混淆视听。完全不是这么一回事。不过我在后记之中，会再回头谈及这点。

再过短短数月，我们就要进入二十一世纪。我感到时光的消逝如飞。时间真是过得越来越快。

自从我还是个小男孩——还不是很久以前的事——我就知道，当见到下一个千禧年，我的年纪就已经是六十七足岁了。这个想法总是让我觉得目眩神迷，却也心惊不已。我在这个世纪向席拉告别。她过世的时候才五十九岁。

或许我会在千禧年回到日期变更线小岛。我考虑要将法兰克给薇拉的信放入时光胶囊之中，封存一千年。我怀疑在此之前真有公开它的必要，信中的箴言也是如此。一千年并不长，尤其当你拿它和这些箴言所包含的千百万年作比较的话。然而，要消灭我们这些暂时存在的凡人行过的足迹，一千年是绰绰有余，它也足以让安娜·玛丽亚·玛雅的故事，成为远古时代的一则神话。

在我的余生之中，我想说的这些话是否有人聆听已然无足轻重。重要的是在某一个时刻，应该要有人去说。或许这就是我开始思考这个时光胶囊的原因。也许在一千年之后，这世界不再是这么纷纭扰攘的一个地方。

重新展读给薇拉的信之后，我终于觉得可以开始收拾席拉的衣物。时候到了。有些救世军的人明天会来，他们保证会带走所有的东西。他们甚至会搬走那许多他们根本不想要的古旧物什。感觉起来像是扯下一个老燕巢，好些年没有燕子住在里面。

不久我就会被认定为一个鳏夫。这也一样是人生。我不再燃亮我的眼眸，去看席拉的彩色照片。

思及近来对过去的种种缅怀眷恋，似乎很难想象即使是现在，我还是很想吞下薇拉的神奇不老药。我绝对会喝，甚至连眼睛都不眨一下，即使我无法确定要如何找到另一个人，给她另一半。对席拉来说，横竖已经太迟。去年她唯一能做的就是化学疗法。

明天我已经有了计划。我邀请了克利斯·贝特来与我共进晚餐。克利斯是克罗伊登新图书馆的馆长。我是他的常客。这个小镇竟然有座设有手扶电梯的图书馆，真是莫大的光荣。克利斯是个有商业头脑的家伙。我不相信他在马拉福的酒吧里，会点起我的打火机，或者是因为看到那许多蟾蜍而觉得恶心反胃。

我决定要问问克利斯，一本书的前言通常是在内文完成之前还是之后写成的。就我个人来说，我的理论是，前言几乎难免都是最后一道功夫。这就会和我注意到的另一件事连成一气，尤其是在我读过法兰克写的信之后。

第一只两栖类动物爬上陆地，一直到有个生物具备了形容该事件的能力，已经是好几亿年过去。时至今日，我们才有能力写下人类历史的前言，在历史已经过去许久之后。因此，事物的精髓会咬住自己的尾巴。或许所有的创意过程都是如此。例如，音乐的创作。我想象着，一首交响乐最后完成的部分，就是序曲。我要问问克利斯对这件事情的看法。他有点喋喋不休，不过是属于比较有智慧的那种。我甚至认为，克利斯·贝特也没有办法指出什么喜歌剧的序曲会是最先完成。任何剧情的大纲都无法见到天光，除非它已经没有任何用途。一如雷声从来无法警告我们闪电即将到来。

我不知道克利斯·贝特是否熟知天文，不过我要问问他对以下这段宇宙历史的简短叙述观感如何：

宇宙大爆炸发生一百五十亿年之后，给它的掌声才终于响了起来。

以下是给薇拉的信函全文。

约翰·史普克

一九九九年六月于克罗伊登

给薇拉的信

我们能做些什么，好让自己妥协于短暂的生命之中呢？

薇拉吾爱:

我们上一次见面至今,已经过了两个星期,而由于昨晚发生的事件,或许你会觉得,该是听到我的消息的时候。我只是等着要把所有的枝枝节节收拾整齐。

我在沙拉满加的研讨会结束后,还停留在当地,因为我确信,完全有把握,我在托姆斯河桥下看到的就是他们。你以为我在开玩笑,你以为我又在编故事,只是想让你在回到饭店之前可以一直觉得很高兴。但我真的是看到安娜与荷西,因此我非得花上一两天时间去找他们,否则就无法离开这个城市。就在第二天早上,我在宏大广场撞见他们。但我不能跳着写。我决定要以事件发生的先后顺序,一点一滴告诉你。我先把今天坐下来写信给你的原因说个大概。

过了一个半星期之后——就是前天——我在马德里的布拉多博物馆遇见荷西。几乎像是他在这一大片广大看台之间搜寻我一样。今天早上我们又见了一面。当时我正坐在退休公园的长椅上,细细品味他迄今述说过的故事,但有些片段尚未组合完整。霎时,他竟出现在我面前!像是有人告诉过他,我每天都到那里散步。他坐了下来,我们在那里待了好几个小时,直到我陪着他穿过公园,到阿托加火车站。冷不防,他将一整沓照片塞进我怀里，转身赶上火车。我回到饭店时，发觉每一张照片背后都有文字。正是箴言，薇拉！我手上拿着一整套的纸牌。

荷西在公园里对我说的话，外加他在消失之前给我的物件，让我终于可以在离开这个城市之前，将整则故事寄给你。如今已是午后，我今晚不会睡得太久。我将喝杯咖啡，吃点服务生送来的食物，除此之外，再没有其他杂务的干扰，我唯一的任务，就是将这封书信寄给你，然后我将在星期五早上，启程前往塞维利亚。

或许你还不能直接上网，想到这点我就觉得有点麻烦，而且总是忍不住想要片片段段地交出这份报告。但是你无论如何都会一次收齐，全部收到，否则就是一无所有。我想到，或许我应该先寄个电子邮件给你，警告你，明天的某个时候，你会收到一封更长的信。但是，我甚至无法确定你是否会想再听到我的消息。无论如何，我得使尽全力让你相信这则故事，而我根本都还没开始。

我在斐济陷身这个蜘蛛网内，但我不记得已经告诉过你多少。我们只有几天的相聚时光，而且我们都觉得应该要谨慎地保持一点距离。但是当我想到，我亲眼重见那对来自斐济的绝世夫妻，一切话语便倾匣而出。我不记得说过了什么，有哪些尚未触及，因为你不断用响亮的笑声打断我——你以为我都是当场的信口胡诌，像是那种夜间的娱乐，只是盘算着让你始终与我相守河畔。

你自然会怀疑安娜与荷西怎可能对你或对我们寄予关心。或许我应该要稍事提醒，有一回你从巴塞罗那寄了一张明信片来。你写道："我们能做些什么，好让自己妥协于短暂的生命之中呢？"如今我再度提出这个问题，为了回答你，我得先谈谈安娜与荷西。要看清这趟任务的全貌，你得和我一道走回较深远的过去，或许得深入泥盆纪的远古时代，当第一只两栖类动物现身之时。我想那是这则故事的起始之处。

无论你我之间有任何变故发生，我都会要求你帮我一个忙。至于现在，先坐下来读信。只要读信！

最后一眼最珍贵

就像悲伤的亲属在争论着，究竟谁和亡故的人说了最后一句话。

我的太平洋探险队已经历险两个月，我的最后一站，是斐济群岛的塔弗尼岛。我的任务是要调查一些外界引进的植物和动物种类，了解它们对该地的生态平衡有何影响。这包括一些像老鼠、昆虫和蜥蜴这类偷渡客，以及多多少少由计划引进的物种，如小型袋鼠和猫鼬，那是为了控制其他动物，尤其是要控制可能影响新型农作物的害虫。第三种则包括野放的家畜，诸如猫、山羊和猪，也别忘了那些为了烹煮之用而引进的动物——或为了狩猎游戏之用——例如兔子和獐等。至于引进的植物，无论是装饰用或为了实际用途，物种的名单在每一座岛上都不同，冗长不宜赘述。

　　太平洋南方的这个地带是这类研究的宝山。不久之前，这些单独存在的小岛有它们自己风土特有的原始生态平衡，动植物的种类繁多。今天，大洋洲的濒临绝种动物比例居于全世界之冠——无论以它的幅员大小，或是人口多寡计算。这并不只是因为新品种的引进；在许多地方，森林的滥砍滥伐，以及没有详加规划的农作物种植，都造成严重的水土流失，终至破坏了传统生态。

　　我参观的小岛之中，有几座在不过一个世纪之前，和欧洲文化都没有任何接触。但是接下来就是欧洲最近的一波殖民行动。每一座小岛，每一个新的殖民地，每一片陆地，自然都有各自的故事。但是，生态的后果都是同一种令人沮丧的模式：在轮船夹层中躲藏着的老鼠和昆虫，基本上就是生态的污染源，它们随着第一艘船自动莅临。为了弥补这些生物所造成的破坏，新的物种被引进了。猫是为了减少老鼠数量，蟾蜍是要控制某些昆虫，尤其是甘蔗的害虫。不久，这些新的物种便成为更可怕的害虫，破坏力远超过那些老鼠和昆虫。因此必须引进其他的杀手。最后，这些动物本身又会成为生态的另一个大灾难，不只影响到一些鸟类，还危害到许多独特的原生爬虫类。因此又需要体型更大的杀手。诸如此类，薇拉，无休无止。今天，我们更相信毒药、病毒和各式各样的不孕剂，换句话说，就是化学战与生物战。但是，要形成一条新的食物链并不是那么容易的事——如果真的可能做到的话。相对地，要破坏地球花了千百万年才形成的生态平衡，却是易如反掌。但是这个世界率性而为的作风并没有国界。我在想着那骄傲自大的剽悍与愚昧行径——在白人前来兴学之前，毛利人和美拉尼西亚土著有着如此丰盈的资源未经开发。我在想着利益与贪婪的愚昧行径。现在我们用些好听的话来粉饰这一切，例如"全球化"和"贸易协定"。这给我们一种印象，似乎食物已经不再作为果腹之用，而是一种商品。人们过去都可以由土壤中取得所需的一切，但是到了今天，人们已经制造出成山成海、毫无用途的手工艺品，供最富裕的人挥霍享用。我们不再过着简朴而衣食无虞的日子。天堂的岁月已经过去。

你比谁都清楚我对爬虫类的兴趣。自从少年时期，我对远古时代地球上的生物便深深着迷，因此我才会成为生物学家，而那还是在恐龙突然蔚为风尚之前的事。我想知道这些特殊的爬虫为何会灭绝殆尽。还有一些从来没放过我的问题也时时吸引着我：如果恐龙没有绝迹，现在的世界是何等样貌？我们那个老祖宗，那小巧的地鼠一般的哺乳动物又该如何？更重要的是：恐龙可能会有哪些遭遇？

在大洋洲，我有许多机会研究几种远古时代的爬虫类。有一种重要的动物是古老的鳄蜥，它住在新西兰附近的一些与世隔绝的小岛上。冒着惹你不悦的危险告诉你，当我见到最古老的爬虫类在联合古陆块仅余的古老森林里活得神采飞扬时，内心充满了如梦似幻的感觉，我实在很难形容。这些原始爬虫类住在地底的洞穴里，通常都和海燕住在一起。长到七十厘米长时，体温大约只有九摄氏度，它们可以活上一百多年。你如果在夜里看见它们，会觉得好像回到了侏罗纪的时代，当时冈瓦那古陆块正要和劳亚古陆块分开，那些巨型恐龙才正要进化出来。就是在这个时候，喙头目爬虫变得和其他的蜥蜴不同，成为一种小型而韧性极强的爬虫类。它唯一的现存代表就是鳄蜥，有大约两亿年的时间没有任何变化。

这简直令我难以喘息，薇拉。鳄蜥的存在，其令人惊异的程度，不下于人们在这些孤绝的岛上发现一只史前时代的小鸟。是的，像这样的事件的确曾经发生过，在一九三八年十一月二十二日，南非东岸的外海，曾有一艘渔船捕获一条肉鳍鱼，即所谓的腔棘鱼类。这种叶状鳍的鱼类对进化十分重要，因为你我和每一个陆地上的哺乳动物，都是这些动物的子孙，而这些动物在一九三八年的圣诞节之前，都只能在化石中发现，而且人们假设它们在大约一亿年前都已经绝迹。腔棘鱼和鳄蜥都可以称得上是"活化石"，或许我应该加个"截至目前"。自从鳄蜥在新西兰广为繁殖至今，也还没有几年。

我从来没见过任何同僚对动物物种的描绘令人感到激奋。我的兴趣总是集中于物种的进化，这总是要大幅依赖化石的遗迹。上个世纪最轰动的化石，无疑就是最新发现的羽翼恐龙。这项发现提供了绝对的证据，即小鸟是恐龙的后代。你或许也可以说，小鸟就是恐龙！

我并不是说，我对老骨头和化石不感兴趣。然而，自从我开始和存活的物种打交道以来，我就宁可自己进行野地调查，不要利用别人的专题论文，让自己浸淫在比较有系统的分析中。至于鳄蜥——和其他特有的古老物种一样——最主要是因为它的居住地本身在一亿年来都保留住完整的原貌。啊，是的，我不否认，当我俯瞰那些绿色、青绿色和淡蓝色的珊瑚礁岩，从一座小岛飞到另一座小岛时，偶尔会觉得自己像是当今的达尔文。

在斐济群岛，我尤其感兴趣的是研究那些稀有的冠毛鬣蜥，它们唯一的居住地是一些在一九七九年之前还没有人提过的小岛（由约翰·吉本首度对外公布）。斐济群岛有两种鬣蜥，这点本身就够迷人，因为在亚洲，除了斐济和东加群岛之外，还没有人发现过这些物种。人们总是假设它们是以一种神奇的方式，从南美洲搭上漂浮的植物残骸，来到这里！这当然是一种可能，因为搭乘木筏漂洋过海之类的事，或许并非仅限于灵长类。然而，南太平洋大学的彼得·尼维尔教授曾经指出，斐济群岛鬣蜥的生物历史，或许比我们原先的估计来得长远。他写道："最近发现的鳄鱼半化石——它有能力游上一千公里——意味着鬣蜥在当地存活的时间超过我们原先的想法。我们认为它们是从联合古陆块过来的遗物，当斐济——和其他像新西兰、澳洲和印度——还属于尚未分裂的大陆板块之时。鬣蜥还出现在马达加斯加岛，它在一亿五千万年前，也是联合古陆块的一部分。"

但是我现在不应该再唠叨我的研究。你会有很多机会看到它们，这份报告应该会在跨越千禧年之际面世。还有，当然，你得先有兴趣才行，请给我这点保证。

我正从奥克兰港返家途中，新西兰航空公司每星期会有几次给乘客方便，从纳地和夏威夷飞到洛杉矶，再转机到法兰克福。没有人在家等我——真的没有——因此我决定要在斐济群岛停留几天，有一部分原因是要消化我在热带群岛中的所有印象，另一个原因则是，我希望在继续长途旅行之前，能够稍微伸展一下躯体，恢复体力。我在十一月抵达大洋洲时，已经在斐济群岛待过一个星期，但我还没有机会去拜访这个岛国的精华部分。我指的是塔弗尼岛，人们往往称之为"斐济的花园岛"，因为它茂密的花木举世无双，有如世外桃源。

那天早晨由纳地到塔弗尼的班机已经客满——结果是我的行李随着那客满的飞机而去，我和另外四名乘客则被挤进他们所谓的"火柴盒飞机"。我告诉你，真的是名副其实。我们确实必须爬进那袖珍的六人机座。机长欢迎我们登机，他快活地宣布，这趟旅程很不幸将不提供点心，并要求我们没有必要的话，不要在中央通道上走动。他在旅客之间，成功地挑起一阵断头台式的幽默，而且他向我们行礼的手，有两只手指断了一半。"中央通道"有六英尺宽，机上的人都不可能去想到食物的问题，因为打从飞机起飞，乱流便将飞机甩来甩去，引擎则是疯狂地拖着我们，飞过维地雷福岛上若隐若现的塔马尼维山。

据说机长是个退休飞行员，他决定搬到斐济群岛，只因为他拒绝挥别驾驶杆及高度计。但他算是个好得可以的家伙；我坐在那儿，两脚顶着他的椅背，他却不断转头对着我们开心地微笑，问问我们都是哪里来的。每逢有人问起我们目前在地图上的哪个地方，他就热切地指着下方的珊瑚礁、海豚与飞鱼，天南地北地闲聊。

你大概猜得出来，我在那儿如坐针毡，一颗心都快跳出来。我很习惯搭轻型飞机，在前一个星期里，我除了从一座小岛跳到另一小岛之外，其实是一事无成。但我必须承认，搭上只有一位飞行员的飞机实在让我坐立难安。你大可以说这种恐惧感完全没有理性可言，完全是一种怪癖；是的，我好像可以听得见你这么说，因为汽车也一样只有一位司机，而且，你说，死在路上的人，要比在空中阵亡的人多太多。这或许也对，只是突然间的微恙不振实在很难打折了事，尤其当你身处五十万英尺的高度，而机长已届古稀之年。在这种热带气候的热浪之下稍感晕眩并非完全不可能，它只是人性的一部分。这些事情就是很难避免。

在这许多旅程之后，我担心的不是技术过失；相反地，我怕的是根本上的不足。我静静坐着，一种不过是凡人的感觉油然而生，且滋长着，一只血肉充填的脊椎动物被绑在飞机座椅上。英勇地坐在我的前座、操纵摇杆的男子也是一样的，而他的年纪比我大了三十岁。这项认知带来一种难以平复的症状，像是抵达马拉松赛跑终点之前的脉搏速度，而如果我的心脏每分钟跳动两百次，那么，我想，都是拜这位飞行员之赐；遑论他的胆固醇有多高，他的心血管状况如何。我对这位殷勤和蔼的家伙一无所知，也没帮他做过医学测试，更不知道他那天早餐吃了些什么。然而，我发觉自己对这位垂老驾驶的内在自我毫无所悉，这点更是令我有如芒刺在背。或许他相信永恒的生命——这是具有危险性的思维，从事他这种工作的人不能有这种信仰——我的意思是，没有副驾驶，机上只有付钱的乘客；毕竟这种情形不多。他可能最近为一名女子所骗。或者他可能坐在那儿，带着骇人的消息，就在那天早上稍晚，他必须供出自己盗用巨额公款。无论塔马尼维山、海豚或是珊瑚礁都不能带给我丝毫愉悦。它在我的下方无限遥远之处，我却被关在这里，我出不去，我逃不了。我想念我的琴酒，如果我带着它，绝对会将它凑到唇上，丝毫不感到羞耻。我只是很幸运地将行李送到预定行程中的飞机上，我那一瓶镇定剂就在皮箱里。

这和我的"害怕飞行"完全没有关系，薇拉，同时我希望你会明白，截至目前，我的一切描述都不是旅行见闻演说。我想表达的，只是我自己对生命的觉知。就某方面来说，它和我如影随形，不过在正常时刻，它只会在两种情境之下浮现：当我在早晨醒来，以及偶尔喝醉的时候。是他们说的，微醺状态，但是就我的情况而言，我认为，比起混乱的日常意识，醉酒的时刻会引发一种比较赤裸、未经修饰、而更为诚挚的心理状态——至少是在谈到大问题的时候，而这也就是我们现在要谈的。我将自己持续存在——或是不存在——的任务，交给一位退休的飞行员，在一架火柴盒飞机里，机舱的窗户有裂缝，各种仪器都像拼装组合而成，因而我突然冷静清明得可以直达性灵层面。唯一的不同点是，我的机能比前述二种更加警醒，因为我既非呈半睡眠状态，我的神经元突触也没有遭到酒精麻醉。

好，这是我第一次搭上一架只有一位超级耆老驾驶员的飞机，这个人只能用三个完整的指头握着操纵杆，另两个指头只有一半。至于我，只要是新的一天开始，我都会醒来，不过我也经常会喝上几杯，让自己进入一种更真实高贵而且其实更清醒的心理状态。因此实在有必要更进一步谈谈我当时的感觉与想法，当我从纳地飞往塔弗尼岛，在那云端的七十五分钟。也正是时候，因为我不久就要开始描述我和安娜与荷西相见的情景，当然还有高登，到目前为止我还没提到他，虽然我和他的谈话让我在岛上的时光增色不少。

有些事情，我总担心对你说并不恰当，虽然我觉得自己一定曾经提过几次。我指的是一个早期的童年经验，发生在靠近奥斯陆的老家。当时我一定是在成长中的七八岁时候，不过反正那是在我的八岁生日之前，因为就在那个时期，我们家搬到马德里住了四年。我还记得我在树林里的小路上跑着，口袋里装满了四处找来的榛果，我想立刻拿给我的母亲看。突然间，我看到一只小鹿躺在潮湿的森林地上，满地铺着秋天厚厚的落叶。那些叶子令我永远难忘，因为有一些，我记得，也落在小鹿的身上。我以为小鹿在睡觉，虽然不是很肯定，我还是悄悄爬近小鹿身边，想碰碰它或帮它把身上的黄色红色叶子拨下来。但是小鹿并不是睡着了。它已经死亡。

这只小鹿竟然死了，我竟然是那个发现小鹿死去的人，这实在太丢脸，我绝对不敢告诉我的父母，或是我的祖父母。假如那只小小的鹿可以躺在森林的土地上毫无生息，那么要轮到我躺下死掉也是一样容易的事，而这个洞见——虽然这是再明显不过的道理，大多数儿童却总是受到保护而无从得知——此后便跟随着我，成为一种肉体的知觉。我自作聪明地将它隐瞒下来，却自然将此事件化为伤痛——让我直觉地想去找牧师或去做心理治疗。假如我当时是去找妈妈哭诉，几乎就可以确定我会得到力量，来克服这场不愉快的经验。但是我不能说，对任何人都得保持缄默，因为这实在太可耻，太不名誉。一阵光芒耀眼刺目，让我看到，我也是个血肉之躯，此刻存在于地球上，但是这个人，终有一天将不复存在。

面对小鹿的那场遭遇也让我对大自然产生兴趣。至少，在那遍地落叶的森林里，一次天启的经验影响到我未来的专业研究方向。因此，当我还是个喜欢追根究底的十二岁少年，就已经知道宇宙大爆炸和宇宙广远的距离。我总是觉得我所居住的世界已经有五十亿年的历史，宇宙的年纪比它老了三四倍。

这种我可能会完全停止存在的想法，这种我只能来这里走一遭、再也不能回头的想法，让我觉得惊悚不已。因此我得设法稍稍安慰自己，我将自己和我那短暂的生命放在一个比较广大的背景中，认识到个体不过是波澜壮阔的生命历程中，极微渺的一个部分，是一个微不足道的小碎片，附着在比我强壮伟大太多的事物身上。同样地，我试着去增加对自我的认同感，我自己的自我，但总是得牺牲那小小的自我，那个在任何时刻都可能遭遇和那小鹿一般命运的我——那已遭分解，仍深埋在我潜意识内的残骸，不再起身，不再动弹。我练习着，随时都在练习——虽然我的进展实在有限，无法真正将自我解放。每天早晨它冲击着我。我是唯一的我，我就在这里，只有在这个时刻，你我都背负着宇宙本身存在的意识。

从永恒的观点来看一个人的生命，你可以说它平凡而值得敬重，或者是一个有智慧的杰作，但是这么说不见得可以让你觉得心平气和。我——这个可怕而有意识的灵长类——有能力在记忆里拥抱我们宇宙的全部过去，从大爆炸到比尔·克林顿和莫妮卡·莱温斯基这两个我们当代最负盛名的人，到能够叫出除了这两人之外的人名，但是明白这点还是无法让我安顿下来。拥抱更远大的时空并不能让你心情宁定，我想还正好相反：它只会雪上加霜，或许比较有效的是找个心理治疗师，将我潜意识里那浮肿的动物尸体挖掘出来——虽然我相信为时已晚。

说完这个，我们可以再回到那狭窄的飞机座舱，那里不是只有那早晨昙花一现般透亮的光——它总是在刺激我的神经，说我是个过度理性的脊椎动物，总不时地要面对一个只剩几个月生命的事实。这些见解在那七十五分钟内承受密集的检验。现在情况更加危急，因为很可能在几秒钟之后，我的生命就要在地球画下一个休止符。控制飞机的那只灵长类不经意地摊开一张大地图，将它塞到坐在我右首边的一位女性灵长类膝上，而她自称为罗拉。我实在不喜欢飞机的航空术堕落到这样的水准，椅子向后靠到接近好色边缘。我说了这些话，并不表示我觉得这些同机的乘客不是好伙伴，相反地，每一个我都很喜欢，如果要寻求安慰保护的话，我还可以把头靠在他们每个人腿上。我觉得自己像一只可怜的蜥蜴，一只全身痉挛而其实应该留在地面上的生物，这使我更加相信，这位已经玩腻人生、稍显自大的人，正在驾驶飞机的老先生，是一只蜥蜴的后代。因为你正在读这封信，同时由于你几个月后在沙拉满加遇见过我，你知道那架飞机着陆的时候还是完整的一架。重点是，这趟飞行挑起了一种难以脱离的感觉，我只是个处于生命正午时刻的脆弱脊椎动物，事后证实，这种感觉在剩下来的半天之内都没有消除。

　　塔弗尼岛的机场名为马提，它似乎是专为火柴盒小飞机设计的。飞机跑道是一条狭长的草地，两边种满四方飘摇的椰子树，就连机场建筑物本身看起来都比较像是个路边的巴士站，里面几张蓝色长椅和一个迷你电话亭。我的行李按时抵达之前，有一个小时的空闲时间。马拉福植物园派来接机的车子和载运行李的飞机同时抵达，我得忍受这辆车子三天时间。

　　我并不想岔开话题，我得按照适当顺序叙述每一件事情。因此，如果我想绘画，粗略地画上几笔"花园岛"，并不是要显示我粗心散漫，而只是要让安娜和荷西有个所在的环境，根据我的记忆，他们永远都是互有关联的。

至于"花园岛"这个名字其实应该改为"最后的天堂"。因为"最后"（last）在几十年后，可以很容易便改为"失落"（lost）。我可以向你保证，大多数观光客根本就不会注意到这个小小的改变。

我们这个物种向来觉得"最后"与"失落"都有种奇特的魅力。想到未来的世代可以享受某些事物，你会觉得欣慰，但是比起看到某些即将灭绝的事物，这种快乐感就差多了。最后一眼总是最珍贵。就像悲伤的亲属在争论着，究竟谁和亡故的人说了最后一句话。

逐渐地，当世界越变越小，观光事业的区隔越来越精细，我预见死亡观光业光明的未来："看没有生命的贝加尔湖！""只剩几年马尔代夫就要沉入水中"，或是"你或许是最后一个看到老虎的人"！找到的例子将是不可胜数，因为天堂越来越少，它们在逐渐萎缩，遭到掠夺，但是这并不会阻止观光业的发展，正好相反。

比起许多我参观过的小岛，塔弗尼岛到目前为止和西方世界的接触还算幸运。是这个火山岛起伏的地型限制了观光客与种植业的发展。黑色熔岩的海滩也让观光客却步，小岛东北角的海岸确实培养出几个未遭破坏的白色珊瑚沙岸，不过这里的问题就是雨量太多。这种肥沃的火山土加上丰沛的雨量，使得十九世纪初的欧洲殖民者在这里发展了一些农业。一开始，高经济价值的棉花是主要产品，但是当棉花价格急剧下滑，南端的甘蔗园就开始显现其重要性了。今天，椰子树和观光业是这个小岛的最主要经济事业。这里的观光业指的是所谓的生态观光业，因为在这里除了享受繁茂的树林之外，基本上是无事可做的；没有购物中心，没有夜生活或现代化的四层楼饭店区，这个岛上没有电视连线，电力也不足。

最后两项使得街谈巷议的传统依然留存。岛上在下午六点钟天色便暗了，然后就轮到各种流言上场。或许某人去钓鱼了，某人到了森林深处探险，第三个人在某一条河流遇到一个迷路的美国人，每一个人都有话要说。古老的神话与传奇也生意盎然，因为在塔弗尼岛，除了自娱之外，没有其他娱乐。来自全世界的潜水夫和潜艇换气装置，都是为了要在这令人惊喜振奋的彩色万花筒里，观赏珊瑚和海底生物。此外，小岛还拥有全世界最奇异的鸟类，稀有的蝙蝠，而且你还可以到森林和丛林中漫步，当然，还可以在沙滩上和迷人的瀑布下方游泳。

这里有一百多种鸟类，其中有些是当地的特产——像是带着橙色胸部的著名鸽种——没有人在这里引进印度猫鼬。然而，为了控制昆虫在植物上的数量，人们带进鹊鸟与蟾蜍。鹊鸟占去天然住民的空间，蟾蜍则将原住民青蛙赶到更深的森林里去，但是塔弗尼岛独特的鸟类族群还是完整得令人讶异。蝙蝠也是一样的，其中包括巨型的狐蝠，它的翅膀宽达五尺，它也被称为飞狐或"贝加"。水煮贝加在较年长的居民眼中是一道美食。

塔弗尼岛有一千多种已经确认身份的植物种类，其中有不小的比例是本地特有的物种。沿岸有大片红树林和椰子树，小岛内部则是繁芜蓊郁的羊齿雨林和本地特有的树木。今天还有大量的热带花木，如兰花和芙蓉等。斐济的国花塔吉毛西亚花就是只能在这里和邻近的凡纳雷福岛上看到。

在这里，水中动物的种类是最多的。你甚至不需要换气装置就可以看到丰富多彩的鱼、软体动物、海绵、海星和珊瑚。谈到南太平洋和塔弗尼岛四周的海域，很难不用这样的形容词："名副其实的万花筒""七彩缤纷的彩虹"。我有种感觉，许多物种都比外界的一般物种更为精致迷人。

　　谈到岛上原来的地面脊椎动物，除却它那多种多样的鸟类不提，每一类都有代表性的动物，虽然种类并不多。在一九三六年从夏威夷进口蟾蜍之前，两栖类的最佳代表是青蛙。除了鬣蜥之外，唯一的爬虫类就是几种壁虎和蛇。然而，今日最引人注目的爬虫类就是具有娱乐效果的家居蝎虎，虽然在一九七〇年代之前还没有它的踪迹。蝙蝠是唯一值得夸耀的原住民哺乳类，它有属于自己的绝妙生态环境，因为它的适应能力极度与众不同。三百五十年前，最先来到岛上的人类居民必然是将它们和波利尼西亚鼠一起带来，以作为一种食物来源。

　　因此，塔弗尼岛的脊椎动物原住民是以鱼、青蛙、蜥蜴、鸟、蝙蝠和斐济人为代表——目前有一万两千人。这座小岛于是展现了一种风格独特，而且近乎是透明的脊椎动物发展史。

　　事后看来，我们不难理解，这个星球上的脊椎动物如何依照我们定义的阶段演化至今，从鱼类到两栖类，从两栖类到爬虫类，最后从爬虫类进化到鸟类、蝙蝠和斐济人。

　　你是否想过，人类自治史的"主流"纯粹是依照进化的条件而来，或者用另一种方式来说，我们这些脊椎动物在许多方面还是非常古色古香的？或许你曾想过，人类的骨骼和蜥蜴及蝾螈是多么的类似。果真如此，相对地，你还会注意到，假如我们以树干来比喻史前的骨骼、锁骨及拥有四肢与五只手指及脚趾的模型，大象和骆驼就像从树干上掉下来的、相当怪异的水果。从泥盆纪被压挤的生物，到今日人类征服月球，道路上走的其实是像蝾螈一样的两栖类、像哺乳类一样的爬虫类，以及最后的灵长类。道路上当然还有许多出口，还有一些溜滑的路段，这一切便构成迷人的公路网。

现在我几乎可以听见你抗议的声音，你喊道，你怎能如此以人类为中心呢？进化无论如何并不是一种线性的过程，它也不是刻意安排而来；进化所暗示的大多是树丛和花椰菜，而不是直线或树干。我有什么权利在芸芸众生之间，找出一两样物种，说它们比较具有代表性？不过这就是我现在要说明的；我只是觉得自己和蜥蜴的亲属关系，重于和狐蝠或蓝鲸之类的哺乳动物。我不是蝙蝠或蓝鲸的后代，也不是长颈鹿的子孙，更不是猩猩演化而来，我是肉鳍鱼，然后是两栖类，然后是比较像哺乳类的蜥蜴的直属后裔。

岛上脊椎动物的零星分布让我觉得，它是地球上生命演化的一个活生生的伟大图形。我发觉自己置身于达尔文进化论的展示厅里，我想的并不只是青蛙、蜥蜴、蝙蝠，以及斐济人的四肢和它们共有的五趾结构，只不过斐济人令人印象深刻的长脚掌和脚趾，在每一点上都和蜥蜴的四肢一般华美。

谈到斐济人，有一点值得一提的是，除了老鼠和蝙蝠之外，他们食物中唯一的肉类就是彼此。在十九世纪结束之前，食人风是很普遍的，而在二次大战末期，还有一位落单的日本士兵威廉被斐济人当生菜沙拉吃掉。小岛有能力将雨林和环境保护得如此完整，这点实在功不可没。我并不是想利用我们或许称之为互相耗损的方式来进行人口控制，而是这种食人的行径，算得上是自然生态用来预防白人侵略行动的措施。亚伯·塔斯曼（一六四三年）和詹姆斯·库克（一七七四年）都曾经航过斐济群岛，但是因为传闻这些"食人岛"十分危险，而使得他们不愿冒险登陆。在丰富号皇家战舰的叛变之后，布莱船长和他的军官驾着一艘小船经过几座小岛，而即使像他们这样的饥饿与疲累交迫，也还是不敢去偷个椰子果腹。在十九世纪初期，第一批欧洲人抵达这片小岛王国。有些故事说道，传教士受到热情的欢迎，还设宴款待他们吃些真正的土产菜色；气氛很是融洽，因为餐后他们照例宣布，饭前菜是女人的胸部，主菜是男人的大腿，甜点则是人脑。土著甚至用人手设计了一种方便执用的四尖叉。有一位传教士——很讽刺地，他叫做贝克牧师（有"面包师"之意）——自己就在一八六七年被变成了食物。因此接下来就是大炮、枪和火药，剩下来的就是殖民的历史了。欧洲人在斐济群岛所做的第一件事，就是拔除价值不菲的檀香木，稍后，他们进口六千名印度种植工人，因此群岛上有一半以上的人口都是印度人。流入的这批人力带来一系列传染病与疾病；首先是霍乱，它造成几座小岛杳无人烟，一八九〇年的一场麻疹，更使得三分之一的斐济人民死于非命。

我看出这一切事件之中，隐藏了一个发人深省的问题：在斐济群岛的某些岛上，生态平衡保持得相当完整，那是归功于白人畏惧岛民的食人恶习而不敢上岸。这种理论相当诡谲，我对这样的文明多少有点同情，在青黄不接的时节，它的人民会自相残杀，但我宁可它是如此，也不要因为竞争而必须灭绝其他的每一个物种。食人主义必须被看成是对我们所谓"天赋人权"的侵害，这点我接受，但是西方国家对生态的唐突莽撞也一样违反了人类应尽的责任。现在，"天赋人权"已经有了两百多年的历史，我想问的是：我们什么时候会负起"自然责任"？

既然已经触及公元二〇〇〇年的话题，最后就让我来谈谈另一个与"斐济花园岛"相关，显然似非而是的理论。命运注定它就坐落在国际日期变更线上，因为它正好在东经一百八十度，和格林威治的皇家天文台在同一条线上。严格说起来，这小岛有一半是今天，而另一半则是昨天。或者当然还可以说：有一部分是今天，另一部分是明天。我称此为命运的原因是，在人烟聚集之处，塔弗尼岛将会是领先见到第三个千禧年的地方。不会没有人注意到它的。

　　我不是唯一被路虎越野车接走的人。另有两位客人也要前往同一个目的地。我们在机场等待行李时，曾交谈数语。其中之一是罗拉，她和我们那位老飞行员调情之时，曾显示她对飞机的热爱，当时我正在翻阅地球的家族照片，一场走过一场，从寒武纪早期的第一个细胞分裂，到我自己被分配在这世上的时刻。

　　罗拉来自阿德莱德，年近三十，颇具姿色。棕色发亮的皮肤，长长的黑色发辫，看上去有几分印第安女子的风貌。在她的诸多特色之中，有一项是，她的一只眼睛是绿色，而另一只则是褐色。有些人在绿色的眼睛里，会有一小片褐色，或是在棕色的眼睛里有一丝的绿色，但她有完整的一只绿眼和一只褐色眼睛，这是一种稀有基因，我不记得曾经见过。我还注意到在她那不容小觑的帆布背包上，有一枚世界野生动物基金会的徽章。罗拉够迷人，算得上独树一帜，让我忍不住要对她多看一眼，但她对机场上肤浅的萍水相逢显然不屑一顾，一心埋首于她的《寂寞的星球》（一本知名的旅游指南），忙着要读懂这个小岛。

　　我的另一位同伴是比尔；我想他应该也提过他的姓，但我一转头就忘了。他已经五十好几，来自加州的蒙特雷市，他显然是个由年轻人负责供养的退休老人，手头宽裕，追求冒险。我很快为他勾勒出一幅图形，他是个典型的北美个性代言人，也就是毫无限制地、尽其全力体验世上的所有欢娱，而没有配偶、子女或密友之类的社会关系让他分心。比尔有点像个孩子。我记得，当时我想到有些人从来都不会长大，只是变得非常有钱——往往也非常年迈。

来接我们的是个英国人，自称约翰。他身形壮硕，大约六十开外的年纪，不穿鞋至少也有六英尺三英寸高，一头灰色的头发，以及已经接近纯白的两旁鬓毛。后来我才晓得他并不是马拉福的员工，而只是和我们一样的观光客。因为园主正忙，所以他主动来接我们。他似乎很想赶紧认识新的客人。

汽车不久便行过乡间小路，朝马拉福植物园驶去，我对当地的美景惊诧不已。该植物园内有十座茅屋，还有一栋总馆，散布在一座老旧的椰子农庄里。这些茅屋，在他们岛上被称为"布尔"，都建在山脊上，在茂密的丛林和摇摆的椰子树之间，俯瞰着大海。因此几乎无法从一座茅屋远眺另外的一座，或至少遥望别人的门。总馆的建造方式比较像是岛上传统的社区活动中心，墙壁四面开放，挑高的山形屋顶上盖着棕榈叶。它壮观的木头地板上有一个可以作为接待区的空间，有酒吧和餐厅，名称是响亮的"瓦纳纳福"，还有一片宽广的舞池。

在登记进入旅馆的手续完成之后，我们在酒吧里一一接受欢迎，被献上椰子，外加一个绚丽的芙蓉花圈和一根草。我们坐在那里闲聊，而马拉福那天早上必须上班的人一一来向我们问好。"布拉！"他们说，"布拉！"在斐济群岛，人们经常将这句土著问候语挂在嘴上，以至它几乎已经成为一句口头禅。但比起大多数其他语言的相对文字来说，它的意义更为广泛。"布拉"可以代表的意义从"嗨""哈啰"和"日安"，到"你好吗""好好玩"和"再见"等。

每一个人都知道我叫"法兰克"，比尔是"比尔"，罗拉是"罗拉"。仿佛在过去的几个星期以来，整个地方的人都没有事做，只是全心全意准备迎接我们的到来，让我们觉得像是精英一样特别。我们来到马拉福是打算涤净自我，重生成为一个全新的个人。比尔发现斐济文的"马拉福"意指"宁静详和"，罗拉则是想找个最合适的地方，去看看该岛名闻遐迩的鹦鹉。

有人陪我经过一座游泳池，穿越棕榈丛，到布尔三号，片刻之后，我在阳台上坐了下来，望着大海，满心虔敬地品尝那今日世界已然寥落的自然珍宝。我指的是宁静——人类这个种族基本上已经将它完全根除。

我终于又站在陆地上，虽然我实在无法感觉到自己已经确实降落，真正把那班飞机抛诸脑后——即使我已经确知，飞回纳地的班机上一定会有我的位置。我还处于一种坐立难安的恐慌之中，我相信自己永远无法摆脱这种精神状态。感觉起来像是我在享用一杯冒着泡沫、令人兴奋的透明酒精，但是心里明白，这回它绝不会离开我的身体。

我听过医生变成忧郁症患者，登山的人患了惧高症，牧师失去他们的信仰。我也一样惨。我是个古生物学家，结果却怕起了骨头。我是个动物学者，却无法接受自己也是动物的事实。我是进化生物学家，却发觉很难忍受自己在地球上的时间也是有限的。我有半生的时间在检视哺乳动物残留的骨骸；带着穷根究底的热情，我将自己完全投入分析死去的动物残骸，而今我竟已经滋生出一种几近恐慌的恐惧感，因为总有一天，我也会把我自己的一小堆骨骼，存到我所耽溺的同一群素材之中。我觉得自己已经破产，但是谈不上像是着魔一般，只是出现了绝对直觉的觉醒。释迦牟尼佛见到一个病人、一个老人及一具尸体。我在孩提时代便误打误撞地遇到一只森林里的小鹿尸体，而今——在纳地到马提一段惊险万状的飞行之后——旧伤再度见光。

再一次，我将长长的影片转回到四十亿年前地球生命开始的时刻。我看的是自己的历史，我自己的祖先，而不只是我和那活在几亿年前的，小小有如哺乳动物一般的爬虫类之间的关系。而是要再往前，回到原始的爬虫类，两栖类，肉鳍鱼，无脊椎动物，并回到全世界第一个活着的细胞。我不仅是一个活在几亿年前，像哺乳动物一样的爬虫类的后代，同时我身体内的每一个细胞，都有着那么古老的基因。无论以细胞分裂，或是以生物化学转换流程，甚至以分子生物学来说，我都是未曾中断的长链中最后的一环。我逐渐明白，我的构造原理和那简单的单细胞有机体并无二致，它终究是我的祖先。严格说来，我只不过是一枚细胞的殖民地—— 一个重要的分别是，我的细胞比培养皿内的细菌更容易进行合纵连横的工作，它们的分化也比较大，因此比较能够进行较为激烈的责任分担。但是我，一样是个别细胞所形成，而且它们各自都是根据一个较低层次的共同起源，即遗传密码——那个杰出的计划，它埋藏在我体内的每一个细胞里。单是遗传密码本身就代表着好几亿年来各种细微改变的累积，是轻率的核酸不经意的戏耍玩弄。然而就基因来说，我不过是完全相同的两个细胞所完成的巨型结构。至于这些超无性细胞繁殖系统是如何彼此联系？甚至是如何为了整体的最大利益而开启与关闭自己的基因？这是地球上的一个重大谜团。

进化的真正策略只不过是个简单的事实，即每一个世代都只有一小部分能够成长存活；没有选择就没有进化。后代永远必须有所耗损，生存的永续战役，这都是进化的支柱。但是我坐在这里。我坐在大洋洲的一座小岛上，像一个少得不能再少的少数例外，像是连续得到一千次乐透彩券的第一特奖。我——我指的是我的系谱，我的族谱，我自己的未曾中断的接合子系列和细胞分裂——都经历千百万个世代而幸存。在每一个世代里，我都能够首先分裂我的细胞，然后繁殖，受孕或是产卵，然后在最后一个阶段，抚育下一代。假如在我那许多百万个祖先之间，只要有一个，例如在泥盆纪过着湿冷生活的两栖类，或是二叠纪的一只爬虫类爬在羊齿类植物之间，只要有一只在性成熟之前便倒毙——就像在挪威家中，那只可怜的小鹿——我就不会坐在这里的阳台上。别告诉我说我看得太久远，我还可以更往前去：在两三亿年前，只要有一次细菌细胞产生致命的突变，我就看不到白天的阳光。我是来自一个特定的细菌，完全来自那个细胞——且让我们称之为细胞ZYG31.514.718.120.211.212.091.514，在细胞殖民地KAR251.512.118.512.391.415.518之中，在一百八十度的子午线上，在热带摩羯座往北几度的地方。我绝不会有另一次机会，我绝对无法得到另一次机会。因此我历经好几十亿次的危险而侥幸存活，但是如此，就是这样，我的祖先们总是能够——哦，是的，哦是的——他们总是能够将基因的接力棒传过来，而且是毫发无损地，薇拉，总是能够安安稳稳地传将下来，虽然总是会定期微调，产生对后代最有利的变异。因此总是会有一个新的接力赛选手，还有下一棒，还有好几百万棒，面对最不可思议的几率，终于轮到我，但是还有新的一棒要来，还有另一棒，或许下一代会成长，虽然这不能算是我们的功劳，但终究要算上一笔，因此一再一再地，因为没有人会跌倒，每一个人都在护卫着自己，基因的棒子已经交过几亿棒。因为我就在这里。

这就是我正在想着的事，就某个层面来说，要归功于航空公司，因为他们把我那活过几亿年的基因行李送上更可怕的险境。我冥想着，当我那肉鳍鱼曾曾曾祖母和曾曾曾祖父，它们在泥盆纪里正好是邻居，还在泥堆里爬来爬去，以免因为缺氧而窒息时，我今天早晨的这段幻想曲就已经开始了。但是——这就是痛苦的部分——这段冗长而几乎清澈透明得可悲的接力赛就要结束。这个已经进行三十亿年没有一刻暂停、这永无止境的骨牌游戏如今遇到了缓冲器。我已经开始在捡起碎片。

我觉得自己的背景很丰富。从第一只两栖类算起，已经过了多少代？从第一个接合子开始，我可以算到第几次的细胞分裂？我拥有如此丰足得令人窒息的过往，却没有未来。此后的我是一片空无。

这是我的大脑转动的方式，或许我该加上，我在想着我们两人。我也在静思，当然，我已不再有任何子女。这是对我的另一次责罚，截至目前，在我身前几亿个世代冗长丰富的储蓄之后，我是第一个没有孩子的一代。因为，尽人皆知，没有子嗣就无法交棒；这是生物演化的法则之一，没有孩子是一个不利的特性，立刻就要去除。只有那些有自己孩子的人可以梦想着孙子，而没有孙子，你就不可能成为祖父或祖母。

我想，这是正当一切都进行顺利的时刻，当我正在赞赏无价的家族光辉。在某一方面我是超级富裕的，我有千百万古老的先人珍宝摆在我的柜子下方。但我在唱着最后一首歌。我已年近不惑，却无法瞥见任何后代的蛛丝马迹。我在世上如此孤独，如此返祖地回到自我。

没人要猜的谜语

我们让自己淹没在各种活动里，
让自己的心神分散各处，让感官沉醉于欢娱之中，
而终至无法看清人类世界竟是如此充满神奇。

我在奥克兰和那许多自然保育人士开会之时，做了好些笔记。我正想再浏览一番，却听到两个沉闷的声响，刚开始我以为那是传自远方的雷声，但后来我明白，那一定是棕榈树上的椰子落下的声音。

　　在第三个椰子落地之后，突然听见有人接近的声音，我见到一男一女经过我的茅屋墙外，继续穿越小路上的棕榈树丛，那是一条通往大海和马路的小径。他的手臂靠近她的肩膀，近得让我觉得有点不好意思再坐在那儿。这让我想到上帝在天堂里闲逛，照看他的生物。现在我取代了这个位置，不过这必然是在堕落之后的事了，因为这两个生物不仅不是紧紧缠绕在一起，他们也不是赤身露体的。上帝为那名女子穿上深红色连衣裙，男人则获赠一套黑色亚麻服。我听到他们讲的是西班牙语——我竖起了耳朵。

　　突然间，那名男子停住了脚步。他放开夏娃的肩膀，用手指着花园深处，指向海洋。随后铿锵有调地说：

　　"造物主以泥土塑造男人，将生命吹进他的鼻孔，使其成为具备生命的个体之后，应会理所当然惊退一二步。而亚当竟不愕然，着实令人不解。"

　　天气很热，在早晨一阵大雨之后已经完全晴朗，但我感到一阵冷颤穿透全身。他岂非正在读着我的思想？

　　女人笑了。她转身向男人朗声回道：

"无可否认，创造整个世界固然值得钦佩。然而，假使这世界竟有能力自我创造，岂非更加令人肃然起敬。反之亦然：这种仅止于被创造的经验其实微不足道，比较起来，如果能够无中生有，自我创造，完全依靠自己的两脚站立，将是何等难以比拟的绝妙感受。"

现在轮到他笑了。他若有所思地点点头，再度用手环抱着她的肩膀。当他们动身离开，就快消失在椰子树丛之前，我听到他说：

"多样观点有如迷宫一般，可能性有好些种。果真有个造物主，那么他是什么？假若没有造物主，这个世界又为何？"

姑且不论这两位先知贤者可能是何方神圣，总之，我惊呆了。

我正在见证一段定时的晨间仪式吗？或者我只是恰巧听到一长段对话中的一些片断？果真如此，我真希望可以听个完全。我搜出小小的日记本，试着记下他们的只字片语。

稍后我出门去长途探险时，又巧遇他们两人，这回是面对面而来。我正打算走到马路上，这条路除了东南方有些极陡峭的路段之外，都是随着海岸线前进的。我沿着马路前进大约一英里，便抵达地图所示的查尔斯王子海滩。这么一个小小的潟湖，却有个如此堂皇的名字，我心下自忖：总有一天它无法再吸引任何人前来游泳。只不过或许王储曾经被拖到这个地方，只因为居民想让他观赏塔弗尼岛最具田园风致的沙滩。他们找不到更像样的。

穿过红树林，我看到亚当和夏娃光脚沿着水边散步，看似收集贝壳的样子。我感觉自己受到吸引，决心要走下沙滩，像是意外的邂逅一般。而正当我走出树丛，突然灵机一动：何苦让他们知道我懂得西班牙文？这或许是一张有用的王牌，该留着派上用场，至少就目前来说。

他们听到我接近，谨慎地望着我。我听到那女子对男人说了什么已经不再孤独之类的话。

她美得有如造物神话，一头卷曲的黑色长发披在红色连衣裙上，明眸皓齿不可方物。晒成古铜色的躯体高挑尊贵，举止行动更是雍容娴雅。他的身形较为矮小，看上去也比较有所保留，几乎是采取着防卫的姿态，虽然在我接近他们的同时，我留意到他脸上浮现一抹调皮的笑容。他的肤色较为苍白，头发秀美，蓝色的双眼。他或许已经到了我的年纪，至少比她大上十岁。

即使是首次晤面，却感到这位少妇似曾相识。我并非真正沉迷于这个想法，但是依稀感到自己像是曾在某一个前世见过她，或在另一个存在的时空。我快速翻阅近日人际间的交游往来，却发觉无法将她安置在任何地方。但我一定见过她，而且以她的年纪来说，必然是在不久之前。

我用英语问候他们，说天气真好，我刚到岛上云云。他们自称为安娜与荷西，我则说我叫法兰克。我们很快便发现大家都住在马拉福，几英里之内都没有其他旅馆之类的地方。他们的英语说得很好。

"度假吗?"荷西问。

我深吸一口气。这段对话不需要太长。我告诉他们，我在南太平洋参加了几个星期的野地研究，而今正在返家途中。当我继续提及这个地区原生花木所遭受的生存威胁时，他们竖起了耳朵。他们互相交换了一个神秘的眼色，而且他们看起来如此亲昵，让我又开始觉得坐立难安。我明白像这样两人对一人的情境，其优势简直称得上无法无天。

"你们呢?"我问，"来度蜜月吗?"

安娜摇摇头。

"我们做的是演艺事业。"她说。

"演艺事业?"我反问道。

这几个字是我的最后一招,希望深入自己脑海,寻觅这名优雅女子的踪迹。她可能是个明星吗?目前正在南海度假,和她那稍显老气的丈夫,一位大名鼎鼎号称荷西的导演或摄影师。毕竟我不见得是在现实生活里见过她,或许她不过是在银幕上的一张熟面孔。不,一点都不合理,我从来都不是电影迷,而且从安娜成长之后的岁月算来更不可能。

在朝向我之前,她望着丈夫迟疑了片刻,然后她反抗似的点点头。

"我们在西班牙的一家电视公司上班。"

仿佛想让自己说过的话显得更真实,她举起一架小型照相机,开始对着沙滩、荷西和我按起快门。她淘气地笑着,而我怀疑她是在欺负我,找乐子。假如真是如此,我也不难原谅她,因为我不只是为白色的珊瑚沙和正午的太阳而感到目眩神迷。

男人问女人时间,我还记得这让我觉得古怪极了,因为我已经留意到两人都没有戴表。我告诉他们,时间是十二点一刻,并向他们挥挥手,自行到岛上探险。正当我转身走向马路时,我听见女子悄声说了些祈祷文一般的话。

"当我们死去——如影片上的场景锁定,当背景却被扯下烧毁——我们将成为子孙记忆中的幻影。然后我们是鬼魅。吾爱,然后我们是神话。但我们依旧同在,我们仍然同在过去,我们是遥远的昔日。在神秘过往的圆顶之下,我依然听见你的声音。"

我试着继续自己前进的路,仿如未曾听见只字片语,或是至少没听懂任何一句话。而当我转过一个弯,便拿出小笔记本,试着写下她所说的话。"在神秘过往的圆顶之下，我依然听见你的声音……"

我玩味着这样的想法，觉得安娜在给我一个线索。或许该到某个神秘的过往，去寻找她看来如此面熟的原因。

我以前见过她，完全可以确定。但是同时整件事情都似乎不太对劲。我有种不祥的感觉，在某个时刻，一定有些特异事件发生在她身上。

我和那两位西班牙人的一场邂逅之后，内心异常骚动，因此决定沿着海岸线步行三英里，到子午线一百八十度的地方，我想在两日交界的地方总该有个纪念碑之类。真是漫长的一段路程，不过让我对岛上的日常生活多了一些认识。我经过几个朝气蓬勃的村庄，身着彩色服饰的人们对我微笑问好。有些小溪里，有小孩在游泳，还有一两个大人。我注意到，通常抱着婴幼儿的都是男性。女人都有工作要做。

我看不到任何一个面容愁苦的人，而且那个下午我有机会研究了几张面孔。花草椰子、鱼类蔬菜无一不丰足，但除此之外，在西方人眼里看来算得上是一无所有。不过亚当和夏娃在吃了知识的树之前，不也就是在伊甸园里过着这样的日子吗？此后他们注定要每天辛苦工作，挥着汗水吃面包。我无法想象这座岛上的女人在临盆之时，会需要笑气或百日锭。在这里，生命是一场游戏，我觉得，一切都显得如此轻松如意。

当我抵达距离国际日期变更线半英里处的维耶佛村庄时，脚已经酸了。在此，我和丽比·李苏玛交谈片刻，她是个和善的澳大利亚人，嫁给了斐济人，两人开了一家杂货铺和一个小型的纪念品店。她身边围着一群小孩，其中一个跑到椰子树下捡球，我指指椰子树，问她不担心孩子的头被椰子打到吗？她笑了起来，说未曾想过这个问题，她比较怕鲨鱼。她无法阻止孩子在海里游泳，但是只要他们身上带着一点伤，就必须远离海域。她说，鲨鱼在很远的距离就可以闻到血腥味，我点点头。当我提到自己从马拉福一路走到这里，她问——大概是因为正好提到鲨鱼——我饿了没有。我说我快饿扁了，但开玩笑地说，我没指望路上能看到什么速食店。她慈祥和蔼地笑着，像个仙女一样带我到一个小型饮食店，它藏在两家店的后面，就在海边。我吃了一份简单的餐点，一边设法让自己动起身来，走完最后一段。这家小客栈名为"食人小馆"，还有一个耀眼的招牌上写着大大的红字："期盼您来当晚餐。"

这些食人族的曾孙儿，对自己的美食历史态度竟是如此轻佻，我觉得。我还是有点异样的感受，这些时时面带微笑、快乐而体贴的人们，和那些会把我放在锅子里的人，竟只有几代之隔。他们那种热络的神态多少让我起点这样的联想。我总是觉得他们很喜欢和陌生人打交道，但是偶尔却又有点忍不住要想，他们对观光客的喜爱，大约和我对羊肉片的偏好差不多。当斐济人用他们那无所不在的"布拉"问候我时，我偶尔会怀疑他们是不是已经开始在流口水。我不知道人肉的味道是否终究能够找到进入基因的路。问题在于，那些天生有此倾向的人，是否就是适于生存的强者。那些对人肉反胃的人或许就是比较营养不良，因缺乏蛋白质而死光光，更甭提那些设法繁殖而却被当成佳肴饱餐一顿的人。他们，也一样失去基因的投票权。

日期变更线上的纪念碑非常醒目。在一块红色巨石后方，有一面垂直站立的标语，上头还有塔弗尼岛的立体地图。它给你一种印象，有如从空中"鸟瞰"这座"花园岛"，这片景色是我在那火柴盒小飞机上无福消受的。在那小岛的模型上，可以看到彩色的道路、湖泊与水路，一条从北到南的直线，事实上是一个圆圈分成两半，是地球圆周的一小段，它持续延伸到成为子午主线，穿过格林威治。在线的右边——我来的那个方向——是今天，左边则是明天。雕刻图下方写道：国际日期变更线，每个新的一天开始的地方。

将一只脚站在今天，另一只脚站在明天，这或许会是一种天摇地动的感受，但我不会想要去体验这种感觉。不过就在这个沙滩上，我想，第三个千禧年就要在此露出曙光，距离现在只有两年时间。在这世界上，有人居住却没有正常电视连线的地方少之又少，这里就是其中之一，届时卫星天线将如毒蕈一般陆续冒将出来。将有来自最后天堂的报道，广为传播到外面的世界，这些报道是来自一个已然受伤受惊的世界外围，它们会将这座小岛有如乌托邦的纯洁践踏净尽。我想着：既然从梦中发出了报道，梦境也只得终了。

我还记得曾经看过斐济安排的千禧年庆祝大会计划。我总是觉得自己很重视一些事物的本质，有一句话特别让我留了心。斐济千禧年委员会的主席西帝文尼·雅可纳先生说："由于斐济就直接坐落在东经一百八十度线上，它将为地球上公元二〇〇〇年的第一个时刻举行庆祝会，我们会找出各种方法，在斐济迎接新的千禧年。"这里的斐济指的就是塔弗尼岛，"直接坐落在东经一百八十度线上"。我很忧心，全世界在这个未来开始的时刻与地点狂欢庆祝之时，可能会像个蒸汽压路机一样，碾平这座脆弱的小岛。一切都将发生在这个地方，这个明确标示着第二与第三千禧年交界的地点："地球上公元二〇〇〇年的第一刻"。

人类除了寻找"最后"和"失落"之外，都还有一种不健康的欲望，要当"第一"。我思索着，虽然以成熟的思维来说，它们基本上是完全相同的一件事。当罗德·阿曼森成为第一个到达南极的人，他同时也是最后一个。他是地球上最后一个征服那原始野地的人，那是史考特在一个月之后付出代价才了解的事。最后一个也是第一个到达月球的人——没有别人能够重复这件事——是尼尔·阿姆斯特朗。他向休斯敦的一句问候永留青史，它代表着一个人的一小步，却难道不是人类的一大步，或是面对自己同类的一个充满意义的手势？

我此刻站立的地方，到了二〇〇〇年的一月一日，或许将是人潮汹涌。为宴会所做的安排已经在进行之中；我听说有好几个电视的纪录片，和其他在日期变更线制作的预告片。那么"千禧观光客"将会蜂拥而至，就像那已经充满讽刺的观光业，发出了最后一声绝望的哀号。我见到海报上写着："在三片大陆上迎接千禧年的第一道曙光！"每一种入场券都在很久以前便被抢购一空，而且它们的要价还在节节攀高。这个星球上有太多人愿意付出少许的几千元，以免在社交上遭到屈辱，只因为你单单庆祝了一次千禧年，而且只能在一片大陆上。

我已经可以开始再走长长的路回到马拉福，但正当我在仔细盘算时间与距离之际，一辆黑色吉普车开到纪念碑，安娜与荷西一跃而出。我觉得我的脉搏跳动速度又快了起来。

安娜温柔地向我问好。手上拿着照相机，她说："丽比说我们也许可以在这里看到你。"

我如堕五里雾中，然后我想起来自维耶佛村庄的仙女。

安娜更仔细地作了解释。

"我们到村里走了一趟。我们听说了你的遭遇，心想你也许会希望有人送你一程。"

我看起来一定是满脸疑惑，但还是感谢她愿意送我回去，因为我高估了自己的双腿走在这条泥土路上的能耐。而离晚餐时间只剩两个钟头了。

　　安娜又开始按起照相机的快门，对着纪念碑、吉普车、荷西和我。

　　荷西解释道，他们正在评估岛上的情况，要签订合约，做最后的安排，好准备在那年稍后回来拍一个有关跨越千禧年的重要纪录片。他们在制作一系列的节目，关于新的千禧年将至，人类所面临的挑战。

　　安娜指指该岛的地图。

　　"这是我们所在的地点，"她说，"同时它是第三个千禧年要开始的地方，'唯一一个你可以不用穿着雪鞋，就可以从今天走到明天的地方。'"

　　我听过这句口号。除了斐济群岛的几个小岛之外，子午线穿过的地方只有南极圈和西伯利亚北部。

　　"那类纪录片很有趣吗?"我询问道。

　　荷西不太情愿地点了点头。

　　"是的，太有趣了。"

　　我稍稍抬起头，他附带了一句："我们会提出警告。"

　　"关于什么?"

　　"在千禧年交界的时刻，整个星球都会受到各式各样的影响，而且每一个人都想象在那个时刻，自己有权来到这里。但是对南太平洋上这个脆弱的小岛来说，如果全世界的注意力全集中在这个地方，便可能会造成极大的伤害。日期变更线最好是穿越伦敦或巴黎。不过在殖民时代，它当然最好是在某处的丛林里。如果你了解我的意思……"

　　我太了解了。当有人在模仿你时，你当然会很容易了解此人的意思。然而，我再度警觉有人在读着我的思想。这让我说起话来更直言不讳，因为如果我们真的可以读懂别人的想法，或许就不会再四处制造混乱。

"这是没有用的，"我说，"因为每家电视公司，除了采访事件本身之外，还是决定来做点自己的伟大纪录片，好精准地认识文化与环境是如何地在被糟蹋。这当然也可能有点娱乐效果，不是吗？"

我觉得自己可能有点造次，因此附上一句："到底有什么玩意儿是不具娱乐效果的？"

说这句话时，我带了一点认命的微笑。安娜笑了，荷西也不禁莞尔。我觉得我们是处于某种同样高频率的波长。

安娜冲到吉普车上，带回来一架小型摄影机。她举起摄影机对着我，宣称："这是挪威生物学家法兰克·安德森先生，他最近在研究大洋洲不同小岛上的生态环境。请问您有什么话要对西班牙的观众说？"

我太过震惊，摸不着头脑，愣在当地说不出话来。她怎么知道我是挪威人？她又如何发现我姓什么？她可能瞥了一眼马拉福的观光客登记簿吗？或者她记得以前我们在哪里碰过面？

她看起来毫不做作，充满了赤子之心，因此我压根没想要让自己脱离她的这场游戏。我想我大概发表了六七分钟的演说，换句话说，实在太长了，但是我大致把该说的话都说了一遍，其中谈到大洋洲的环境所遭到的破坏，它的生物种类多么丰富，以及人类的权利与人类责任云云。

我的演说结束，安娜放下摄影机拍起手来。

"好极了！"她大叫着，"真是太棒了！"

背景声音里，我听到荷西的评论："这就是我所谓的提出警告。"

我再度觉得自己受到那对黑眼睛的诱惑。

"你录了吗？"我问。

她调皮地点点头。我从来没想到，像这样一具毫不起眼的摄影机，会和浮夸的电视纪录片有什么关系。整体来说，有些事物让我无法认真看待电视事业。我一开始就说自己是在这里进行研究工作，然后他们就试着要表现自己也同样有兴趣。或者他们也可能不相信我；是的，就是这样，他们或许会假设我是在吹牛。一个男人会形单影只地在太平洋上晃荡，大家应该就可以合理地感觉，他除了要在阳光下度假外，应该还有个比较好的理由。

是还有别的。这对西班牙夫妇真的是碰巧经过我的小茅屋，闲扯一点深奥的道理，说上帝的存在和亚当不会大惊小怪？他们突然在日期变更线上冒了出来，这也是纯属偶然吗？或者他们在和我玩着什么游戏？

他们显然是带着游戏意味的。安娜假装自己是个记者，被派到太平洋来，我还跟他们玩在一起，那是因为我还是无法不觉得他们是在度蜜月。"但我们依然同在……"如果他们知道我懂得他们在说什么，我就会觉得手足无措，而这种感觉必然是互相的。

荷西走到海边。他站在那儿背对着我们，用西班牙语说了些话。这段唱诗般的言语算是一种总结，同样地，他喃喃念出的话，若不是已经念了很多次，就是已经背下来的文字：

"有个世界存在。以几率算来，几乎不可能。即使有意外，也不应有任何事物存在。如此一来，起码没人来问，何以一片空无。"

我试着记下他说的每一个字，但是并不容易，因为安娜从头到尾都盯着我看，有如要看我对荷西转身开始说西班牙语之后的反应如何。我无疑是听见他了，但是我听得懂吗？如果不懂，我会不会问他说些什么？

很难正视安娜的黑眼珠而不泄露自己其实懂得荷西的训辞，我正同时竭尽所能地设法去理解这些话。虽然我的脑海已经暗潮汹涌，却还是无法让眼睛离开安娜的凝眸。

在这场对峙之下，我想我是胜利了，因为下一刻安娜拾起摄影机，将它放进车子的前座。有片刻时间，她站在那儿靠着车，像觉得头晕一般。她的脸是否也失去血色了呢？这种情形只持续了几秒钟，然后她站直了身子，忘记我的存在，跑了几步去荷西身边，用左手牵起他的右手。他们在热带午后的阳光下站了一会儿，犹如丘比特与赛姬的雕像。然后赛姬用西班牙语说了些话，像是已经预演过地回应丘比特，内容是，这里有个世界，虽然没有这个世界的几率其实比较大。她说：

"我们生自并生出自己一无所悉的灵魂。当谜团以两腿站立攀起自己，而未获解答，就该轮到我们上场。当梦的画面掐住自己的双臂而未醒，那就是我们。因为我们是没人要猜的谜语。我们是失足于自己形象的童话故事。我们不断前进，却未有觉悟……"

他们还站在那儿背对着我，我拿出小笔记本，试着草草写下他们如此轻松而感性地互相吐露的话语，却又像是如此武断的教义。"我们不断前进，却未有觉悟……"

他们是背了一些西班牙的诗文，因而当他们在散步的此刻，在忙着交互朗诵？然而他们在背诵这些奇趣的警句良言时，总是带着一种几近仪式进行的神态，让我觉得他们所说的话除了他们自己之外并没有其他的作者，也没有别的听众。

我们驱车返回马拉福时，谈到各式各样的话题，包括我的研究。太阳已经低垂，受到白日无情的吸力，被牵引着沉重地落入西边的大海。我知道只要再过一个小时，天色就会全然暗下来。在刺眼的金色阳光中，我们看到女人从洗衣的岸边收起衣服，孩子们还在河里冲凉，男孩设法要赢得他们的橄榄球手表。

"因为我们是没人要猜的谜语……"

我向来对这个世界，以及对我自己在这星球上的渺小生命，都持还原主义者的看法，而此刻却对于自己的迷惑感到错愕。安娜与荷西唤醒了一种沉睡的感觉，我感觉到生命是怎样的一场探险，并不只是在南太平洋的这座天堂，而是在地球上的生命，我们在大城市里的生活，虽然我们让自己淹没在各种活动里，让自己的心神分散各处，让感官沉醉于欢娱之中，而终至无法看清人类世界竟是如此充满神奇。

我们的车子穿过梭摩梭摩村庄时，荷西转向安娜，指着浸信教会教堂外的一小群人。他再度说着西班牙语，这回几乎是在配合着我自己坐在后座时的感想，每一回车子掉进路上的坑洞，我的头都要撞到车顶。

"小精灵总是比神志清醒的人充满朝气，比实在的人奇妙，比自己小小的理解更神秘。仿佛令人昏昏欲睡的八月午后，晕眩的大黄蜂在花间喧闹，季节的小精灵固守着自己在天堂里的文雅居所。唯有小丑能够让自己自由……"

"季节的小精灵……"这个奇异的形容词让我惊声坐起。我甚至得拿手捂着嘴巴，才不致在车里大声复诵一遍。或许你会怀疑我为何不干脆这么做？为何我无法和安娜与荷西正面交锋？如果我问他们在说些什么，他们无疑会给我来一段英文翻译，或许还会加赠一份更令人满意的诠释。像"季节的小精灵"这样的名词就可以解释一番。

这个问题我问过自己很多次，却无法确定是否找到可能的答案，但是当我想到安娜与荷西奇特的沟通模式，就觉得它是将他们两人环抱成为一对的元素。他们是一对，薇拉，也许这是我想要让你了解的，他们很像一对，缠绕纠结在一起，两人的精神共存共荣。我认为他们那特异的语言接触，最主要是为了表达两个爱人之间的深刻默契，而你如果没有好理由，是不能去读别人的情书的，至少不能在他们面前。如果我截至目前必须承认我可以了解他们的语言，那么就得冒着不能继续听下去的危险。

好，此刻你在想着，我没有必要承认自己听得懂，但至少可以偶尔问问他们在说些什么；而且，如果我听过全场，却对他们那超乎寻常的行为没有任何反应，岂不显得更加怪异？然而，对于两个通常讲英文的人而言，当他们遇到某个不懂得这个语言的人，有时候用自己习惯的语言说上几句，也不是太过有违常理。这是所谓的隐私权，比较亲密的空间，因此我到底还是不应该懂得他们在说些什么。或许他们只是闲谈到自己的胃痛或是觉得饿了，急着想吃晚餐等。此外，我要继续听下去，我已经下定决心要尽可能窃听这些话。当你听到和你同床的人突然开始在说梦话，你不会急着将他们唤醒，虽然这么做或许比较高尚一些，不，不会，相反地，你会试着一动不动地躺好，不要让床单沙沙作响，要尽量听到梦呓者的梦话内容，一次听完未曾挨剪的版本。

安娜靠向荷西，现在他用左手环抱着她的肩膀，右手则紧紧抓住方向盘。她两眼发亮地向上望着他说：

"而今小精灵们在童话故事里，却茫然无知。假如童话故事能够内视反听，它还会是十足道地的童话故事？倘若生活日日自我彰显竟无休止，它会是奇迹依然？"

我靠着后座的椅背，想到公路上那所有被轧扁了的蟾蜍，我在走向日期变更线的途中，看到不下一百只，它们实在像极了煎饼。但我现在想的不是蟾蜍。我在自问，我是否太过沉迷于自己研究的科学，而捐弃了自己真正看视的能力，看不到地球上那有如童话般神奇的每一刻。我发觉自然科学就是立意要解释每一件事。这就有了一个明显的危险，即你将无法看到解释不通的一切。

当我们走过最后一个村庄，我们必须减缓速度到几乎完全停止，因为路中央有一群女人与儿童正在缓缓通过。他们对我们挥手微笑，我们也同样回敬他们。"布拉！"他们隔着车窗喊道，"布拉！"其中有一位妇人大概有了八九个月的身孕。

安娜从荷西的怀里坐直身子，荷西再度将双手放在方向盘上。她回头看着那些妇女之时说：

"在大腹便便的黑暗之中，总会有几百万个卵囊在游泳，带着崭新的世界意识。无助的小精灵成熟之后，正要开始呼吸，便被挤压出来。因为他们能吃的食物就是甜美的精灵之乳，来自精灵血肉的一对柔软芽苞。"

精灵血肉，薇拉。我假设在这荷西安娜的宇宙里，这些小精灵就是我们，一般而言，就是地球上的人类。现在这里就是明明白白谈到斐济人，这么想似乎更不道德，不过想想他们的先人竟可以镇静如恒地，将这些精灵之血与精灵之肉送到肚子里去。像这样神仙一般的肉片不是更罕见的珍馐美食？

我们转回到马拉福。我回到茅屋之后，在阳台上站了几分钟，看着太阳下山。我那险象环生的空中之旅竟可以如此美妙地结束，因此这一天应该值得这最后的表扬。那趟旅程是在太阳刚出来时的早晨。现在我的眼睛追随着它那晕红的光圈，直到它转身落入海面。太阳不过是这个银河几千亿颗恒星之一，它甚至还不算大。但它是我的太阳。

地球绕着银河里的太阳旋转，还有多少次，我还能作为它的乘客？在我的身后，我已经绕了四十圈，绕着太阳飞了四十次。因此我的旅程至少已经走过一半。

我打开行李，冲了个澡，换上一件我在奥克兰买的白色衬衫。吃晚餐之前，我抿了一口随身带着的琴酒，然后将它搁在床边的桌上。我在旅行的时候，这是个永远少不了的仪式。我知道当我到了预备就寝的时刻，就会再喝上一大口。我没有其他帮助睡眠的招数。

我还记得悲苦地坐在那架小飞机里，从纳地飞来的途中，是多么的想念那个瓶子。在戏剧化的几分钟之后我们遭到隔离，而那天早上航空公司对这个瓶子的照顾，胜过它的主人。

当我走进棕榈丛中，关上身后的门，我听见屋梁上有个东西匆匆逃逸。当下有种感觉，我应该知道那是什么，只不过未曾回头仔细瞧。

进步的两栖类

人类有种寻求意义的倾向，
即使在没有任何意义的情况之下。

外头一片阒黑。在广大的棕榈丛中，唯一的一些光点，就是刚点燃的几支小小瓦斯火炬。但是在棕榈树丛的上头，却悬挂着满空熠熠耀眼的星星。假如你将城市抛在脑后，当夜幕低垂，你就会发觉自己置身于太空之中。但是人类的属性不断增长，终于将自己包围在一种视觉上的温室效应之中，忘了自己是谁，从何而来。对许多人来说，大自然已经成为电视的同义词，等同于植物盆栽与笼中鸟，在这种情形下，要看到天空，最合适的地方就是天文台。

　　要找餐厅并不容易，但我一路颠仆踉跄地走向由总馆发出的一点遥远的微光，强迫自己穿越棕榈树间的矮树丛，终于来到游泳池，池上的所有灯光皆已点亮。在游泳池里，有三四只甘蔗蟾蜍在上上下下游动着。我怀疑它们是否都得取得游泳证才准许下水，因为有一只蟾蜍正端坐在游泳池的入口，监督着整场好戏。一切均已就绪，我想。整个白天，脊椎动物占据了游泳池，蟾蜍不许现身。到了晚上，是该轮到两栖类来利用这些设施。

　　我走上露天餐厅，所有的桌子都点了蜡烛。马拉福有十间茅屋，即布尔，餐厅里也有同样数目的餐桌。

　　安娜与荷西坐定位置。她还是身着红色连衣裙，我留意到她还穿着一双黑色高跟鞋。荷西仍是那一套黑色亚麻西装，唯一的不同是脖子上系了条红色手帕。那手帕和安娜的连衣裙配得恰到好处，或许是同一块布料做成。

我坐在隔壁桌，我们互相轻轻点了点头。作为一个单身旅者，我已经学会独处的艺术，不会去要求别人和我共用餐桌。到了夜里，午后的徒步之旅已经结束，我对安娜与荷西已不再有任何要求。此刻他们全然属于彼此。

罗拉坐在餐厅的另一端，我也向她点点头。另一张桌子坐了一个黑发男子，脸上胡须斑白，年纪应该比我大了十岁。当晚稍后我知道他是个意大利人，名叫马利欧。一对二十出头的夫妇坐在他的邻桌。他们的确是来度蜜月的，不仅隔个桌子双手紧握，偶尔两人还会靠在一起，来个深情的长吻。那天晚上我和这两个年轻人也曾有几句对话。他们来自西雅图，名唤马克与依芙琳。

再远一点坐着约翰，就是那位来机场接我们的英国人。他不断在做着笔记。这点我记得特别清楚，因为我自己也有同样的习性，等着吃午餐或晚餐的时刻，总爱在本子上涂鸦。我从没想过要写本小说。后来我知道他是个英国作家，来自伦敦城外克罗伊登的约翰·史普克。我一听说他是个作家，就自动假设他是属于畅销书作者的那一小群，他们在冬天里可以到南太平洋的小岛上享受几个月的假期，为新的小说寻找灵感。不过事实上他只会在这里待几天，而且他是来参与一个电视节目的制播工作。是的，你说对了！还是跨越千禧年、日期变更线啦、全球挑战之类的。都是这一套，薇拉，都是这一套！

我没看到比尔。或许他在房里做瑜伽运动，好让他有可能再活个六十年。

晚餐的服务生是两个穿着传统斐济裙装、耳朵上别了红花的土著男子，其中一位把花别在左耳上，这表示他还没有任何女伴。另一位则是别在右耳上，因此他是已婚。假如我是塔弗尼岛上的居民，就得经历这种屈辱的社会经验——在几个月之前，将花朵从右耳换到左耳。

我点了半瓶波尔多白葡萄酒，还有一瓶矿泉水。马拉福总是有两种餐点可供选择，我们在登记住进旅馆时，已经选了第一种晚餐。当时我满脑子都是传统斐济人的饮食习惯，因此我决定选鱼比较安全。

安娜与荷西谈话的声音非常细微，因此我一开始只能捕捉到一点片段。然而，饶是如此都足以引起我的好奇心。听起来他们像是在讨论什么事，或是在为这个或是那个联合声明作出结尾。是的，不是这个就是那个。

荷西说："我们是完美无瑕的艺术作品，数十亿年的鬼斧神工。而我们的构造素材，竟是如此廉价。"此后有几句话听不清楚，然后又断断续续传来几句荷西所说的话："童话故事的门敞开着。"安娜严肃地点点头："我们是沙漏里的惊天美钻。"

对话情形大约如此，或是更正确地说，流进我的耳朵里，让我可以清楚听到的片段大约就是如此。

他们在往返对话的同时，比尔终于从棕榈树丛中逛了出来，身着黄色百慕大短裤，及一件花色斑斓的夏威夷衬衫。罗拉一定是在我之前便留意到他的到场，因为正当他进门的同时，她便紧紧抓住那本《寂寞的星球》，热切地读了起来，如此热切，以至我可以肯定她一个字都没读进去。这没什么用的。比尔在门口小站片刻，两眼贪婪地横扫晚餐厅内的全景，然后，没有一点迟疑，便投身到罗拉的餐桌。她在书本后面完全崩溃，因此我再也看不到她的颈子，她当然没抬头看他一眼。她让我想起一只乌龟悻悻然躲进它的壳里寻求安慰，我还记得为她很感到遗憾，但同时也觉得，如果她在机场不是用那么反感的态度对待这位野地动物学者，情况就会好得多。或许我确实有种报复的快感。

邻桌的对话显得更加决断。安娜说："创造一个人得花上几十亿年，魂飞魄散却只在转瞬之间。"

我小心翼翼地从衬衫口袋里取出笔记本。我竟忘了带笔！荷西稍稍提高了声调，清晰吐出如下充满智慧的言语，我的苦恼急剧升高：

"看在不偏不倚的眼里，这个世界并非仅此一回的现象，且是针对理性的永续牵扯。假如理性确实存在，换句话说，假如中立的理性确实存在，那么来自内在的声音说话了。那么小丑说话了。"

安娜意有所指地点点头。然后她加上自己的叙述：

"小丑觉得自己在长大，他的手臂和两腿在成长，他觉得自己并非纯属虚构想象。他觉得自己那神人同性的动物口中冒出了珐琅和象牙。现在他感觉到脊椎动物轻盈的脊椎骨在长袍之下，他感觉到稳定的脉搏跳动着，将温暖的液体注入他的体内。"

我不假思索地站了起来，穿过房间，走到那位英国人面前，他在等待上菜的时刻，不断振笔疾书。现在他已经用过前菜，但将纸笔都放在一边。我躬身说道："对不起……我注意到你在写笔记。能否将笔借给我，只要一会儿。"

他抬头看着我，带点询问与示好的表情。

"乐意之至！"他说，"这支拿去吧！"

他从衣服内侧口袋里摸出一支黑色百乐画笔。他在将笔交给我之前，宣示性地把玩片刻。

"我一定会把它还给你。"我向他保证。

但他只是摇摇那颗聪明过人的头，说他最不匮乏的东西就是黑色画笔，尤其在这遥远的岛上。我对他表示衷心的感谢，然后我们再度自我介绍一番，比在机场上的会晤更加仔细。

我设法简短介绍自己的野地研究，他很留心地听着；确实非常用心。现在我已经有了一把年纪，对人们的留神注意有了全新的感觉，他伸出手自我介绍：

"约翰·史普克!"他说，"作家，英国来的。"

"你在这里写什么作品吗?"我问。

他摇摇头解释道，是英国广播公司派他到岛上来参与一个电视节目的制作，谈跨越千禧年的主题。他带点讥讽地说道，他们认为这是未来起始的地点，比英国千禧年的起始时间整整提前十二个小时。他同时提到他写的几本小说，其中之一被翻译成挪威文。

我再度谢过他的笔，正打算回到我的餐桌，他快活地呼唤道："写点漂亮的东西……"

我迅速转身，他附带说道："……并代我致意。"

唉! 我不知道，薇拉，或许我该转寄这位富裕英国人的心意给你，虽然我当时并不是真的要写信给你。

但我此刻正在写信给你，关于我在马拉福植物园第一个晚上的经验，那么你会比较了解几个月后在沙拉满加发生的事。

比尔想尽办法要罗拉离开她的《寂寞的星球》。她那实在有限的反应，似乎就只是要制止这位晚餐同伴要求谈话的入侵意图。

那对年轻的新婚夫妇隔着沙拉盘，狼吞虎咽地亲吻着，这再度让我想到食人族的习性。我自己国家的文化在社交上，是可以接受公开吸吮舔弄别人，即使隔着餐桌。但是比较不能改变的饮食活动就会有禁忌。我想象在传统的斐济文化里或许正好相反。在这里，当众公然亲吻是不行的，用餐时刻自然也不应该。另一方面，食用人类内脏则是可以接受的行为。

那位意大利人寂寞地望着他那杯红酒，所有在场的人当中，他看起来是最苦闷的一个。他望着那对年轻美国夫妇时，满眼的心事，让我想到无主的野狗。

我再度入座，听见荷西谈到"单调的异国风味"。接下来的轻声低语无法捕捉，但是接下来荷西所说的话显然挑动了这位红衣女郎，因为下一刻她开怀笑了起来，身体坐正，言之凿凿地演说如下：

"整个世界充满了渴望。事物愈是强大有力，愈能感觉缺乏救援。有谁能听到沙粒的声音？谁会侧耳倾听蝼蚁卑微的渴想？假使一切皆不存在，一切便无所求。"

她的眼光曾在厅内游移数回，但她总是迅速转回头，因此几乎不可能注意到我正在写下她所说的每一个字。她不知道我会讲西班牙语，也无法肯定我能够清楚听到她的话语，她只知道我或许正忙着做笔记，描述我在大洋洲研究的各种蜥蜴。

有好长一段时间，我得让自己满足于捕捉到那断断续续的对话，红黑之间压低音量的嗡嗡声响："小精灵愈是接近永恒的灭绝，谈话愈是毫无意义。"安娜提出自己的主张，边质疑地望着她的配偶。他说："没有伤心欲绝的小丑，没有这般的异常现象，小精灵世界将和秘密花园一般，隐秘而无法看见。"

我隐隐约约地怀疑，我偷听到的那些片段必然可以组成一幅较大的拼图，而如果我听到的愈少，要拼凑起来自然更加困难。但是食物已经送了上来，我得将笔记本搁在一边。我拦截到的那一点只言片语横竖是太分散了。直到餐点结束，荷西才又开始发言，声音稍大了一些：

"小丑有如童话故事里的间谍，在小精灵之间不安地游移。他的结语已经完成，却无人得以诉说。他只看见了小丑。也唯有小丑认得他是谁。"

安娜踌躇片刻之后回道：

"小精灵试想着，是否有些难以臆想而自己想不到的想法。但他们百思不得。银幕上的形象不会跳将出来，跑进戏院里，攻击放映机。唯有小丑能够找到通往座位的路。"

我不敢保证这是一字无误的记录。但是，真的，他们确实是在谈论这类的话。

餐桌已经收拾干净，此时那位意大利人走了过来。当他朝着我的桌子走来时，一脸无礼地向安娜与荷西点头，然后伸出手来自我介绍。是的，这就是马利欧，过去十五年来，他从苏伐出发，不用租船契约，乘着自己做的游艇四处游历。这不在他原始计划之内，只是在二十年前，他曾经通过苏伊士运河到了印度、印尼和大洋洲，但他始终没存够钱回到那不勒斯。

他是无事不登三宝殿。

"你会打桥牌吗?"他问道。

我耸了耸肩，因为我虽然桥牌打得很好，却不能肯定那天晚上纸牌会是我最想做的事；热带之夜显得太过神奇。但是当他说我们的对手将是那对西班牙夫妇时，我便欣然同意。他解释道，之前几个晚上他们的牌友是一位荷兰人，但是那天他已经开船前往凡纳雷福岛去了。

因此我们加入两位西班牙人的阵营，玩了几局。每一次都是安娜与荷西叫牌，或是设下陷阱让我和意大利人去跳。他们的玩法不仅精准得令人佩服，并且有如行云流水毫不费力，在牌局之中，还能纵情于他们那疯狂的休闲活动，说着西班牙文的警句，我记下一些文字与词语，像是"太古时期定音鼓""这无耻的卵囊竟四面八方地恣意生长""潇洒的灵长类""尼安德塔人同父异母的兄弟成了观光景点""日常生活迷迷糊糊地睡着了""幻觉已消化了一半""灵魂的血浆""蛋白质飨宴的安全气囊""有机硬碟"，以及"知觉的果冻"。

有两次我是庄家，有机会脱手不玩，便写下我偷听到的几个字。这些是我唯一记下来的言辞，古老而百试不爽的配方与格言。我已经诊断安娜与荷西是一对诗人，带有托雷氏症候群，而且我不否认，如果我不是随时得注意那从北到南又从南到北的诗句，我的牌技会显得好很多。我突然想到，或许他们的重点，就是要让东西方的玩家分心。

最后马利欧终于受不了了。要说他把牌摔到桌上是有点夸张，但是他如此明明白白地将牌搁在旁边，吓得我几乎跳了起来。他摇摇头，脸上没有一丝笑容。

"他们有透视眼！"

安娜看着他，带着一点几乎是恶作剧的满足感，马利欧开始寻求我的协助。

"梅花5！"他几乎是尖叫着说，"但是在我喊过之后，法兰克还是可能有A。就像他们永远都知道我们拿到什么牌。"

我思忖着，他也许还不知道自己说得很对，因为这对配合得天衣无缝的佳偶，显然不是来度他们的第一次蜜月，但他们或许真有能力读懂对方的心思。而且为何不是呢，我冒失地想着。我们坐在这里，一个蛊惑人心的热带夜晚，四个观察力敏锐的灵长类，置身属于自己的银河系涡状星云里，头顶上是密如毛毯的星辰。我们从地球上，在银河系的群岛中，从这毫不起眼的潟湖里，费尽千辛万苦从原始脊椎动物进化而来，和我们一样的生物同伴们正努力送出太空探测器和无线电波，想和其他同样进步的生物取得某种认知上的接触，他们或许和我们的围栏相隔在许多光年之外，在另一个太阳系的另一个岸边；而这些其他的高度进化之后的生物，或许很可能长得比较像海星，而非哺乳动物，这一切努力却无法将这点计算在内。因此，假如有两个灵魂伴侣，他们不仅住在同一个星球上，还属于同一物种与国家，甚至有点珍贵的默契，让他们可以成为彼此的反影，那么他们为何必然没有能力在牌桌上，针对那五十二张牌的颜色与数字，交换某种基本的电磁波讯号？啊，是的，这热带的夜晚欣悦快活，我一定已经遭到感染，而且我那不精确的估算可害苦了我，这其实也不是第一次。

我的景况并未迅速改善，因为现在有几个相关的问题冒出头来。马利欧想知道，如果牌桌上的每一个人牌技都不相上下，那么其中一组连赢八局的几率有多高呢？我说这全在于拿到好牌的运气，但是同一组人连拿八次好牌的机会太过渺茫，因此在考虑过所有因素之后，接受以下这个说法较为容易：安娜与荷西的牌技比较好。

安娜完全沉浸在幸福之中。她甚至不愿试着隐藏自己的满足感，而且这显然不是她第一次赢牌。她甚至将手搭在马利欧的肩膀上表示安慰，他悻悻然地表示敬谢不敏。

现在荷西将机会与几率的问题转移到触及我的专业部分。我想他问的第一个问题是，我是否认为这个星球上生物的进化，是单纯地受到一系列不可预期的机会突变所驱动，或者有某种自然科学所忽略的机制存在？例如，假使有人想要了解进化的目的地或意图，我是否认为这样的想法缺乏理性？

我想我叹了一口气，并不是因为我觉得他提出的问题显得天真幼稚，而是，他再度将对话导向我那天觉得特别敏感的问题。但我还是给了他一个教科书上的答案，以为可以就此结束相关的话题。

他说："我们有两只手两只脚。我们可以坐在牌桌上打桥牌是天经地义的事，也可以驾驶太空船到月球上。不过这一切都是纯属巧合吗？"

"这要看你所谓的'巧合'是什么意思，"我指出，"突变是巧合没错。只不过总是要靠环境来决定哪些突变的结果有权生存下来。"

他继续说道："因此你相信这些侥幸的结果，多少也让这个宇宙了解了自己本身的历史与时空？"

荷西挥挥手有如指向漆黑的夜空，那也正是他的问题所指的方向。

我正打算说些突变与物竞天择的话，他却截断我的话头说："如果目的只是为了找到一些客观的理由，那么我不懂为什么，大家的外观看起来都大同小异"

安娜狡猾地微笑着。她将手放上他的颈子，迅速在他脸颊上轻啄一下，有如要制止他。然后她转身向我，解嘲地说："他只是很气有人说其他星球的智慧生物一定和我们长得有点像。"

"那么我想他是错了。"我说。

但他并没那么容易屈服。

"他们一定会有神经系统，当然还有可以用来思考的器官。如果他们没有两只多余的前肢，就很难发展出这些来。"

"为什么是两只？"我还击。

我想他应该输了，但他又打了回来。

"那就够了啊！"他说。

我第一次觉得自己是该撤退的一方。他当时确实击中要害，让我有点迷惑。两只手两只脚就够了，虽然这并不是实验科学的推论方式。自从哲学推翻了亚里士多德的"目的因"教条至今，岂非只是五百年时间而已？

"而且就长期来说，"他说，"没有什么道理要保留多余的手脚，至少不该保留个千百万年。"

正好有只蟾蜍跳到我们所在的地板上，或许刚游完泳上来。我向下指着它，声音里带着一点洋洋得意："我们有两只手两只脚，那是遗传自像那样的四肢。我们也可以将我们神经系统的基本设计归因于此。这个物种是一种蟾蜍，更正确的说法是它的学名Bufo marinus。"

我抓起蟾蜍，指指它的眼睛、鼻头、嘴巴、舌头、喉咙和鼓膜。我简短说明了该动物的心脏、肺脏、血管、胃、胆囊、胰脏、肝脏、肾脏、睾丸与尿道。最后我谈到它的骨骼结构、脊髓、肋骨与四肢。我把它放走之时，另外谈了一点演化的理论，从两栖类到爬虫类，然后从爬虫类到鸟类与哺乳类。

但我并未低估了他。

"因此两栖类的手长得很好，"他说，"它们应该要赢得牌局，而且这不只是运气而已。比起其他的动物来说，它们算是先驱。它们具有足以创造人类的一切。"

"事后诸葛亮是比较容易的。"我说。

"迟了总比没有好。"他坚持道，"有两个原因可以说明为什么我们有两只手两只脚。其一，我们是像这种四肢动物的后代。其二是这很实用。"

"那么如果两栖类有六只脚呢?"

"我们就不会坐在这里进行这场理性辩论，或者其中有两肢必须退化掉。我们曾经有个尾巴，动物在进行某些活动时会派上用场，但我们如果坐在电脑前面，或是坐在太空船里，它就会显得碍手碍脚。"

我想我稍稍陷入了椅子中央。荷西把最近这几天我在自问的问题全说了出来。在我们的诸多灾难之后，薇拉，我想了很多。我们为何失去了桑妮亚? 已经数不清有多少次，我问自己这个问题。我们为何保不住她? 如果我的学生在考试卷上提出这个问题，我一定会给他们不及格。但我们是人类，而人类有种寻求意义的倾向，即使在没有任何意义的情况之下。

"最终征服太空的，并不是节肢动物，也不是软体动物，这么说当然没错。"

"而且，"他说，"有一天从远方的另一个太阳系里，穿过大气层送来神秘问候卡的生物，也不太可能会有像乌贼或千足虫之类的构造。"

安娜开始笑了起来。

"看我怎么告诉你的?"她大叫着。

安娜与荷西开始提出很多关于自然科学的问题，不久马利欧也加入。或许是在热带里的反应让我觉得这种受人瞩目的感觉颇为受用，因此我滔滔不绝地提出一些现代古生物学与进化生物学的问题领域。但我开始留意起我的对手。荷西有几度以一种颇为幽默的方式，提出一些让我在专业上有点下不了台的问题。我不会说我在这些对话当中学到了什么，但我对自然科学里许多不确定的问题有了更深入的认识，这是我从未注意到的。

荷西相信，地球生命的进化，绝对不是单纯的物理现象，而是一连串有意义的过程。他指出，像人类的意识这么重要的特色，就不能只是为了生存而奋斗之后、任意产生的特性，而它根本就是进化的目标。一个星球可以发展出更为专门的感觉系统，这几乎是自然的律法，他也提出几个很好的例子来说明这个过程。在没有任何内在遗传联结的状况下，地球上的生命之所以进化出眼睛与视觉，以及它不止一次向上发展，或是发展出直立行走的能力；因此在自然之中，也有一种潜在的渴望，要拥有远眺智慧的能力。

比较伤感的是，我在少年时代曾经有过这样的想法，那是受到皮尔·泰赫·加登的影响。但接着我开始研究生物学，自然将这种进化目的论全抛在脑后。为了科学之故，我觉得我得提出一点反驳。我代表的是一个庄严的殿堂，或许有点庄严过度了。

我同意他的说法，在生命的历史上，看、飞、游泳或直立行走的能力，都曾经一再进化。例如，眼睛就被发明过四五十次，而昆虫演化出翅膀供飞行之用，时间比爬虫类早了一亿年。最先飞行的脊椎动物是翼手龙。它们大概在两亿年前演化完成，然后和恐龙一同灭绝。翼手龙的飞行方式很像大型蝙蝠，我解释道，它们没有羽毛，因此不可能是现代鸟类的始祖。始祖鸟是最古老的鸟类，一亿五千万年前便已存在，它其实是一只小型的恐龙。鸟类翅膀和羽毛的演化情形与翼手龙截然不同……

"翅膀和羽毛，"他插嘴道，"这些事情都是发生在一夕之间吗？或是大自然'知道'它要怎么走?"

我笑了。他又一次碰触到那异议的小小核心,虽然这一回我觉得他的问题有点夸张。

"不太可能。"我说,"问题是,那是几千万代一系列的突变所造成。唯一的法则是不变的:为生存而奋斗的同时,一个占有些微优势的个体,就会有较大的机会将基因流传下去。"

"如果在翅膀还派不上用场之前的好多世代里,便发展出这些笨拙翅膀的基本要素,这对个体有什么好处?"他问,"这些尚未发育完全的翅膀岂非只是缚手绊脚,让动物个体比较无法攻击与防御自己?"

我试着画出一幅爬虫类爬到树上捕捉昆虫的画面。只要有一点点羽毛的样子,都会有利于动物的跳跃或是逃下树干。刚开始是变形的薄皮,这些薄皮愈是畸形,愈是有利于它的跳跃、操作或拍打,而它的后代也有更大的成长机会。即使是最原始的蹼,对于(部分或全部水生)动物在水中的生活也会带来莫大助益。我回到羽毛的演化过程,并指出,鸟类为了维持恒定的体温,羽毛也相对逐渐变得重要起来,虽然这并不是羽毛演化的"目的"。要有羽毛的最主要益处,大多和动物的行动有关。但是这种情况也可以倒过来解释。羽毛在帮助鸟类的祖先行动方便之前,刚开始是要让它们享受隔离的好处。最近发现的羽翼恐龙显然有利于这个方向的理论。

"然后蝙蝠来了,"他说,"终于连一些哺乳动物也开始会飞。"

我想我说了些关于空中的地盘已经彻底为鸟类所占,蝙蝠狭小的生存空间成为昼伏夜出的猎食模式。蝙蝠不只是发展出翅膀而已,它们还演化出所谓的回声定位技能。

"这就是鸡生蛋蛋生鸡的问题。"荷西认为,"因为,究竟是哪一个先来,回声定位或是真正的飞行能力?"

我没有时间回答,因为就在那个时候,罗拉来到桌边,加入我们的行列。当时我又成为庄家,她还是无法摆脱比尔,但她带着哀怨的眼色望着我,为她在机场对我的冷淡而请求原谅。她站在吧台边,喝着一杯红色的饮料,当她终于穿过餐厅,我抬头看了一眼,给了她一个位置,这是我最拿手的把戏。马利欧从邻桌取来一张椅子。

"给我一个活着的星球……"荷西又开始了。

"就这一个!"罗拉打断他的话头。

她热切地指指外面的棕榈树丛,虽然外头黑得无从辨识。我还记得她的帆布背袋上,挂着世界野生动物基金会的徽章。

荷西笑了。

"给我另一个活着的星球。我觉得很有自信,它迟早会发展出我们所谓的意识。"

罗拉耸耸肩,荷西继续说下去。

"要反驳这个想法,我们就得找到一个星球,上面繁殖了形形色色的生命,但没有一个拥有这么复杂的神经系统,让一个人在早晨醒来时想着:'存在或不存在',或是'我思故我在'。"

"这不是太过以人类为宇宙中心了吗?"罗拉问道,"大自然并不只是为了我们而存在。"

但现在荷西开始了他的滔滔雄辩。

"给我一个活着的星球,我会非常乐意指出一大群活的水晶体。而且请稍等,我们很可能并不知道,我们是在瞧着一个有意识的灵魂,有发展潜力证实自己的存在。"

安娜又一次来为他助阵:"他的意思是,每一个有能力的星球,迟早都会达成某种形式的意识能力。从第一个活着的细胞到像我们这样复杂的有机体,有可能会分出许多歧路来,但目标是一样的。宇宙努力地想要看清自己,而那只俯瞰着整个宇宙的眼睛,就是宇宙自己的眼。"

"这是真的。"罗拉说,同时她重复了安娜所说的话,"那只俯瞰着整个宇宙的眼睛,就是宇宙自己的眼。"

整个晚上我绞尽脑汁,试图忆起究竟在哪里见过安娜,但是始终聪明不起来。唯一的方法就是更多地了解她。

"你个人的意见呢?"我问,"你应该也有自己的信仰。"

她努力设法回答这个问题,我一字不漏记得她说的话:

"我们无法了解自己是什么。我们是没人要猜的谜语。"

"没人要猜的谜语?"

她冥想着。

"我只能为自己解答。"

霎时,她望进我的眼里。然后她说:"我是神祇的存在。"

除了荷西之外,我或许是唯一注意到,这个回答伴随着一抹莫测高深的微笑。马利欧显然并未观察到,因为他睁大那双棕色的眼睛,说:"所以你就是上帝?"

她坚定地点点头。

"是的,"她说,"那就是我。"

她那种理所当然的回答方式,就像有人问到她是否生于西班牙一样。而且她又何必迟疑呢?安娜是个骄傲的女人,根本没想要解释她为何与神有所牵连。

"好极了，"马利欧勉强同意，"恭喜你了！"

他这么说着边走向吧台。我想他还对那纸牌游戏念念不忘，至少他明白自己为何没赢过一局。

此刻安娜笑了开来。我不知道这有什么好笑，但她的笑声感染力极强，我们爆出了一场哄堂大笑。

现在约翰来了，手上拿着一杯啤酒。他和那对美国来的少年佳偶闲聊了一会儿，但是始终在我们桌边徘徊，因此必然听到许多我们的谈话内容。

我们在桌边多摆了一些椅子，不久我们就成了六人小组，因为马利欧很快带着一杯白兰地回来，嘴里哼着一首普契尼歌剧里的调子，我想是《蝴蝶夫人》。马利欧向罗拉自我介绍，而罗拉也向安娜与荷西介绍了自己。

这位英国人说："我不巧听到你们在谈什么'意义'或'目的'等。好，很好。但是，我相信像这样的问题应该要由一个规则来判断，而且要回溯既往。"

没有人听懂他话里的意思，然而这并未阻止他继续说下去。

"某一特定事件在发生的当时，意义往往不很明显，一直要到很久以后人们才会了解。因此事物的成因都是事后才会变得明朗起来。这是因为每一个过程都有一个时间轴。"

还是没有一个人点头，甚至没人要求他说得更明白一些。

"想象一下，"他说，"如果我们在地球上的这个地方见证到某些事件，假设现在是三亿年前。我觉得我们的生物学家应该可以让我们对那个时期有些认识。"

我立刻接受了这个挑战。我们正处于石炭纪末期，我说。然后我简略说明当时的植物生态，第一只会飞的昆虫，以及最重要的，第一只爬虫类，它刚逐渐演化成形，因为地球上的环境已经比泥盆纪和下石炭纪时期干燥。不过两栖类在陆栖脊椎动物来说，还是占绝大多数。

约翰切入道："在羊齿类植物与线轴一般的爬藤植物之间爬来爬去的，是一些大型的、像蝾螈之类的两栖类，还有一些爬虫类，包括那些即将孕育我们这个物种的爬虫类。如果我们处于当时的那个环境，几乎可以肯定的是，我们会觉得眼前所见的一切荒谬绝伦。一直到现在，回头看看，才能看出一点道理。"

"因为没有那个，我们今天就不会坐在这里?"马利欧问。

英国人迅速点了下头，而我则补充一句："不过你的意思并不是说，我们是三亿年前的那一切发生的原因吧?"

荷西对约翰的加入感激莫名，要求他继续。

"我只是认为，三亿年前，如果我们要说地球上的生命毫无意义，或是没有目的，那就未免太早下定论了。它的目标只是还来不及开花结果。"

"那么目标又是什么呢?"我问。

"泥盆纪是孕育理性的胚胎阶段。我相信，我们可以合理地说，胚胎的形成有其目的，但是我无法主动认同一个生命在孕育的前几个星期，它自己便能够有任何目标，一个胚胎绝对做不到这点。因此，如果今天我们要相信自己能够针对自己存在的意义，提出妥当的答案，同样也稍嫌过早了一些。"

"你的意思是我们还在寻找答案的路上?"罗拉问。

他再度点了点头。

"今天我们是跑在前头，但还没有抵达终点。只有在一百年或一千年或十亿年之后，我们才会看到自己的目标是什么。因此，在遥远未来的某一个时刻，便将是此时此地发生的一切的原因。"

他继续说了一点，解释他所谓的"理性的胚胎阶段"指的是什么，但我认为桌旁绝大多数的人都会觉得他所说的一切，只不过是一个作家海阔天空的想象罢了。

"但是无论如何让我们将时光倒转，"他说，"假设我们见证到太阳系的形成。我们得看着大自然那怪兽一般的力量，想想是不是会觉得有点不安？大多数人当然都会信誓旦旦地说，眼前所见只有毫无意义可以形容。我想这样的说法也是言之过早。"

安娜与荷西都在点头，这位英国人继续道："或者我们可以再回溯到更早。想象我们看到了宇宙大爆炸，宇宙时空形成的基础。如果我见证到当时发生的事，我相信我会厌恶地吐口口水。这么夸张的爆竹是要秀给谁看？但现在我会说，大爆炸的原因，就是让我们可以坐在这里回想它。"

"我们!"罗拉大叫，"为什么始终都是我们？为什么不是青蛙或是大熊猫？"

约翰定定地瞧着她，一边作了总结。

"那些认为宇宙没有任何意义的人或许错了。要问我个人的意见，我强烈觉得大爆炸有其目的，虽然它背后的目标还看不见，至少我们是看不见。"

"我觉得你把每一件事情本末倒置了，"我反对道，"当我们谈到原因时，总是指发生在前面的事。原因绝不能属于未来。"

他乜斜着眼睛望着我。

"这可能就是我们错误的地方。但是无论如何，让我们把整个观点倒转过来。假如这个星球上的生命不是从第一只两栖类演化而来，我们才能够说，地球上的生命荒诞无稽，毫无意义。但是谁能够取代我们，说青蛙有能力回答萨特的问题？"

罗拉完全无法容忍这样的观点。她狠狠地瞪了约翰一眼，说："好吧，青蛙就是青蛙。比起人类就是人类来说，我看不出来为什么它就比较没有意义。"

英国人同情地点点头。

"没错，青蛙就是青蛙。因此它们做的就是青蛙的事。但因为我们是人类，所以我们做人类该做的事。我们会问每一件事情有什么意义或目的。泥盆纪的生命充满了意义，这是对我们说的，对青蛙而言却并不然。"

罗拉一点都不服气。

"我的看法完全不同。地球上所有的生命都一样有价值。"

我还无法确定约翰打算说到哪里，但他似乎还没打算结束。

"这个星球上，很可能根本就没有生命。那么很明显地，我们可以说，这个世界除了单纯的存在之外，没有什么伟大的目标。但谁会来提出这点呢？"

没有人回答，于是他下了结论：

"如果没有大爆炸，一切都将完全虚无而没有意义。当然，对虚无本身来讲，它或许比青蛙和蝾螈还不清楚何谓没有意义。"

我注意到安娜和荷西不断地交换眼色，私下将约翰的言论，和他们在岛上游荡时所说的那些神秘的西班牙格言牵连在一起。它们之间有所关联吗？这是事先安排的游戏吗？那个英国人会是这些奇特诗文的作者吗？几乎所有马拉福的观光客都在谈论同样的主题，岂非太不寻常？

安娜延续自我介绍的过程，询及罗拉的来处。她说她是旧金山人，读的是艺术史，不过近来她在阿德莱德担任记者。最近她得到美国一个环保基金会的某种工作奖金，而她的任务基本上就是要找出所有破坏环境的力量。更明确地说，罗拉的工作就是要作出年度记录，写下有哪些个人和机构为了利润而公开威胁到地球的生存环境。

马利欧想知道为什么这趟旅行有其必要，罗拉于是借机说明了目前地球的状况，都是很普遍的观点。她相信生命已经受到威胁，长时间下来，地球可使用的资源将逐渐减少，雨林会被烧光，丰富的生态正在慢慢稀释。她强调，这个过程是完全无法扭转的。

"很好！"马利欧同意，"但是把一堆罪犯的名字列在一个刊物上有什么意义？"

"他们必须受到制裁。"她说，"截至目前，证明的担子全落在环保行动身上。这是我们试着要改变的。我们要把话说明白。"

"然后呢？"

罗拉开始比手画脚。

"或许有一天会有个法律程序。有人得替青蛙出面。"

"但你真的相信你这个报告有能力阻止人们对环境的破坏吗？"

她点点头。"这些大嗓门在听到我为什么采访他们时，都会闭上嘴巴，然后当他们了解我访问他们的目的时，态度就会来个一百八十度的大转弯。这是他们要给孙子看的：看看那时候你的祖父站在路障前面，大声嘲笑环境污染所造成的问题。"

马利欧终于听到重点。

"你要让他们自食恶果。"他说。

我想我一定坐在那儿偷笑。对罗拉的大胆，我其实相当欣赏。

"我觉得这个想法很有意思。"我说。

她转头狐疑地瞧着我。我凝视着她的一只绿眼和一只褐眼。她和大多数理想主义者一样，时时提高警觉。

"或许我们需要来个公开的斩首示众。"我说。

约翰点头表示同意，显得那么同声一气，而再度吸引了大家的注意力。"在整个宇宙中，"他表示，"人类或许是唯一有宇宙意识的生物。所以，保护这个星球的生存环境并不只是一个全球性的责任，它是全宇宙的责任。有一天黑暗或许再度降临。上帝的精神将不再移动于水平面上。"

这个结论没有人表示反对，它似乎将这场聚会集合在静寂的冥想之中。

比尔来到桌边，带来三瓶红酒和一杯威士忌。后面跟着六个玻璃杯，由身后一个左耳别了红花的男子端了过来。这个美国人把瓶子放在桌上，从隔壁桌为自己搬来一张椅子。他坐在罗拉旁边。

比尔给了每个人一个杯子，指着那三个瓶子。

"庄家请的！"他说。

我再度有机会研究罗拉对他如何冷若冰霜，我瞥见她对环保工作的投入有点厌世的成分在内。她长得很美，或许看起来有点古怪，但她在那遥远的机场上，并不太轻易移动她的眼睛，或是对一声友善的问候抬眼，离开她的《寂寞的星球》。

正当桌上的讨论继续绕着环境打转，我简短地说明安娜与荷西指派给我的任务，我想应该说是提示我的任务。这回罗拉不再隐藏她对我很服气，因此我终于觉得受到一点尊重。我觉得，她多少理所当然地认为，她是全世界——在这个岛上亦然——唯一和地球环境问题有所关联的人。

如我的想象，比尔隶属于美国那一大群健康情况良好、老当益壮的退休人士。过去他在一家大型石油公司工作，属于那种高度专业的专家，对抗没来由的油田爆炸。他很骄傲地告诉我们，他曾共事过的人包括传奇人物雷德·阿戴尔。他也曾接受美国太空总署的任务，因此可以很谦逊地说，如今阿波罗十三号已经不再绕行月球，他也有一份功劳。我提到这点是因为如下事件：

我们继续讨论了一会儿环保问题，然后这些对话逐渐消失，转进比较快活的话题。比尔受到其他人的怂恿，开始形容他的一些丰功伟绩。听他谈话感觉很愉快，而且他还带来我们正在喝的酒。但是当他开始描绘一次戏剧性的油田爆炸时，罗拉却突然暴跳如雷，扑到比尔身上，开始猛力捶打。

"对这个控制不了的爆发感觉如何，你这肮脏的油猪！"她大叫着。

我想这个评论实际上颇不妥当，因为这个人刚刚提到，他如何冒着牺牲生命与肢体的危险，而避免了一场大型的油田灾难。

这位年轻女子脾气暴躁是意料中事，而且她显然很难分辨积极投入与疯狂之间有何区别。但她对比尔的连续重击使得比尔必须数度曲起肩膀，以逃避她的毒打。在这场暴动之中，有一瓶酒遭到波及，还在里面的半品脱红酒泼到白色的斜纹桌布上。

现在比尔做了一件很怪异的事。他把手放到罗拉颈上，好声好气地说："嘿，好啦！轻松点。"

这促成了当晚最惊人的转变，因为罗拉在盛怒当中，突然冷静了下来，速度和她暴跳起来时，同样地令人骇异。我记得当时想到老虎和它的驯兽师，以及他们相互依存的方式：驯兽师需要老虎臣服于鞭下；而没有驯兽师，老虎就没有什么值得生气的。这场混战至少显示，面对控制不了的爆发状况时，比尔奋力对抗的能力真是一流。我最无法了解的，则是它背后的力量是什么。

此一事件为那天晚上的聚会画上句号。罗拉先站了起来，谢过比尔的酒，并道过歉，然后出门回她的茅屋。我似乎还记得她一度回头，设法和我的目光接触，仿如我可能拥有什么救赎的力量，可以让她的灵魂脱离苦海。

"女人真麻烦。"马利欧喃喃自语——他喝了最多的酒——然后他站起身子也回房去了。

那位高人的英国人环顾四周，满意地点点头。

"好的开始。"他说，"但是你们打算待多久呢？"

我说我会在岛上待三天，比尔也是，接着他就要启程前往东加和大溪地。那对西班牙人在我走后的第二天会离开。

打西雅图来的那对新婚夫妇，很早就回他们的蜜月套房去了，园内的服务生都在忙着关灯，清理桌子。约翰喝光他的啤酒，然后从容不迫地动身离去。比尔也为愉快的一夜表示感谢，于是剩下我和西班牙人，在起身穿越棕榈树丛回房之前，还在原处小坐片时。接着我们站了起来，看着蟾蜍在游泳池里跳上跳下，我提到它们也和我们一样会俯泳。

"或者正好相反，"荷西说，"我们是向它们学的。"

头顶上星光闪烁，像是来自遥远过去的摩斯密码。荷西指向宇宙的夜晚说："这个银河曾经和它们站在同一线上。"

我没有马上听懂他的意思，或许是因为我满脑子都还是罗拉和比尔。

"什么?"我问。

他再度指向游泳池。

"蟾蜍。但我很怀疑它们自己会晓得。我假设它们对这世界还抱持着以地球为中心的观念。"

我们站在那儿，惊叹天上的红白与蓝色星光。

"由虚无创造万物的几率有多少?"荷西问，"或者正好相反，当然，事物永远存在的机会有多高? 或者可不可能这么算，有一天早晨，某个宇宙物质在睡了数不清楚多少年之后醒来，揉揉惺忪的眼睛，发觉自己的意识突然苏醒?"

很难分辨这些问题是针对我还是对安娜而发，是对这宇宙的黑夜或是对他自己。我听见自己残破的答案："我们都会问这些问题，但它们没有答案。"

"你不应该这么说，"他回道，"找不到答案并不表示没有答案。"

这会儿轮到安娜发言了。她突然用西班牙语对我说话，我一时惊呆了。她直直望进我眼里说道:

"一开始是大爆炸，那是在好久以前。只是要提醒你，今晚有场额外演出。你还来得及抓张入场券。简言之，创造观众的时刻，叫好的喊声四起。而且，无论如何，没有观众的捧场，便很难形容这是一场表演。欢迎入座。"

我忍不住鼓掌叫好，同时发觉自己已经失态。为了掩饰自己的错误，我说:"可是这到底是什么意思?"

她给我一个微笑代替回答，一抹我只能从游泳池的灯光中捕捉到的微笑。

荷西将手环在她的肩上，仿佛要保护她，免于受到这开阔空间的伤害。我们互相道过晚安，分道扬镳而去。在夜晚将他们吞噬之前，我听见荷西说：

"假如真有上帝，他必然善于留下身后的线索。不仅如此，他还是个隐藏秘密的艺术大师。这个世界绝对无法一眼看穿。太空藏住自己的秘密一如往常。星儿们在窃窃私语……"

安娜加入，他们一同朗诵着荷西接下来的讯息，有如一首古老的诗歌：

"但无人忘记宇宙大爆炸。从此以后，神静寂了，一切创造远离本身。你依然得以邂逅一颗卫星，或是一枚彗星。只是别期望着友朋的呼唤。在外太空里，不会有人带着印好的名片来访。"

喂蚊人与壁虎

创造一个人得花上几十亿年，魂飞魄散却只在转瞬之间。

当我开启布尔三号的门，便产生了不祥的感觉，在我把灯点亮之后，首先注意到的，就是在琴酒瓶上有只壁虎。因此，正如我的想象，或许我在准备出门用餐时，就是它在梁上倏忽游移。那只壁虎有将近一英尺长，丝毫没有缺乏蚊子可食的迹象。我们互有反应，然后壁虎开始纹丝不动，直到我朝它前进一步之后，它才在瓶子上转了半圈，我开始担心琴酒会被打翻，从床边的茶几上掉落。今天晚上已经泼洒四溅得够了。

我和壁虎算得上是旧识，我知道，在世界上的这个角落，要想象它们不住在卧室里，根本是空想，但当我在准备就寝的时刻，还是不喜欢有太多这类活动量极大的动物在屋里逡巡爬行，当然也不喜欢它们疾驰越过床单或慵懒地躺在床头。

我再往床边的茶几前进一步。壁虎先生静坐在瓶子的另一端，因此我可以研究它的腹部和肛门，它们受到折射的影响而稍有放大。它一动不动，但是头和尾巴都伸在瓶子外面，这只小蜥蜴满眼深意地盯着我，直觉上知道眼前有两条路可以走：完全静止不动，希望就此化入周遭环境之中，或是一个箭步冲到墙上，将天花板当成避难所，或是最好有个屋顶的横梁背后得以栖身。

诡谲的是，和这只营养充足的家居壁虎一场会晤之后，更让我下定决心，非得尽快来杯黄汤下肚，而今我开始担心，这只莽撞的生物将使我的计划泡汤，不单是今夜，还包括往后我在岛上的停留时间。这瓶琴酒近乎全满，我想到，仔细筹谋我的最大利益之后，它可以让我在搭机返乡之前，撑过在此的三个夜晚。我在抵达植物园时，曾检视过那个迷你酒吧，里面除了啤酒和矿泉水之外一无所有。

我伸出左手，准备在瓶子万一掉落之时及时接住，一边向着壁虎前进一步。但是我这位不速之客还是感觉到，它如果采取被动而占领式的抵抗战略，会比拔腿就跑有利。但我对那个瓶子里的内容实在太过关切，因此我决定进入浴室，让壁虎有机会保住颜面地自动消失。然而，有太多时候，壁虎打翻了洗发精和漱口杯，让我记忆犹新。现在，让我最忧心的是，我留意到瓶口并未拴紧。

只要再一步我就可以抓到瓶子，但我也同时会抓到壁虎，而我必须承认，我和那些爬虫类的关系总是多少有点模糊。它们让我很着迷，最主要是因为它们和古生物学的关系，但如果要我去处理它们就不妙了，而且它们会爬上我的头发，真是令我深恶痛绝——尤其是在我正要上床的夜里。

对大多数人来说，蜥蜴是一种神秘而令人着迷的动物，虽然我自以为是个蜥蜴专家。有人可以对细菌或病毒培养出专业的兴趣，这并不表示他们真的渴望和它们发展出亲密而不设防的关系。自居里夫人以降，每一个X光狂热分子在和放射性同位素玩着迷人的游戏时，都会严格把关保护自己。你看见蜘蛛或许如临大敌，但还是可以针对这些肉食性节肢动物的形态写出一篇图文并茂的论文。

谈到像壁虎和鬣蜥这类脊椎动物，大家一定会觉得它们比细菌或蜘蛛，还要有知觉能力。自从我在挪威老家发现了那只死去的小鹿，我便不敢对动物等闲视之，而且我现在也无法再去结识新欢，我不想让一只蜥蜴含情脉脉地看着我，绝不是在夜里的此刻，也不是在我认为是属于我私人空间的房间里——无论这是买来或是租来的——而且我还表示过我不愿和任何其他房客共处一室。苍蝇没有脸，没有明显的表情，但蜥蜴是有的，稳稳坐在那琴酒瓶上的壁虎自然也不例外。

如果我能先喝一小口琴酒，在和那只有意识的爬虫类作近距离接触时，几乎就可以确定有能力克服那些微的反感。但这里的微妙之处在于事件的先后顺序有所不同。我得吸入一点酒瓶的内容物，才有胆子去将它举到我的口边。情势完全陷入胶着，这小小的恐怖戏剧上演的时间比我想象的长得多；我累了，非常非常的累，而在喝上一点我的安眠酒之前，却没有勇气躺下，睡在一只壁虎身边。

但我也不能老站在那儿，在日期变更线的长途跋涉一天下来，我的脚痛得厉害，面对一只两眼直视的爬虫类，这实在太过狼狈，它从来没有一刻移开目光，当然也正在评估当中。因此我的当务之急，就是轻轻坐到床上，近到万一瓶子掉落之时，可以将它抓住，这实在是不无可能，因为这只夸张的"半指"壁虎，是我见过最肥的一只。以这只生物的力量与体重来说，它绝对有能力将瓶子砸到地上，至少这是最坏的情况，我对这点不再有一丝怀疑，也无暇思及其他。

我们坐在那里，长时间瞠目对视，我在床缘，而那壁虎就像狮身人面像一般，坐镇在我的药局门口。将手轻轻一拍就足以让壁虎放弃一切消极的抵抗，然而无论是仓皇逃逸，或是居心歹毒，它都可以保证在我合掌之后的几个微秒之内，将我的瓶子摔碎在地，接下来就是一个步履蹒跚的灵长类要来清理善后，留住瓶内的残酒。这些生物最令我敬佩的地方就是，它们的各种反应几乎都带着透视人心的本事。而眼前的这位先生是该物种尤其机警的一员。

我决定要将它命名为高登，承袭瓶子上的标签。我坐到床上之前便已发现它的性别。高登先生已经过了它生命最辉煌的时刻；换算成人类的年纪，它大概比我老了二十来岁。在它的物种之中，卵生雌性壁虎一次只能产卵两三颗，但我想它已子女成群。高登早就当上了祖父和曾祖父，这点我很确定，由于它的物种在一九七〇年代才被引进斐济，因此它的祖父大概可以算是塔弗尼岛的第一代移民。

我可以断言，是它自己的生活经验教它要留在瓶口上，因为它心下明白，我们正处于对峙状态。它一定发现这些穿着衣服、头上有发的灵长类实在构不成威胁，虽然它应该明白，撤退其实也并不吃亏。不过还有另一种可能：高登或许拥有酷好求知的本性，或甚至有社交倾向。

我渴望着狂饮一番，因而逼视它那垂直的瞳孔，轻声斥责："你现在给我滚下来！"

我想它的呼吸急促了一点，或许血压也升高不少，但除此之外，它还是不动如山。它就像那些警察必须驱离的消极抗议群众一样，无论他们是在抗议筑路或是抗议执照的发给法令太过宽松。这位即兴抗议者不像我，它甚至不用眨一眨眼，壁虎没有可动的眼皮，这实在让我烦躁不已，不只是因为我必须时时留心而不能有丝毫大意，还有在我眨眼的短暂片刻里，我看不见它，而它却可继续观察我。一瞬间对一个人来说，比对壁虎要短暂得多，因此感觉起来像是我在打一次又一次慵懒的瞌睡，而它却可以持续长时间凝神瞪视着我。

"好，"我大声说，"我受够了！"高登毫不让步。它不仅是打死不退，显然还像个愤世嫉俗忧国忧民的老学究，除了欺骗一个比他高级而亟须镇定剂的灵长类之外，或许得不到其他的安慰。欺骗——是的，就是这个话——因为那天不是还有人一心疑惑，有人相信永生，有人最近才被一个女人抛弃。就是我在认识那位火柴盒飞机飞行员的时刻。壁虎高登和那位头发斑白的飞行员有着分毫不差的表情，同样犀利的眼神，同样皱缩的颈项，下巴带着一团肥油，还有壁虎像铲子一样、短短的五根手指。Hamidactylus（蝎虎属）的意思就是"半指"，那位飞行员亦同，拥有数根半指。情况开始明朗起来。这一天以来，我并不是第一次觉得像恐怖片里被挟持的人质，而这种紧张的情境再度释放出一种猛烈的饥渴，眼前的际遇却让我无从抚平。

我怒不可遏，因而再度评估闪电攻击的可行性。最后我否决了这个构想，原因是，在奇袭战略的运作之下，或许可以保住我的酒瓶，但必须失去大半瓶中物，危险性仍在，尤其假如高登的反应不当——而我却无法排除其可能。我甚至无法忍受失去一小滴的琴酒。

"听着，"我说，瞪视着这位远亲的眼睛，"我实在很不愿意掐住你的喉咙；我想，如果我们够诚实，我甚至不会想要你离开。我想要的，只是你端坐其上的瓶子。"

我毫不怀疑它懂得我在说些什么，因为它从头至尾都在告诉我它无所不知，而且持续进行了超过一刻钟的时间，但是在我出现之前，它便已坐在我的瓶子上抓了好久的蚊子。显然我没有权利要求它走；相反地，我才是侵犯它地盘的人。它和我素昧平生，因此假使我还不立刻撤退，或至少让它安静度日，它就只好被迫让瓶子消失，大家闭上嘴巴。

我注意到它的尾巴末梢有条棕色条纹。

"我不是这个意思，"我说，"如果我能够喝上几口，这其实花不了几秒钟，你就可以再回到瓶子上。我可以把一只爬虫类压扁，我在这方面是黑带高手，而且既然双方无法完全互信，我建议你爬下来，先到茶几上休息片时，让我喝上一口。我还得把瓶口转紧，否则双方的误会或许会造成我们只剩下杜松子的味道可闻。"

它的脸上一无表情，但它接着说："这个我听过了。"

"什么?"

"你和你的瓶子一起去死吧!"

"我想你不太了解我有多么渴。"

"嗯，我可是很饿。"它回道，"而且我一天里面只有这个时候会吃东西。蚊子喜欢酒瓶，你看，它们随时都会在这里降落，我只要把舌头伸出去，吸进来——故事结束。"

它说得对，虽然它竟然在教训我有关壁虎的习惯，这真是让我感到有点厌恶。但是为了瓶口没盖紧的那些瓶中物，我们完全可以共同栖身在同一个房间里。高登可以坐在瓶子上，解决蚊子的问题，让我不受打扰地睡个好觉，早晨醒来身上不会有痒痒的疙瘩。在古时候，斐济酋长睡觉的时候，会有个"喂蚊人"赤裸身子坐在旁边，让蚊子咬，因此酋长可以不用遭到蚊子的侵扰。当效率奇高的壁虎在岛上繁殖开来，对喂蚊人的需求应该就不那么强烈了。今天它们几乎是永远必备的家用品。

我有了个点子。

"我去拿另一个瓶子来，"我说，"你可以换个从冰箱里拿出来的冰凉啤酒瓶，那真的可以吸引蚊子过来。"

它坐在那儿思量这个提议。过了一会儿它说："老实说，我也被你吵累了。我接受这个交换条件。"

"你真是太伟大了！"我大叫起来。

我高兴了一会儿，还没忘记赞美我自己真是足智多谋。

"那么你先离开那个瓶子吧！等会儿你就会有只新的酒瓶。"

但现在这只小野兽却来了一阵痉挛。它固执地说："先去拿啤酒瓶，我就下来。"

我摇摇头："在此同时，你可能打翻我想要用啤酒瓶交换的东西。有时候粗手笨脚并不困难，不是吗，尤其是没有人在旁边看着的时候。"

"你只要不来抓我，瓶子就不会打翻。但现在你打消这个主意吧！"

"为什么？"

"我觉得我现在的位置很好。"

我还没放弃请它移动的希望，因此我说："如果这里还有蚊子，我可以肯定它们会比较喜欢冷啤酒。所有的蚊子都会喜欢冷啤酒瓶的冰冷感觉。"

它只是一脸嘲讽地瞪着我。

"哦，是啊，那么你想我坐在一个冰冷的地方，结局会是什么？像我这样一个敏感的小伙子，那简直就是自杀。不过那或许就是你想到这个点子的主要原因吧？"

不是的，因为我根本没想到这个明显的事实，高登是个冷血动物，只要它在一个只有两摄氏度的表面待上五分钟，就会昏过去。

"好吧，那我帮你把啤酒瓶加热好了。我乐意之至。"

"笨蛋！"

"啊？"

"那它就再也不凉了，我宁可留在这儿。"

现在我发怒了。

"我根本可以用我的双手，把你打到地上，压成肉酱，你知道吗？"

我几乎可以听见它的笑声。

"我想你不敢，或者你做不到。光是现在，你就在赞美我的反应速度了，不是吗？你说，几乎可以说像有透视眼一样。"

"我只是这么想，可没这么说，两者不能混为一谈。"

现在它真的笑了起来。

"如果我们有透视眼，我们就是有透视眼，无论我听到你说什么，或是猜到你在想什么，其实都没有两样。我想我会看到你的手以慢动作向我伸过来，要好久好久之后，它们才会到我这里。同时我会有很多时间用我沉重的尾巴向你道再见，然后全身而退，回到天花板上。"

我知道它说得对。

"这一点都不好笑！"我几乎大吼了起来，"我通常不太和爬虫类争辩的，但是我很快就会失去耐性。"

"不太和爬虫类争辩，"它重复我的话，"这种讽刺的话留给你自己吧！"

我跌坐回床上。截至目前，如果它真的执行它的威胁，有几秒钟的时间，我都没有机会拯救我的酒瓶。

"我不是这个意思，"我逢迎地说，"事实上对你这样的生物我是敬佩有加的，只是你不知道而已。"

"像你这样的生物，"它嘲笑着说，"最阴险的偏见往往就在于你连自己都看不到。"

"我真的不想再争论下去了。"我向它保证，"不过听起来，你好像有着很深的自卑感而无法自拔。"

"当然没有。当你这个物种还像地鼠般大小，还是那么毫不起眼的动物时，我的叔叔阿姨就已经称霸整个地球。它们之中还有许多巍巍站立着，有如骄傲的轮船一般。"

"好啦！好啦！"我说，"我知道那些恐龙的故事，而且我可以分辨单弓类和倍弓类之间的区别。但是我要警告你，我甚至还可以分辨鳞龙类和古龙类之间有何不同。所以，不要太吹嘘你和恐龙是什么近亲，内陆的鸽子与鹦鹉，它们和恐龙的关系都比你还亲。"

我想我用分类学的标签封了它的嘴，它坐在那儿良久不发一语。或许它连个拉丁文或希腊文都不懂。许久之后，它说："如果我们再回头一点点，我们就有关联了。所以我们都是脱离不了关系的。这点你可曾想过？"

这点我可曾想过？这样的蠢问题我根本懒得回答。但它不愿放过我。

"如果我们回到石炭纪，你和我都是同一个父母。你毕竟是我的兄弟。你知道吗？"

这显然已经扯太远了，但我最主要的关切，还是不要失去那瓶琴酒。

"我当然知道。"我说，"你会知道也是因为我知道的关系，或是在这座岛上有另一所壁虎大学？"

我不应该这么说，因为这句话激怒了它。刚开始它狠狠瞪着我，表情极为冷酷；看起来它好像全身的肌肉都紧张了起来。然后，我打从一开始便害怕的事情终于发生了。突然间，它在琴酒瓶上猛烈摇动二点五次，我本人便目睹酒瓶晃动了一英寸两英寸；但是最糟的是，这一场天摇地动将瓶盖完全松开，掉到桌边茶几上，接着滚下地面。我感觉到眼泪溢满我的双眼，因为现在这只暴怒的小龙已经展现它对我的支配力，而且其实不用太多力气，就可以让我的世界裂成碎片，诅咒我彻夜不眠，喝着斐济啤酒。它和我杠上了，我想，自从我在飞机上，当罗拉将膝上的大地图摊开，当我给了它几个不屑的白眼，当我还在塔马尼维山上稀薄的空气里，情况糟得不能再糟的时候，这一切便开始了。

我从地上拾起瓶盖，怒火中烧，但我一脸勇敢坚强，平静地说："我承认，说你上壁虎大学是有点不礼貌。你能接受道歉吗?"

它现在就在琴酒瓶前，背对着我，因此它只能用一只眼睛看着我。

"你说侏罗纪和白垩纪是爬虫类的全盛时期，这么说是对的。"我继续说道，"你们比那最初演化出来的原始哺乳类还要先进，而且一直到白垩纪末期，你们都比有袋动物或胎盘类哺乳动物高级。这点我的确是了解的。因此那些造成第三纪开始的要命陨石对你们来说，实在是太不公平。"

"为什么?"

"你们的前途是那么的光明。你们之中，有许多都已经开始用两只脚行走，有些甚至和我们一样是温血动物，我真的相信你们正要形成进步的文化，会开办大学和研究机构。有些物种距离这个前景也不过几百万年，这其实并不算久，想想恐龙在干燥的陆地上称霸将近两亿年。比较起来，只要想想我们人类所做出的巨大改变，也不过是过去两百万年的事，我指的是基因上的进步。文化上的成就都是用世纪衡量，十年一算，实在不值一提。"

我听见自己在胡言乱语，再度害怕自己说错了话。我是否又在吹嘘自己的物种，而对爬虫类所受到的伤害幸灾乐祸? 我等于是在落井下石。

"就像你，我相信在侏罗纪和石炭纪时期，你的祖先是最先进的。然后因为地球和另一天体之间的无心撞击，而毁了一切。这不公平，实在是不公平。无论就进化历史或就整个宇宙的观点来说，或许截至目前，那是我们地球为了取得智慧，第一次尽了最大的努力。而你的祖先却因为某个流星偏离轨道被这星球的引力无情地吸引过来而毁灭。这使得你们慢了几百万年。"

高登的目光如利剑一般刺穿了我，而我却不敢让视线须臾转离。我用上最甜蜜的舌头，以为自己可以让它稍稍软化。

"你说我们慢了几百万年是什么意思？"它说。

现在它已经比较愿意妥协，就像个淘气的小孩想要爸爸继续说故事一样，即使它并没有了遂心愿得到巧克力。

"你们没办法第一个登陆月球。是那只地鼠的后代赢了比赛。"

我咬咬下唇。我又失言了。

"谢谢你，你可以不用继续侮辱我了。"它说，而我明白，这是最后通牒，接下来，就在今天晚上，与前述流星一样的一次灾难会再度降临。

"我怕你又误会了，"我说，"这完全是我的错，因为我在三更半夜里总是头脑混沌得很，尤其是当我在设法避免……嗯，呃，没事。不过就像您英明睿智的说法，我们都是血亲兄弟。事实上，在我们基因里那一大串相同的排列，我们都是五指四肢，同时我相信，如果我们能够学着看待这个我们所居住的星球为一个共同的舞台，或是共同的利益空间，我们就可以更清楚地了解对方。由于流星迷途而造成的混乱撞击，而失去几百万年的，是这个星球本身，而不是你或我，或更正确地说是我们两个。我们必须了解，即使是一颗行星，也没有无限的生命，总有一天，地球也会走到它生命的尽头。假如不是那颗任性善变的大石头，现在坐在这床边的是你，而我则得在房里到处狩猎昆虫。这也可能会再度发生。或许接下来要遭殃的人就是我。那是可能再度发生的！宇宙意识与类似的宇宙无意识之间，所有的权力平衡都靠不住，宇宙的恐怖主义会造成我们这小小的口角微不足道，或许我该再附带一句，像这样的平衡感，就像大卫带着他小小的弹弓，面对毫无理性的哥拉斯，后者的火力包括脾气暴躁的流星和陨石。智慧是很难适应环境的，外头有大量的冰、火和石头，实实在在的一大堆，因为有成千上万颗冲动的小行星在火星和木星之间游移，它们的轨道极不稳定，只要再来一次不幸的交会，就会有另一颗飞出自己的轨道，冲向地球。所以，等一等吧，下一回灵长类或许消失殆尽，或许就轮到蜥蜴亚目的壁虎科，为大自然努力取得更多关于宇宙的知识。不过到时候不知是否为时已晚，那就不得而知了。因为谁知道太阳什么时候会变成一个红色巨人；不过我不应该妄下论断，只能祝你幸运。有一天，或许你们会带着蜥蜴的一小步，大自然的一大步，那么你必须记得，我们也曾经参与这趟旅程。"

"你话太多了。"它说。

"是太多了。"我承认，"这就是所谓的宇宙尘埃。"

"你对我的家族目前的状况没有一句赞美的话吗？"

我相当同情这项抗议。

"哦，当然有，我有最高程度的敬意。例如，千百万年来，你们都可以远离酒精的影响，这就让我佩服到了极点。也许这也是你们如此长寿的原因。我相信爬虫类的日子并不好过。我可以告诉你，原始人类的生活有时候是一种负担。或许这就是我们必须忍受一点异常——那一两个多余脑回——的原因；我并不是在自艾自怜，因为谁又晓得是否有个奇怪的爬虫类，终其一生必须忍受着某种遗传疾病之苦。不过我的意思是说，酒精实在太容易取得，例如，各式各样的果实都可以产生酒精，而你们却没有一个会对酒精产生依赖，我指的是每一目，从喙头目、鳞片蜥蜴、鳄鱼到倍弓类。虽然我觉得很惭愧，我对乌龟的饮食习惯所知不多，但我假设所有龟类大概也都可以滴酒不沾，至少可以很长时间不用喝酒，因此它们可以活得很久，有些种甚至可以活上两百岁。例如，希腊陆龟。据说曾经有一位圣彼得堡的主教活到两百二十岁，虽然这或许有点夸张，文献就曾经指出，在一七六六年，有人在塞其力斯抓到一只成熟的巨龟，它在人类饲养的情况下活到一九一八年，因一项意外而死亡，当时它已经失明一百一十年之久。不过长寿并不是乌龟的专利，我当然知道，一般而言爬虫类都活得很长，但这并不是说你年纪一大就会染上酒瘾，这在我自己的物种里是很常见的悲剧，至少在那些崇拜多余脑回的文化里，这真是有点过度，或者应该说，实在不是什么好事，这使得他们对宇宙充满恐惧感，害怕我们在地球上的生命太过短暂，而时空却是如此无限。"

"像我说的，你的话太多了。"

我最后来一串长篇大论的目的是要让它比较温顺一些，而如果适得其反，我无疑将迅速失去我的琴酒。为了安全起见，我决定投降。

"高登先生，关于这酒瓶，我决定要投降。"

"明智的抉择。"

"所以我们不再讨论这个问题了吗?"

"我一整个钟头以来都想这么做。"

"不过，你自然不会反对我把它的盖子拧紧吧。大家都得学学这件事。"

它没有回答。

"这不会影响你捕捉猎物的，我肯定。相反地，我相信我听说蚊子很受不了琴酒的味道，他们说蚊子对它是避之唯恐不及。是不是因为这样，英国人才会在殖民地喝这么多这种酒，以免自己染上疟疾?"

听到这里，它稍微更动自己的位置，或许是要让我进入它的双眼视界，壁虎的视觉角度大约不会超过二十五度。

"你试试看。"它说。

这个简洁的答案有两种解释方式，因此我问："这表示好啰?"

"不是。这表示你的用语应该要更小心。因为你是对的，当然，比起安全妥当的酒瓶来说，没有盖子的酒瓶需要更加倍小心处理。"

"你一点都不累吗?"

"我是一只昼伏夜出的壁虎。你知道的。"

我已经不太担心我在马拉福接下来的几个晚上。也许我可以在旅馆或梭摩梭摩的商店里买瓶琴酒，虽然我知道斐济的法令与规范里并不放松牵涉到酒精的买卖。但我很确定，我需要喝好几大口高登酒瓶里的酒，才能安睡一整夜。我现在已经准备要赌上半公升的酒，让我保住当晚我需要的足够分量，因此我可以根据一个全新的前提，筹划来次突袭。这个前提会造成大量流失，但可以省下足够的瓶中物，让我安度今宵。但更糟的情况是整瓶都掉在地上，一想到高登要看着我趴在地上，在酒全部渗入地板之前，舐起我那已经脏掉的镇定神药，我就得再从长计议。

在房间中央，离我大约一步半的地方，放着我的黑色旅行袋，我突然想起里面有一盒某一趟航程带下来的果汁，上面还有一根吸管。我的意思是，空服员交给我时，上头就附着一根吸管。这或许是我的最后一张牌了，而这一回我不打算告诉那个骄傲的恐怖分子，我在打什么主意，无论它有没有透视眼。

我左手伸向床边茶几，两眼紧盯着酒瓶和高登，我设法抓到旅行袋，几秒钟之后，我又坐在床边了。

"你在玩什么把戏?"它问。

"我只是想上床睡觉。"我扯了个谎，"我真的是一个在白昼活动的生物，你知道的。"

"你的那些地鼠老祖宗就不是，"它说，"它们在夜里天气凉爽的时候爬出来猎食，因为那个时间它们的冷血杀手必须静静待着。"

我一边打开旅行袋一边说："我知道。我什么都知道。我说过，如果不是六千五百万年前的那颗陨石，现在要上床的或许是你，而我得在地板上爬来爬去找昆虫吃。你好像只能知道我所知道的，不能更多，也没有不同。"

我的最后一句话是要测试它的脾气，同时要隐藏我正在抓取一个果汁盒。不久我便将吸管拿在手上。

我不会笨到去要求高登施舍一些它栖身其上的可怜汁液给我，我只是靠近了酒瓶说："我多少是个爬虫类的鉴赏家，你知道——"

"是的，我知道这点。你是个狂热分子。"

"不过我或许还不够强调，我对壁虎更有特别的偏好。尤其是那三十五种'半指'壁虎。"

然后我把吸管放进嘴里，伸进酒瓶，奇妙的是，高登竟然纹丝不动。或许它不敢有任何动作，我想，也可能它还没弄懂怎么回事。

我确定我吸了好几大口之后，才停下来换口气。但是我办到了，我顺利完成了少见的伎俩，从酒瓶里喝到酒而唇不沾瓶。现在哥伦布的蛋已经不再是要紧的问题。

"啊，妙极了!"我说，一边大声地打嗝。

这么做并不是为了故意表现粗鲁，或是要展示一种出自于酒精的傲慢，它就是如此自然地流露出来。然而，我必须承认，我立刻感觉到心情变好，勇气回笼。高登将这点考虑在内，打从一开始便坚决不让我顺心遂意，这不是没有道理的。

下一秒钟，这位半指拼命三郎开始绕着酒瓶打转，虽然我用一只手指将它稳住，还是无法避免那些珍贵的琼浆玉液泼洒出来，流到茶几上。但我算到这点，因此决定放手，我知道它一有机会就会跳到我身上来，而我对壁虎的感觉很复杂，还不想用这种方式去认识高登。

"我告诉你，"它说，"你只要再试一次，我保证让你后悔。"

我有点同情它的这项忠告，因为在我内心深处，我知道如果我能够再喝上几口壮胆，我的勇气就会升高到足以背叛它的程度。即使在最初的这几口神药下肚之后，我的手指已经开始有点蠢蠢欲动。

"了解。"我说，"我并不知道你会介意我测试这支吸管——它真的是防水的——而且我从头至尾都没想要把你压扁。"

"或许你也该给你那口头痢疾吃点止泻剂了。"

的确，此刻我对壁虎高登也没什么话说，就像心理学警官对挟持人质的人一样，只是他会假装关心后者，图的只是多一点时间，因此他会让对话持续进行。其实对双方而言都是一样的，因为当双方僵持不下，当挟持人质的暴徒知道自己暂时被优良的兵力包围，他也得争取一点时间。

它说："或是你得说些比较有意义的事。"

"你想谈吗? 你想谈些有意义的事吗?"

"还早得很，如果你在附近，蚊子会比较喜欢来，轮到我吃它们的时候，或许它们会变得比较肥胖，更营养些。"

我不喜欢这个帮壁虎喂蚊子的构想，而当它附加了这句话，简直就是可以用无耻来形容："而且我满希望你把灯打亮之后，不要太早关起你身后的门。"

实情是，我会在开灯之前，先把门关上。我在热带住了将近两个月，虽然我对蚊子不是很敏感，却还是很小心不要把它们带进我的卧室，只是为了要尽可能减少壁虎的数目。

"我们可以无所不谈。"我说，"你喜欢美式足球吗?"

"完全不感兴趣。"

"板球呢?"

"没兴趣。"

"稀有邮票?"

"别闹了!"

"那么我建议我们来谈点关于实境的问题好了。"

"实境?"

"是啊，有何不可? 或是你觉得这个话题太广泛了?"

"好吧，继续，反正我天亮之前都不会上床。"

"最重要的一点，它巨大无比，而且老得不可思议。虽然没有人确实知道它从何而来。"

"太阳吗?"

"不，实境。这是我们现在谈的重点。我想我们一次只能将注意力集中在一件事情，太阳系只是我们所知实境的沧海之一粟。整体来说，实境包含了大约一千亿个星系，其中之一就是我们银河系，我们那小小旋转的银河，在这里面，太阳只是一千亿颗恒星之中的一小颗。就是它，会在几个小时之后升起，然后地球上就会开始全新的一天，就像我们在这日期变更线上的情形：'每个新的一天开始的地方'。"

"那么实境果然可观。"高登评论道。在我看来，这个评论让它显得更加愚蠢。

"但是我们只是在这里待上一小段时间，"我说，"然后，咻！我们从长远的永恒之中消失。例如，我会在几年或几十年后离去，然后我便无从得知此地有何进展。显然我在一亿年后也会缺席，然后我在一亿年减掉几个星期和几个月的时间之内，我都不存在，别忘了减掉今夜稍后的时间。"

"我觉得你不应该这样庸人自扰。"它几乎是在安慰我，仿佛它并非我这一切苦难的罪魁祸首。

"让我觉得最困扰的倒不是人生的短暂。"我继续说，"我甚至可以休息一下，眼睛稍微闭上一点，因为即使现在说出实情，也只会让我觉得伤感。我感到最不满的是，我在休息之后，竟无法再回到实境。我并不坚持一定要再回到同一个地点，这个银河系里；我的意思是，如果因为怕太拥挤，我也愿意考虑到另一个截然不同的星系，至少如果那里有个酒吧，而且我会再世成为两性之一。在禁欲的星球上，其繁殖过程是雌雄同体，这对我丝毫没有吸引力，因此我要躲远一点。问题不在于离开，而是无法再回来。对我们这些拥有两三个基本上是多余的脑回——它们基本上是多余的，如果你愿意的话，也可以说它备而不用——的人来说，这样的想法有时候会毁了人生的所有乐趣，而且这不只是情绪上的问题。我们不只是说它会攻击到人的情感，它还攻击到我们的理性。

你可以说，这两三个多余的脑回影响到的就只是这两三个脑回而已：它们还会咬自己的尾巴，并不是为了好玩，其实是带有恶意的；换句话说，它们带着一种自我毁灭的特色，而且不容易将它去除。蜥蜴可以轻易舍弃遭到攻击的尾巴，在较高级的灵长类身上，却找不到蜥蜴这种具有自割能力的大脑构造。当然，遭到攻击的神经元突触可以麻醉几个小时，例如，用点琴酒，不过那只能稍微减轻症状，却无法完全解决这种狼狈的困境。"

"我知道。"它就说了这几个字，而现在我已经真的开始怀疑它是否只是在唬我，因为我实在不相信它懂得我说的任何一个字。

"对生命基本功能没有任何作用的大脑区域——换句话说就是多余的大脑——让我们可以了解一点关于地球生命演化的过程，一些大自然的基本原理，最重要的是，宇宙的历史，从大爆炸到今日。你知道的，我们不会在脑袋里装些骗小孩的玩意儿。"

"深感敬服。"

"我们刚刚谈了一些关于实境的历史，它的地理与宇宙本身的本质。但是没有人知道宇宙真正的精髓是什么，至少不在我们森林里的最后一棵树上，宇宙的距离并不只是巨大而已，它们根本就是难以想象。问题是，如果我们的大脑，这么说好了，如果它能够大个十分之一，或是增加十五个百分点的有效运用，我们是否能够了解得更清楚——从最深刻的层面去了解这个世界是什么。你认为呢？你相信我们已经用尽全力调适自己，无论我们的大脑如何，不管它的大小怎样？因为有些事情无疑是指向这个事实：原则上，眼前所知已近极限，我们不可能了解太多。假如实情真是如此，我们的大脑却正好足够去了解像相对论、量子物理与人类基因组，这本身就是个小小的奇迹。在这些领域里，确实没有很多漏失的环节。我怀疑，即使是最进步的黑猩猩，它们能对大爆炸有丝毫了解吗？能知道最靠近的星系要多少光年的距离吗？或是，简单一点，看得到地球是圆的吗？这里有个有趣的问题，如果人脑能够大一点，它就会禁止女人直立行走。现在，我得加速指出，人类如果无法直立行走，大脑就不可能发育到今天的大小。我想表现的是一个很精妙的平衡状态，所以，我用另一种说法好了；对于这个我们飘浮其中的谜，我们对它的了解有多少，或许要看女人的骨盆大小。整个宇宙的智慧，竟要被局限在这么平凡无奇的解剖学限制上，这令人难以置信。不过这个肉体的方程式却似乎颇为合理，岂非奇怪？看起来这个方程式的X或许正好是全部的量子，因此这个宇宙的所有量子就目前看来，就是意识本身。人类的骨盆大小正好足够让我们了解何谓光年，距离最远的星系有多少光年，以及，例如：在实验室里与在大爆炸之后的前几秒钟，最小的粒子如何运作。"

"但是在外太空的某处，为什么就不能有个比较大的脑袋？"高登插嘴道。

我忍住不笑。

"这当然很有可能，如果我看到有个大脑可以，比方说，背下整部大英百科全书，我也可以接受。我甚至不难想象有个单一的脑袋可以吸入人类从古至今的整体智慧。我怀疑的是，就理论上来说，人类对宇宙秘密的了解，是否还能比眼前的所知丰富许多。因此，我所提出的每一个问题，都可以简化到宇宙本身是否还有更多的秘密可供揭露。我的意思是，如果你找到一块陨石，就可以开始计算它的重量、它的比重，以及最重要的，它的化学成分。但是当这一切都已完成，就无法再从这石块上榨出更多的秘密。作完这些分析，它只会维持原貌，以及它向来的模样。因此你只能将它搁在一边，或许放到博物馆里去聚集尘埃。而我们并没有变得更聪明。因为，石头究竟是什么呢?"

"我觉得我不太听得懂。"高登叹了口气。它似乎已经几近精疲力竭。

"好，就是这样，你看吧! 我只是说，或许科学的年代已经濒临闭幕阶段。我们已经达成目标。而目标就是意识到和目标之间的距离有多么遥远。我们介绍自己去认识宇宙，宇宙也强力展现在我们面前。或许科学已经到了终点，这就是我的意思，或许我们已经知道了值得认识的一切。而当我说'我们'，请你谅解，我指的不是我们两个，我谈的是整个宇宙中的所有其他潜在的脑袋。假使真是如此——而这是我目前假设的理论——假使果真如此，实境便将永远默默无闻，完全没有转圜的余地。我是谁? 问问实境。但不会有人回答。没有人看到或听见我们。我们只看到自己。"

"我真希望能够帮得上忙!"高登喃喃地抱怨着，毫不让步，而它如果有点智慧，就该移驾离开它坐着的酒瓶，这无疑就是帮了大忙。

"但是你说你相信有永恒的生命。"我插嘴道，"所以，你如果没有副驾驶同飞，就不该载人; 不过，好吧，我们可以把这个搁在一边。像你这样的个体相信有永恒的生命，你觉得正常吗?"我问。

"我从来没遇见任何一只壁虎持相反的论点。"

"可以更明确一点吗?"

"没有一只壁虎会否认生命可以永恒存在。我觉得爬虫类都不曾想过生命可能有终止的一天。我们脑里从来没有出现过这种想法。"

它继续说着，听起来像是在模仿我说话的方式。

"我指的是，在脊椎纲的四大目里，每一个属与科里的所有爬虫类。我们没有一只会去想到生命将在某一个阶段停止。"

这句话有如当头棒喝，假如我将人类的历史往前推移几个世代，灵长类也是一样的状况。从广大的虚无之中冷却下来是一种新的现象。而且谁又敢说呢，也许在整个宇宙里，没有任何一个星球知道何为对死亡的恐惧。它说：

"有个世界存在。以几率算来，几乎不可能。即使有意外，也不应有任何事物存在。如此一来，起码没人来问，何以一片空无。"

我没有回答，它追问："你听见我说了什么吗？"

"是的，当然，现在你或许可以告诉我，这是你们岛上的这些人四处捏造出来的，或是你们在某一本老谚语书上看到的？"

它没回答，因此我试着要它继续说话。

"你们长久以来都在想着这些事吗？或者你们都是吟游诗人之类的？"

但是它才正要开始，因为现在它宣告：

"我们生自并生出我们一无所知的灵魂。当谜团以两腿站立擎起自己，而未获解答，就该轮到我们上场。当梦的画面捂住自己的双臂而未醒，那就是我们。因为我们是没人要猜的谜语。我们是失足于自己形象的童话故事。我们不断前进，却未有觉悟……"

"也许你该收拾收拾睡觉去了，"我说，"我开始觉得不耐烦了。"

"你随时可以上床，"它像在挥手解散，"我来照顾这个酒瓶。"

"死都别想！"我尖叫着，决战时刻终于到来。我的神经元突触正需要麻醉一下。

说完，我跳起来冲向它和酒瓶。

高登愤怒地爬过我的手，全速冲到墙上，酒瓶打翻掉落地面，让要命的镇静剂泼洒出来，消失在地板的裂缝当中。等到我终于攫获酒瓶，举向灯光，发觉只剩下两口，最多三口。我将酒瓶塞入口中，一口气喝个精光。

"你这只猪!"它在墙上大声喊叫，"不过我们总会再见的!"

在我睡着之前，记得的最后一件事，是高登在用西班牙语背着这些句子，窃自安娜与荷西的许多对实境的描绘：

"假如真有上帝，它必然善于留下身后的线索。不仅如此，它还是个隐藏秘密的艺术大师。这个世界绝对无法一眼看穿。太空藏住自己的秘密一如往常。星儿们在窃窃私语。但无人忘记宇宙大爆炸。从此以后，神静寂了，一切创造远离本身。你依然得以邂逅一颗卫星。或是一枚彗星。只是别期望着友朋的呼唤。在外太空里，不会有人带着印好的名片来访。"

在那一夜接下来的时间里，我只剩下一点模糊的印象，隐约记得高登说了一些话，企图让我终宵不眠，但我想它在大约五点的时候，说了如下箴言唤醒了我：

"创造一个人得花上几十亿年，魂飞魄散却只在转瞬之间。"

悲戚的灵长类

某样事物已然死去，无可挽回地死去，宛如失去天堂钥匙的天使。

斐济群岛的第一天就是这样度过，我不想再详述细节。上述的一切只是想让你了解，为何我在沙拉满加会有那样的反应。

我正想开始谈谈你我的事，却突然看见安娜与荷西走在托姆斯河畔，霎时间，我觉得自己像是回到了查尔斯王子海滩。从此我再没有机会谈到我们自己，或谈到桑妮亚的事，因为你笑得那么惊天动地，以为我是在说些八卦的笑话，好逗你留在那里。但是又听到你的笑声确实美好，为了博你一粲，说再多蠢话我都愿意。然而，我看到的是安娜与荷西没错，我可以确定这点，第二天早上就是证明。十天之后我再见荷西，这回是在马德里。他谈到布拉奈达的故事，以及布拉多博物馆的两张画像，情况再明显不过，我们有着严肃的一课要彼此学习，而要开启我们之间的重新对话，唯一可行的方法，就是写信给你。

薇拉——我想请你帮个忙，算是你为我做的最后一件事。我会在星期四下午的某个时刻将我写的一切寄出去，而星期五，你得陪我去塞维利亚。我答应安娜与荷西那天要去塞维利亚，同时我几乎可以肯定，在你读过安娜与神奇相片的故事之后，你也会想去。

你应该没忘记几年前，从巴塞罗那寄给我的那张卡片。"你还记得神奇不老药吗？"你写道。你到家之后说，假如你找到那瓶药，会毫不犹豫地给我半瓶。你总是热情洋溢，随时想和我在一起。"对我来说，只有一个男人，一个地球。"你说。还记得吗？你继续说："我的感觉如此强烈，因为我只能活一次。"然后命运之神介入，一切都走了样。

此刻我唯一的要求，是你空出一天来，为了我。没有你，我无法去塞维利亚。我就是办不到。

与高登的首次会晤苦不堪言，写完这段像是再度体验了一回。接着我到了圆顶大厅阅读《斯民斯土》，喝杯茶，吃点小蛋糕。在集中精神写了那么多字之后，能够完全放松真是一件好事，只是听着竖琴的乐声，伴随着的是圆顶下的许多小型会议发出的轻鸣。我知道我的住房费用已经不可计数，但还是决定要把所有的事情都告诉你，再离开马德里。你看，我又奢侈地让自己住在皇宫里。这里的职员都认识我，而且距离布拉多博物馆只有一投石的距离，离植物园也只有二投石的距离，走到退休公园或是太阳之门只要五分钟。

但是先回到斐济吧！第二天早晨醒来，晨起的渴望立刻升起，很想找个不欲深交的人，尽情倾吐前一天夜里的遭遇。这种忏悔总会招致正反两面的意见，也许你看起来有点不太小心，但是宿醉的结果，总是会夸大一些原来微不足道、偶一为之的率性行为。在后悔的剧痛之下，你总是会有点语无伦次。接下来的清晨，你会觉得椎心刺骨，相信自己制造了一个一生一世的敌人——或是更糟的情况是，朋友——我指的是莫逆之交，知道你最贴心秘密的人。我知道它在房里的某处，但是身为一个壁虎学家，我也知道它在白天里的这个时候，比较不会像它在夜里那么傲慢浮夸。

我不久便站在浴室镜前。有些人会以拉脸皮的方式开始自己的一天，我不会说自己属于那种人，但是我的年纪愈大——也愈是靠近我的终站——镜里反映出来的动物表情便愈是明显。我看到一只变形的青蛙，一只直立的蜥蜴，一个悲戚的灵长类。但我还看见别的，这点最是令我忧心。我看见一个天使，陷落于短暂的时间牢笼之中，而假若此刻遍寻不着转返天堂的路，他的生物时钟将会加速摆动，而无法回归永恒。这都是许多以前犯下的致命错误，当时惊恐莫名的天使取得血肉之躯，而今若是依然不得释放，便将万劫不复。

前去早餐途中，我在棕榈丛间遇见约翰。他正站在一棵椰子树下，研究一个标志：注意落下的椰子。也许他有近视眼，因为他站的地方离树干很近，而且就在棕榈树的树冠之下。

"你在玩俄罗斯轮盘吗？"我询问道。

他走向我。

"你说什么？"

但我不需要再进一步解释，因为几秒钟之前，就在他站的地方，有一颗大椰子掉了下来。

他转身看着。

"你救了我一命。"

"不值一提。"

我不知道接下来该说些什么，但我知道自己需要找个人谈谈——谈谈安娜与荷西。从我看着镜子的当下，便决定今天要来做点侦探的工作。虽然机会渺茫，我还是很难舍弃这个想法，我想，这对西班牙人或许有能力帮助一位转世过度而意志消沉的天使。

"你见过那对西班牙人吗?"我问。

他摇摇头。

"昨天你在日期变更线上见到他们,不是吗?"

我再度觉得他和安娜与荷西一定有点关系。我在日期变更线上遇见他们,这是谁告诉他的? 这是大家都会谈论的话题吗?

我点点头。

"他们是很可爱的一对。"我说,"你会讲西班牙话吗?"

我瞥见一抹淡淡的微笑吗? 我有种感觉,他知道我为什么要问。但他只是摇了摇头。

"一点点。但是他们的英语讲得很好。"

"是啊。不过他们偶尔也会用西语彼此交谈。"

他仔细听着,他的机警让我几乎要害怕起来。他对我的看法似乎有某种特别的兴趣。这种兴趣和那对西班牙人有关吗?

"你听得懂他们的话吗?"

现在我面临了一个问题。我不想告诉约翰,我在岛上各处偷听安娜与荷西。

"呃,他们不会谈论足球或蟋蟀,我大概就知道这么多。"我说,"他们说的都是一些相当奇怪的事。"

他立在原地嗅嗅空气。

"她或许是塞维利亚最有名的弗拉门戈舞者。"他说。

弗拉门戈舞! 我的大脑再度抓住机会寻找一个关键字眼,好帮助我想出先前与安娜的会面。我在马德里曾几度造访一家弗拉门戈舞酒吧,不过那是好几年前的事,而且如果我见过安娜,那么在那许多热情的旋律、华丽的舞衣与充满色欲的歌声里，安娜当然无法凸显于我的记忆之中。同时，在我的脑海里，存在着一幅安娜的精神图形，那是远远超过一场弗拉门戈舞表演所能遗留下来的印象。但是有关弗拉门戈舞的消息还是很管用。

"我觉得我好像见过安娜！"我说，"这就是我对这两个西班牙人很感兴趣的原因。"

他吃了一惊。

"哪里？"

"这正是我的问题。我想不出该把她放在哪里。"

"真有趣，"他说，"简直是神奇。我也有一样的问题。我对她感觉似曾相识，这几乎是一种令人生气的感觉……"

现在我有伴了，我可以不再认为安娜只是出现在我的梦中，或是她在前世是我的妻子。现在，或许我也知道，为什么约翰一定要知道我是否在日期变更线上遇见这对西班牙人。

"那不是一张容易忘记的脸。"我说。

我想我的回答或许听起来有点轻率。他站了起来，思考之后回道："或许吧。不过这样的一张脸也很不容易想得起来。因此有第三种可能。"

我迫切地等着他接下来要说的话。

"我们都见过这名女子，所以她有可能经历过某种……变形。"

我也在朝这个方向猜测，也已经开始觉得头昏眼花，热浪和湿气都只有帮倒忙。不过我们的谈话被打断了，游泳池那边传来一名女子怒气冲天的声音。那是罗拉，她在棕榈丛中大声喊叫着："我的意思就是，你不用一天到晚跟着我！"

接下来是池水四溅的声音，我知道那是罗拉将比尔推入水中。我向约翰点点头，说我得赶紧去吃早餐，以免太迟了。

我经过游泳池入口时，目睹了这场好戏结束之后的一点花絮。比尔经历了熟悉的河东狮吼，带着啤酒肚意外落水之后，正从游泳池里爬出来，衣装却是无懈可击，黄色的短裤，浅蓝色的T恤，上面印着椰子树的图案。罗拉忙着躺回她的躺椅，同时默默表现出一种恶作剧之后的满足感。她抬眼注意到我正朝餐厅走去，便包起一条浴巾，问我是否正要去吃早餐。我点点头。

"我和你喝杯茶。"她宣布。显然已经读完她的《寂寞的星球》。

她把浴巾挂回椅子上，在黑色比基尼外面罩上一件红色连衣裙，并穿上一双凉鞋。我等着她。然后我们一道前往餐厅。

服务生分送着咖啡和茶。他们已经开始清理自助餐的残局。我在面包上涂上果酱，端详着罗拉那一只绿眼和一只褐眼。

"你很烦他吗?"我问。

她只是耸耸肩。

"嗯，也不算是啦!"

"可是你把他推到游泳池里去了。"

"说说你自己的故事吧!"她恳求我。

我反正也不反对转移话题。我很快解释过我的田野调查，发觉她在这个主题上并不是个门外汉。她学的也是这个领域，并且说了一些澳洲大陆上发生的类似问题，这些都是我不知道的。

我问她一些关于环境保护基金会的问题，那天晚上她对我们说过的年度调查报告，就是这个基金会在给予经费补助。刚开始罗拉有点含糊其词，不过她终于自己承认，该基金会的资金基本上是来自捐赠，所有的钱都是出自一个美国人。

"一个理想主义者吗?"我问。

"一个有钱人。"她纠正道，"他的钱滚滚而来。"

我问她，在谈到地球和人类的未来时，她觉得乐观还是悲观。

"我对人类的未来感到很悲观，但是对地球则是比较乐观一点。"

我开始了解她的想法，不久之后她也解释得一清二楚。罗拉对环保的兴趣建立在意识形态的基础之上，其忠诚度远超过我的想象。她相信地球是一个有机体，此刻正在严重发烧，不过这是一种净化的发烧，灼热过后，她便会恢复生气。

"她?"

"盖亚。除非有些不寻常的事情发生，她总会打败那些让她生病的细菌。"

"盖亚?"我轻叹了一口气。

"那只是我们给'大地妈妈'取的名字，当然我们也可以就叫她艾莎(英文"地球"的谐音)。不过我们必须知道，这个世界其实是个活着的个人。"

"谁会去消灭那些细菌?"

"几亿年前，恐龙惨遭灭绝，"她开始述说，"那不见得是陨石所造成的。或许它们让这个世界生了一场大病，而使它们完全绝迹。我听过一种理论，说那和恐龙肠内的毒气有关。不过地球痊愈了，真的重新活了过来。现在人类在威胁着地球的生命。我们在破坏我们的居所，盖亚要把我们赶走。"

“那么……然后这个世界就会重生？”

罗拉点点头。我注视着她说：“你不觉得人类本身也有内在的价值吗？”

她只是耸耸肩膀，我了解她并不看重人类的价值。就我本人来看，一个世界所能承载的生命，如果都只是较低级的有机体，我便很难看出它的价值。不过我对这种重生的想法倒是多了一点同情。虽然就像那天夜里，我对高登坦承的一切，这个世界已经步入晚年，我们不知道理性是否能够再有一次机会，我想在这颗星球上无论如何是没有机会了，因为这要花上很长的时间。

“我总觉得每一个个体都是无价的。”我说。

“每一只熊猫也一样。”

我直视她的绿眼。

“你呢？”我说，“你不怕死吗？”

她摇摇头。

“死去的只是我目前的外形。”

我还记得当时想到这个外形有多么美丽。

“但我同时也属于这个活着的星球。”她继续说道，“我比较担心她会死去，因为我对她有比较深刻而永恒的认同。”

“比较深刻而永恒的认同。”我重复道。

她目空一切地微笑着。

“你一定看过从太空中照出来的盖亚的照片……”

“当然。”

“她不是很美吗？”

我无法相信自己听到的话。无论如何，我从来没有时间研究这类极端的一元论，它竟还带着多少有点愤世嫉俗的环保意识，虽然这令我稍感不悦，我却必须承认，对罗拉的好感依然。她是个机警认真而在某个方面显得像是受过伤害的生灵。

我试着充分了解她的观念。好，我想，我们是活在地球上的短暂生命，但并非就此结束，因为我们会再回来，变成莲花和椰子树，变成熊猫和犀牛，而这一切都是盖亚，那是我们最深沉真切的本尊。

她坐在那儿摇晃着她的凉鞋。透过她连衣裙的红色材质，我瞥见她的黑色比基尼上衣。

"地球上的生命是如何开始的？"她问。

我认为这是个象征性的问题，但给了一个很传统的答案，一切生命都可以出自一个单一的大分子，因为无疑所有的基因物质都互有关联。

"所以地球是一个单一的、有生命的有机体。"这是她的结论，"而且这并不只是一个隐喻。我和那棵芙蓉是真的有关系。"

她指向外头的花园，我注意到比尔将她留在躺椅上的浴巾拿了起来，我想最好别向她提到这件事。

"事实上，"她继续道，"我和那芙蓉的关系，比一滴水和另一滴水之间的关系还更密切。而且如果所有的生命真的都是从同一个大分子滋长出来……"

她迟疑片刻，我再度凝望着她的绿眼。

"如何？"

"……那么这就是很了不得的分子。我会毫不迟疑称之为神。那是神的种子。因此我也可以直接称盖亚为女神。"

"而盖亚就是你？"

"也是你。也是那些芙蓉。"

这些我都听过，如前所述，我觉得她言不由衷。

"但是地球的生命周期也是有限的，"我打断她的话，"它只是在伟大虚无之中的一个'寂寞的星球'。"

"或是存在于伟大的一切之中！"

说完这些话她握住我的手，让我觉得一阵慌乱而手足无措。我甚至无法辨别"一切"与"虚无"之间有何不同。基本上它们不就是同义词吗？

她温柔地握紧我的手。然后她说："我们合而为一。"

我被这突如其来的两人论惊呆了。不过在谈过那伟大的一切——或伟大的虚无——之后，有双温暖的手握着也未尝不是一件好事。假如一切并非如一，至少有我们两人。我并不想改信任何意识形态，这并非我的本意，因为我知道，当夜幕降临，一切轮廓尽皆消弭无踪。

我们坐在原地久久，握住彼此的双手。罗拉是个能够夺魂摄魄的女人，但同时也是个脑袋坏掉了的理想主义者。虽然在某一个层次里，她所说的话很难辩驳，和我自己那无精打采的个人主义一样难以辩驳。但我们合而为一。

"那位油田工程师也一样吗？"我问，这时候她抽回了双手。

她摇摇头，温柔地笑着说："他属于另一个宇宙。"

然而，她不久便冲到游泳池边的躺椅去，那个美国人拿走了她的浴巾，她大概是要去给他一顿教训。

我决定要叫部车，到小岛东边的塔罗弗洛国家公园，试着捕捉知名鹦鹉的画面，看看撼动人心的瀑布。我还有另一件琐事要做，为了自己的健康着想。

乔肯·凯斯是马拉福植物园的所有人，父祖辈来自德国。他帮我叫了车，但我的另一项使命却没那么容易完成。这个地方有酒吧，当然也是有执照的，但这个国家的法律禁止贩售一整瓶的酒。我说我完全了解，我们在挪威也有完全相同的规定，但是这并非一件寻常的贩售举动，这比较像是合法的赔偿行为，弥补当地壁虎众多所造成的伤害。然而，我清楚表明愿意付钱买酒瓶，也愿意照付每个单位的金额——和酒吧里卖的价格一样。我想他并未接受我的理论，但他心地善良，允许我带着一瓶尚未开启的"高登打翻琴酒"，吹着口哨回到布尔三号。我在路上采了一枝罗拉所指的芙蓉花，根据她的说法，她和这些芙蓉的关系，比两滴水之间的关系还要密切。关于水的部分她当然是对的，不过那只是因为两滴水根本没有任何关系。它们只是非常相似。

　　我将空的琴酒瓶注满了水，插入芙蓉花，并将它放在窗前的一张小茶几上，从这个窗口可以看到外头的棕榈树丛。接下来，我将新酒的瓶盖打开举至唇边。我只喝了一小口，只是要证实为本人所有，任何人不能将它送回酒吧。我打开旅行袋，小心放入酒瓶，封住袋口。

　　正当此刻我又见到了它。高登在窗帘上端的帷幔地带打瞌睡。我想它是睡着了，不过爬虫类天生一双半开半合的眼睑，实在很难判别。或许它看见我带进来一瓶新的琴酒。在一切事件发生之后，如今我凝视着它睁开的眼。

　　"喝酒解宿醉吗？"它问。

　　该死！它又来了。

　　"我只是在漱漱口。"我向它保证，"无论如何，我在自己房间里所做的一切私人事务都与你无关。"

"你的意思是，你不想继续昨晚我们留下来的残局吗？"

"绝不。我的意思是，你不要僭越了。你不过是只壁虎。"

"嗯，亦是亦非，先生。"

"什么意思？"

"这是我在此时此地看起来的模样，不过实际上……"

我大概知道它意指的方向。

"继续吧！"我说，"我不会禁止言论自由的。"

"我其实是这个世界的精神，它只是暂居在一只壁虎体内。因此，如果你有任何想知道的事，尽管发问。"

"我可不想被打扰。"我说，"你想说的我早就知道了。"

"我很怀疑。我是无所不知的世界精神。"

"好吧，尽管吐出来。你知道些什么？"

"你早上和一位澳洲来的雌性灵长类一道吃早餐。"

"很好。那么，我们说你已经通过测验。现在你可以告诉我，我是不是已经爱上了她？"

它笑开来。

"还没，在这么短的时间内就谈爱会显得很可笑，即使对一个像你这样的雄性灵长类来说。不过如果你不设法管管自己的动物本能，就可能会迷失自己。"

"她也是世界精神。"

"就是这么说的，先生。你所到之处，我如影随形。你的一举一动，你的存在，都是我的分身。"

还有少许孤绝于世的人们不愿为了金钱出卖自己的灵魂。塔弗尼岛东方有个小小的波马村，当地居民知道自己出生在全世界最珍贵的雨林之中；它就像个大磁铁，吸引着爱好大自然的人，以及制作天堂电影的人来到这里，例如《重回蓝色珊瑚礁》。因此当外界有人愿意付出一大笔钱，要村民出卖他们外围的森林供伐木之用，便引起了广泛的讨论，因为金钱并非波马村——或是斐济——最丰富的资产。不过最后他们决定禁止伐木，却很有弹性地将这一片葱郁的森林变为天然公园，让贫穷的村庄得有收入——这种收入会比清除整片森林、将它变为现金要长久得多。今天有一万两千五百英亩的保护林被开发出来，迎接不远千里而来的生态观光客。村民自己沿路植花种树，并在险峻的地方筑起围墙，并提供卫生设备，以及野餐与露营所需的设施。他们树立的典范流传开来，岛上其他地区也有几个类似的计划在筹备当中。

　　这一回我穿过村庄，横过赏心悦目的波马河，轻松地付了五块斐元作为入场费用，以造访这保护中的天堂。我在一个小木屋里得到许多资讯，以帮助我走过五英里修好的道路，同时我买了一包饼干和一瓶水。我向他们保证，我知道任何方式的用火都可能造成灾难性的后果。

　　我沿着波马河往上前进，步行大约半英里路。我走的小路上花木繁芜，除了成排的棕榈树与花朵盛放的灌木之外，别无障碍物。这就是我所谓的文化造景，薇拉。你应该来的！

　　不久我便听见第一道小瀑布的流水声。我听说这里有道六十五英尺长的直立瀑布，并凿出一洼巨型泡沫浴池。还听说这个地方人迹罕至，因此我放弃了泳衣，决定如果单独一人，便裸身跃入那座天然游泳池中，否则，便继续上行半个小时，当地有条长达一百七十英尺的瀑布，只不过它的水潭没这么大。

我一见那瀑布，便听到熟悉的声音远远传来迎接着我，接着便望见安娜与荷西在潭中。不知道是单纯地惊讶于我撞见的人，或者是因为无法独处而稍感失望。都是一样的，眼前是一道意外的屏障，再度见到他们无疑是件愉快的事，但我却得面对一个事实，他们的想法和我一模一样，都在裸泳。他们再度让我想到亚当与夏娃，上帝第一个创造的男人与女人，那太古时期提供满足感的细胞基质——至少在苹果悲剧发生及继之而来的放逐之前。不过放逐事件要到下一章才会出现，因为此刻他们还在天然浴池里冲凉。我转身离去之前，留意到安娜的肚子上有个大型的胎记。

我始终假装自己听不懂安娜与荷西在说些什么，但我还没堕落到去刺探他们裸露的隐私。这种下流的行为只能留给上帝去做——他是偷窥狂的最完美原型。问题是，如果不出现，便无法前进到下一道瀑布，因为除了官道之外，并没有其他的通路，而那条路就直直穿过水潭。因此我必须折返。

然而，我并未转身离去，因为正在此刻，我听见荷西对他的裸体伴侣说了什么话，虽然我没有完全听明白，往后有一天却听见它完整的重述：

"小丑从自由的梦境醒来，只剩了皮包骨。他急着摘下前一夜的莓果，以免白日将它们催得过熟。倘使失去，机会不再。若非此刻，即是没有。小丑明白，他从来不会醒在同一张床上。"

或许，我想，如果我留在道上，不前进，也不后退，或许我会听见安娜吐露心声。她说：

"当小精灵从睡眠的秘密中获得释放，在全新的一天完整成型，他们在想些什么？统计数字怎么说？这是小丑在问。每当小小的奇迹出现，他便露出同样惊异的表情。他总是破绽百出，正如他耍的小把戏。就这样，他庆祝创世的黎明。就这样，他迎接今日的破晓。"

我经常在想这个"小丑"究竟是何许人也，现在我终于得到某种解释，荷西说：

"小丑在小精灵之间游移，外表伪装成灵长类。他俯视两只陌生的手，摸摸自己不认识的脸颊，抓抓眉毛，知道里面藏有自我的谜题阴魂不散，藏着灵魂的原生质，知觉的果冻。他无法接近事物的精髓。他模糊感到这必定是颗移植而来的大脑。因此他不再是自己。"

或是个生化天使，我想，是永恒的代表，对肉体国度思想丰富的生命如此好奇，以至于在傲慢之中，忘了安排自己的退路。灵长类最好小心，别想装上蜡制的翅膀，遽下判断，以为自己也可以像天使一样飞往天堂。反方向的做法也同样愚蠢。天使若是要相信自己可以分享灵长类的一切，而不放弃自己天使的地位，结果是同样不智的。天使失去的永远多于灵长类，只是就某个层面来说，他们失去的都是一样：他们自己。不同之处在于，天使向来视自己的永恒生命为理所当然。

也许我假设安娜与荷西已经发现我的到来，因此开始展示他们那小篮子里的哲学碎片。真是如此，此时撤退便显得傻得可以。不过无论我心中是否如此盘算着，我只记得自己出现在道上，一手遮住一只眼睛，并提醒自己，我自然未曾听见只字片语。

"有位置让陌生人容身吗？"我问，"我付了五块钱买到通往天堂的签证。"

他们笑了，动身离开水潭，我站在原地，双手欲盖弥彰地遮住眼睛。虽然只有一秒钟的时间，我有几只手指曾经张开小小的缝隙，却正好在他们穿上一条黑色长裤与一件红色夏装之前，瞥见他们裸露的身体。

我见到安娜乔装成夏娃时，突然得到启示。她的头是我唯一见过的部分。夏娃的身体和它完全不同——虽然它对她而言，也是剪裁合度的，毫无疑问。不过要将一个人的头移到另一个人的身体上根本不可能吗？我从来没听说过有脑袋移植这回事。

他们穿妥衣裳，我们坐在树荫下的凳子上，吃着饼干，拼命比赛极力赞美这里的天然保留区，还有波马的居民，因为我们是他们的客人。安娜又开始用她的照相机四处拍了起来，我也得和他们一起照几张相。她走到他处照相时，荷西开始找我大脑的麻烦，谈起各种演化的学说。以一个门外汉来说，他的知识极为渊博，我在前一晚便已留意到这点。他会用上像种系渐进说和进化中断平衡说这样的字眼，眼睛都不眨一下。

他们安排了一位司机在接待屋里等着，我们一致同意，现在天堂轮到我独自享用。浸泡片时之后，我便启程寻访其他瀑布。

几个小时之后，在马拉福的棕榈树丛中，我和安娜与荷西再度狭路相逢。安娜还是继续拍她的照片。我特别提到这个现象，是因为照片似乎属于仪式的一部分，大约是个神秘的判决，如排球般地从一人传至另一人身上。

我独立于树丛之间，却陡然听见熟悉的声响。我发觉自己竟来到安娜与荷西的茅屋之外，并意识到他们必定是坐在阳台上。他们不太可能看见我，我确定自己是站在他们的视线范围之外，只是我与他们的距离，正如昨日我在自己的阳台上，而他们在棕榈丛中一般。我正打算走开，却听见他们活泼的箴言如小瀑布般倾泻而出。

是荷西开头朗诵。

"当天堂里的成排座椅上，只剩了冰与火，又有谁能够观赏宇宙的烟火施放？谁会想到，当第一只英勇的两栖类爬上岸边，它不只是爬上海岸的一小步，还是长足的跳跃，直到灵长类得以见到自己光荣演化的万花筒，起自最初那完全相同的一条路？宇宙大爆炸发生一百五十亿年之后，给它的掌声才终于响了起来。"

"或是我们应该先说这个。"安娜说，"有人竖起耳朵，睁大眼睛：从火舌上端，从史前的浓汤，穿过洞穴，往上，往上到了水平面的大草原。"

"我没问题。可是我们是不是应该称之为'史前如铅厚重的汤'呢?"

"为什么？汤怎么可能像铅一样呢?"

"这只是一种隐喻，就是很浓的意思。有一天竟有活着的生物爬上陆地，这种几率太低了。"

"这不会破坏它的韵律吗?"

"正好相反：'史前如铅厚重的汤'……"

"好吧，我们再看。"

现在轮到荷西。显然他在决定之前停顿了一下，接着便念出来了：

"幻化万千的景致如迷雾升起，穿越云霭，划破迷离。尼安德塔人同父异母的兄弟锁紧双眉，心知在这灵长类的前额后方，游动着柔软的脑浆，演化的自动领航员，是蛋白质飨宴的安全气囊，于心灵与实物之间。"

这一回安娜不假思索便可回答，它早已键入仪式的演出之中。

"突破点在于四肢动物的大脑半球。这是物种宣布最新斩获之处。在温暖的脊椎动物的神经细胞之中，第一瓶香槟的木塞飞起。后现代的灵长类终得远眺全景。请别害怕：宇宙正以广角镜头观看自己。"

短短的暂停，我以为仪式就此结束，尤其是听到酒瓶开启的声音。但是荷西说：

"灵长类蓦然回首，在光年之外的夜里回溯反思，见到远亲谜样的尾巴。而今秘密之旅即将结束，当他终于醒悟，长长的旅途已至终点。你能做的，只是击节赞赏，运用物种为后代储存下来的四肢。"

"'光年之外的夜里回溯反思，'"安娜重复说道，"这会不会太沉重了？"

"但是看进宇宙也就等于回头检视它的历史。"

"我们可以再回头来考虑这个。那么，我们可以接这个：'从鱼、爬虫和小小糖般甜蜜的地鼠身上，潇洒的灵长类承继一双迷人的眼眸，拥有长远的视野。肉鳍鱼遥远的后代研究着如何穿越时空，飞向银河，心知自己的视觉花上几十亿年才臻至完美。水晶体由大分子琢磨润色。目光由高蛋白与氨基酸聚焦。'"

又轮到荷西：

"眼球上，创造与反思有所冲突。双向见识的眼球是神奇的旋转门，创造的灵在自己身上遇见被创造的灵。搜寻宇宙的眼，是宇宙自身的眼。"

接下来是几秒钟的静默。然后他说："梅花还是方块？"

"当然是方块！这很明显。"

装满了两杯，我站了一会儿。当诗句不再，我尽可能安静地撤离。

我惊愕不已，不过同时也找到许多问题的答案，因为很明显，这些奇怪的格言是安娜与荷西在他们的阳台上拼凑起来的。他们的脸皮还很厚，因为我听见的那长篇大论显然有问题，我可以毫不迟疑地称之为智慧偷窃癖，遑论贱役我的心理。安娜与荷西的箴言开始近似于我自己对演化的看法，这项事实不太可能是巧合——不是在昨天的谈话之后，或是在我和荷西几个小时之前的简短交谈。自从我们的首次相遇，他们便在交叉检验我，基本上是在嘲笑我的每一个想法。

然而，还是有几个问题。"当然是方块！这很明显。"方块，当然，薇拉，不是梅花，也绝不是黑桃。但这是什么意思呢？这和纸牌又有什么关系？"小丑"和"小精灵"又是谁？

我也无法确定，这个下午的讨论会，或许不是刻意安排的定期演出，给任何一个在椰子树丛间鬼鬼祟祟的孤独行脚看。例如，说不定在我抵达他们的阳台背后几分钟之前，他们便预见我将抵达现场。然后是安娜。从我的记忆中走出来，安娜！

我决定要采取行动。首先回到我的茅屋，取出纸笔，坐在床边。我写下："小丑愈接近自己的永恒灭绝，愈是清楚看见镜里的动物，在他醒转的每一个新的一天。悲戚的灵长类伤痛逾恒，在他的眼中寻不着妥协。眼前所见是着魔的鱼，变形的青蛙，残疾的蜥蜴。这是世界末日，他想着。这是演化长长的旅途，戛然而止。"

我大声念出来，突然有个出自帷幔的声音回道：

"我喜欢你写的'残疾的蜥蜴'。"高登说。

"为什么？"

"这多少强调我们才是货真价实的。"

"胡说！你也一样是条着魔的鱼。"

"但我并没有残疾。我没有多出来一条脑回。我的神经系统正好够用，不多也不少。"

"好，那么我就要写'直立的蜥蜴'。"

"我想你应该要坚持用'残疾'，不只因为那些大脑里多余的脑回，也因为语言里的韵律，更别提它有多么贴切。"

"我还有另一个句子。"我说。我边写边念：

"小丑是天使抑郁不欢。致命错误得来血肉之躯。他只愿享有灵长类的片刻天时，却扯断身后的天梯。假若此时求救无门，他的生物时钟将会加速摆动，无从回归永恒。"

我抬头望着。

"浪漫而毫无意义，如果你要问我的话。"

"我才没问你。"

"假使没有永恒怎么办？"

"就是这点让我生气，也觉得悲哀。我是个悲戚的灵长类。"

"可是你假设有个天堂，天使可以转世，只是有一天发觉自己沦落于俗世之中，无法将自己拖回家。"

"我可以把这一句放进来吗？'发觉自己沦落于俗世之中，无法将自己拖回家'？"

"当然不行。除了这个世界之外，不太可能有另一个世界，只有这个能够开展时空。"

"我知道！"我几乎要尖叫起来，"正是如此你才这么说的。但是我的明喻里有个含蓄的'如果'，你瞧。我就像个抑郁寡欢的天使——而且唯其真有天使存在。你得想象有个苦闷的天使，失足落入血肉的穷途，猛然觉悟自己做了很不吉利而且逃遁无门的事，因为他找不到回归天堂的路。你看不出来这对一个天使来说，有多么的要命吗？他假设，在造物的自然秩序之中，他的存在没有终点。他总是在那里，而且在神谕之下，事实就是如此，世界没有完了的一天。但是这里出现了一个缺陷，一个错误——就像伊甸园的苹果造成了缺陷——现在天使终于明白，他的地位已经受到严重贬抑，因为，在一次的心脏病突发之下，他就被贬为一个生化天使，也就是，人，同时也是以蛋白质为基础的凡人机器，比较像是鱼或青蛙。他站在镜前，突然醒悟，为了一个愚蠢的错误，自己的价值不过和一只壁虎一样。"

"我说过了，我们从来不会抱怨自己的存在地位。"

"但是我会!"

"因为你的脑回太多了。"

"是的，是的。天使就没有。或许他在作为一个人类时，所拥有的理解能力，正好足够容纳有关宇宙的一些概念，只是他和人类截然不同，他永远存在。就是这里不一样，就是这里。从这个观点来看，天使拥有的理解恰到好处，是按照自己的宇宙地位量身定做的。就个人来说，如果我只是要飞到这里来度个假，我实在知道得太多。"

"你刚承认自己也不相信天使的存在，因此我实在看不出来有讨论天使理解能力的必要。"

我不予理会。

"我属于蜉蝣家族，"我继续下去，"这和我在这里这么短暂的时间是相违背的，而我却有多余的脑回。因此我在讨论的不是知识问题，而是一种情绪化的问题，遑论是个道德问题。面对着这么短暂的生命，我却有太多必须留下来，想到这点就觉得气愤而悲哀。实在太不公平。"

"或许你该好好利用自己分配到的时间做点别的事情，而不光是在那儿悲叹人生苦短?"

"想象你自己走上一趟孤独的旅程。"我说，"突然间，你应某些好人之邀，到了他们家里，不过只能作短暂的停留。同时，你知道你再也不会回到那个屋子，甚至到那个国家或城镇。"

"嗯，你还是可以坐下来，愉快地聊聊天。"

"当然。但我没有必要去知道这个房子的一切。我不用去知道所有的勺子和锅子在哪里，花园的大剪刀和床单在什么地方。我没有必要知道两个孩子在学校里功课如何，或是去年爸妈银婚纪念日的时候，请客人吃了什么。四处走走是不坏，我也不是说这样的热络好客有什么不好，但是如果介绍过屋子里的一切，从天花板到阁楼，还解释说你不过是来喝杯咖啡，那就太离谱了。"

"就像那两三条脑回。"

我没让它把话岔开。

"如果要待上几个月，那就大有不同，因为他们无疑是值得认识的好人。如果不是，我大概也不会去拜访他们，即使我并不明白，他们将尽情利用我的到访，去充实他们已然完美的生活。房屋也很完美，有地板下的暖气和全新的按摩浴缸。我得去赶飞机，我要到地球的另一边去。我坐立难安，因为我不久就得离开，计程车随时会到，而我将不再回来……你真的无法了解我在说些什么吗？"

"我终于开始知道，你知道得太多了。"

"太多？正是如此，这是我一路在说的。我的基因里，几乎有九十九个百分点和黑猩猩一样——我们的长寿程度基本上也是大同小异——但我认为你并不知道我所了解的一切有多少，然而我却明白自己必须舍弃这一切。例如，我可以说得出来，外太空有多么无垠，以及它如何分开成各个星系与星团，涡状星云与个别星星，有些是健康的星球，另有些则是发生热病的红色巨星，有白矮星和中子星，行星与小行星。我懂得太阳与月亮的一切，地球上生命的演化，通晓法老王和中国的朝代，世界上的国家和它们的人民，更别提我正在研究的植物与动物，运河与湖泊，河流与山径。我可以不须片刻停顿地告诉你几百个城市的名字，我可以告诉你几乎全世界的所有国家，我还知道每个国家的大概人口数。我深通不同文化的历史背景，他们的宗教和神话，还可以大略掌握他们语言的历史，尤其是在语源学上的关系，特别是印欧语系，但我也可以说一长串的阿拉伯话，还有中文和日文，遑论所有脑袋里的地形和人名。此外，我还有好几百个旧识，光是我自己那个小小的国家，我就可以在帽子落地的时间内，给你几千个我多少知道一点生平事迹的人名——对某些人的事略更是能够如数家珍。而我也没有必要将自己限制为挪威人，我们越来越像个地球村，不久村庄的幅员便将涵盖整个银河系。就另一个层次来说，有许多我真心喜欢的人，当然不只是喜欢的人，还有土地，想想那许多我了若指掌的所在，还有那些我最熟悉的地方，我可以分辨是否有人去砍倒了一棵树或是移动过一块石头。还有书，尤其是那么多教我认识生物圈和外太空的书，还有文学作品，透过它们，我见识到许多书中人物的生活，有时候他们对我更是别具意义。然后我没有音乐是活不下去的，我很不挑剔，从民谣和文艺复兴时期的音乐，从荀伯克到潘德瑞基，但我必须承认，我特别偏好浪漫音乐。别忘了，这个也可以在巴哈和葛路克的音乐里找到，更何况阿尔比诺尼。但是浪漫音乐在每一个时代都有，连柏拉图都提出警告，因为他相信悲伤会使人变得虚弱，尤其当你听到普契尼和马勒的音乐时，你就可以马上领悟到我想说的是什么，生命太过短暂，而人类被塑造的方式，表示他们将必须留下太多在身后。如果你听过马勒在《大地之歌》中的"告别"一节，你就可以体会我的感觉。希望你能够了解，我在谈的就是再见这一回事，真正的必须离去，别离的地点就在我储存一切的器官，而我却必须向这一切道别。"

我走向行李袋，将它打开取出琴酒瓶，凑到嘴边。这根本不值一提，因为我只会喝一小口，而且晚餐时候也快到了。

"你已经要开始了吗？"它说。

"开始？我觉得你的用语实在带着太多偏见。我喝一小口，因为我口渴，换句话说就是为了止渴，而你却说我在开始什么东西。"

"我只是担心这种喝酒的方式会让你的生命更加短暂，让你屋漏偏逢连夜雨。"

"有可能，我也可以看到其中的讽刺意味。但我在谈的并不是变老，而是永恒的问题，多活几年或少活几年根本无关紧要。"

"我很幸运不用去担心永恒的问题。"

"哼，我才不是这样！"我说。我抓起写好的笔记，冲出门外，将门重重关上。

我径直走向安娜与荷西的茅屋，只是我愈是接近，步伐愈是缓慢，那么当我经过他们的阳台时，如果带点运气，就可以显得毫不经意。我将纸折起来，塞在我后面的口袋里。

"来一杯白酒吗？"安娜大声喊叫。

"好啊，谢了。"

她从里面拿出椅子和杯子，待我们坐下注满酒杯，我假装自己在凝视着外头的棕榈树，若有所思地喃喃自语，像在消化一句古老的箴言：

"小丑愈接近自己的永恒灭绝，愈是清楚看见镜里的动物，在他醒转的每一个新的一天。悲戚的灵长类伤痛逾恒，在他的眼中寻不着妥协。眼前所见是着魔的鱼，变形的青蛙。残疾的蜥蜴。这是世界末日，他想着。这是演化长长的旅途，戛然而止。"

你可以听见钉子落地的声音，阳台上寂然无声吓到了我。我相信安娜与荷西互相交换了一个眼色，但是两人不发一语，直到安娜问我感觉酒的味道如何。

我原以为他们会有某种反应，因为我所说的，只不过是在听完他们过去几天的口头奇想剧之后，所作出的一种反应而已。但我们只是在原地坐了一刻，讨论斐济和几个其他比较普遍的主题。

我还记得自己曾经很担心，理论上，我所听见的安娜与荷西间的对话，就像我和高登的沟通方式一样。但是果真如此，问题就出来了，因为，为何安娜与荷西对我谈到的着魔的鱼和悲戚的灵长类没有任何评论？我们的角色已经突然完全互换。

或者他们觉得自己成为遭到偷听刺探的被害者，因为他们从来没打算让我了解他们之间的任何一句话？一对恋人在一道热带瀑布下裸泳，两人的互诉衷曲或许并不打算让第三者听到，当然也不能保证对听到的人有所反应。此外，他们受到激励而用比较诗歌的方式去对待我们所讨论的主题，我也不应该因此而觉得受到侮辱。

我得确定才行。我谢过他们的酒，一粒椰子从树上落下，我再度自言自语——大声到保证他们会听到：

"小丑是天使抑郁不欢。致命错误得来血肉之躯。他只愿享有灵长类的片刻天时，却扯断身后的天梯。假若此时求救无门，他的生物时钟将会加速摆动，无从回归永恒。"

再一次，绝然的静默，我感觉阳台上传来一阵尴尬的气氛。我没得到一点点反应，薇拉，连非口语的反应都没有。而且我应该附带一句，自从那天下午之后，便不再有下文。我在场的时刻，安娜与荷西不再有任何文句的往来。某样事物已然死去，无可挽回地死去，宛如失去天堂钥匙的天使。

我们一道走出棕榈丛。安娜带着她的相机，又开始按起快门。我也得帮他们照相，例如，站在椰子树下，树旁立着注意椰子掉落的警告标志。

除了郁闷的天使之外，人头和掉落的椰子都让我想到，要在网站上调出照片，伪造熟人的裸体照片是多么容易的事。但是我从来没见过一张安娜的照片。我可以完全确定，确定到我得自问，为何我会对一件自己根本记不起来的事情如此言之凿凿。

热带高峰会

人是最虚荣的生物，他比任何其他的脊椎动物都要来得虚荣。

晚餐时刻，当我们抵达餐厅时，几张小桌子已经被推在一起，并成一张大桌。前一天晚上，客人们刚用过晚餐不久，便各自寒暄相聚，我假设今天我们的餐厅主人想要从一开始便让我们全聚在一处。后来我才明白，这个不寻常的场地安排是史普克先生的点子，如乔肯·凯斯所说，马拉福植物园希望成为个人主义者避难所的标志。

　　我到得够早，正好来得及和那位英国人一道喝杯啤酒。我们谈到大洋洲的爬虫类，尤其是壁虎，因为约翰的房里也有几只。我没有提到那瓶琴酒的事，那是我和老板之间的秘密。不过我必须承认，我对他谈到一点有关奥斯陆的事，免不了也提到你我之间。我还说，我们在一场车祸中，失去了一个孩子。

　　那天一早，我打了个电话到沙拉满加的研讨会中心，确认我在与会名单之列，我忍不住告诉约翰，听说你也会到场。我只是不知道你是否留意到我也会去。约翰告诉我，几年前他的妻子在病魔缠身许久之后去世。她的名字是席拉，我的感觉是他深爱着她。我们都同意，人生并不好过。这位英国人在沉寂数年之后，现在又开始做笔记，打算着手准备另一部小说。我们因此而稍稍讨论了一般性的艺术文化，我坦承喜爱西班牙大师的作品，尤其是在布拉多的诸多典藏。他闻言睁大了眼睛，像是听到一件特别令他惊异的事。

我们一边闲聊，客人陆续进来。晚餐时刻，我的右首边坐着罗拉，左边则是依芙琳，桌首左方坐着比尔，约翰坐在我的对面，他的左边和罗拉相对的是马利欧，他的右首边则是安娜，其次是荷西。

我会尽量切中当晚的主题，直接深入重点。约翰在布丁上桌之前，敲敲玻璃杯，随意谈谈我们今晚的座位安排，说在这种热带的夜晚，经常会激发出罕见的智慧火花，更特别的是，很荣幸可以遇见我们所有的人，无论我们是远从欧洲、美国或澳洲而来。我们马拉福的女主人安吉拉·凯斯太太，也曾在偶然的机会里告诉他，连续两个晚上都是同一批客人坐在一起吃饭，这是几个月以来的第一次；通常都是有人在白天里来了又去。此外，这也是这位英国先生今晚的目的——他相信桌上的人虽各有特色，也都有一些共同点，是的，如果可以用数学方式来说的话，就是最小公分母。简言之：他已经和我们每个人大略谈过，因此明白，我们都对某一件事情格外感兴趣，只是方式不同，他决定称之为现代人的两难之局，这一点我们在前一天晚上的谈话中已显示出来，他希望我们今晚的讨论内容会比昨晚集中，而即使这项集会并不正式，有个主席在场还是可能有所帮助。然后他一一表列我们各自名姓，过程稍显困难，不过目的是要将我们塑造成一种各色人性的代表，在一片浩瀚的星空之下赴约。

当晚的会议于是正式展开，约翰将它命名为"热带高峰会"。然后他开始了如下演说，这必然是他苦思良久的成果：

"当我们初遇他人，无论是在专业的研讨会或是在南太平洋的一座小岛，多少总会报上名来，说说自己的居住地，或许还会提供一点其他的讯息，尤其是，如果你们要相聚好几天的话。也许你会说说自己的婚姻状况，你将前往的国家或城市。你有可能会发现彼此有共同的旧识，共通的兴趣，或是一些共有的问题，像有个醋坛子配偶或肢体上的障碍，罕见的恐惧症，或是新亡的父母。很好！"

我环顾全桌，大多数客人一眼望去都像个活生生的问号。罗拉今晚穿了一件黑色上衣，长期磨损的半截牛仔裤，将一只手放在我的手臂上悄声道："他真是个小丑。"

"很好！"英国人重复一句，"像这样的自我介绍方式，基本要求就是，此人希望夸耀自己，以取得最大利益，无论是性、地位、经济事务、社交联系或是特殊的成就与技能。而它的精妙之处并非揭示对自己最有利的层面，而在以最不着痕迹的方式，以伪装或最不经意的障眼法做到这点。因为人并不是单纯的群居动物，他是最虚荣的生物，我假设，他比任何其他的脊椎动物都要来得虚荣。我们会说，你看我有多棒、多聪明。我希望你明白，我并不只是人群中的一员。我有两个成年儿子，你知道，两人都上了大学，还有一个十来岁的女儿想去当演员或艺术家。哦，真的啊，我女儿最近才嫁给利物浦市长的儿子，他对她简直奉若神明。你还可以看到，我的样子也不错啊！哦，对了，我们的名字和那家钢铁工厂一样，那是我的曾祖父，你知道的。嗯，最近我才研究过德希达，而且过去几天我床边的茶几上都摆着尚·布希亚的一本书。然后就是艺术；事实上我们房里有个小小的莫奈，客厅里有米罗；事实上，我们刚在壁炉挂了一个巴洛克时代的镜子——"

他打断自己的话，叫道："好啊！很好！"

我再度眼望四方，发觉有好几个人也和我一样在四面张望，因为当时还没有人知道他的目的何在。至少这是我的想法，虽然后来我曾怀疑他是否有个共犯。

"真热!"比尔宣布，"也许我们该叫几瓶白酒? 或是我该开点香槟呢?"

可是约翰继续他的演说。

"除了这一切，除了所有的装扮与晚宴、粉饼和领带夹、银行支票和壁炉上的巴洛克时代的镜子——除了这些社交上的装模作样——我们也许还有二十年或十年，或是最多几十年的生命在这个星球上。而因为如此，是的，因为如此，某些存在的观点和我们颇多冲突，虽然我们很少提它。因此我建议在今天晚上，我们试着将自己的许多恣意的兴趣和活动留在脑后，专注在那些真正影响到每一个人的问题上。"

当时，由于我正忆起前一天夜里我和高登谈到的事，因此我提出："比方说，宇宙。"

我只是在喃喃自语，但是约翰询问道："那位先生说什么?"

"比方说，宇宙。"

"好极，妙极。所以现在有人提议今晚的谈话重点是宇宙。因此我们将政党政治搁在一边，琳达·崔普和莫妮卡·莱温斯基也都别提，只是我从来不能理解，像这样大的丑闻会出自于一根哈瓦那雪茄的好色潜能——不过这样就够了，太够了。我们，我的意思是我们之中的每一个人，都不只是一个人造社群的产物。我们也都相信，在一片深沉谜样的天空里，充满了星星和银河，即使我们自己的卫星都发觉，无法判别一根被禁的古巴雪茄和一根无害的巴西雪茄之间有何不同。"

我感觉到一片紧张的气氛在桌边骚动。安娜与荷西已经完全投入，虽然他们也可能是组织委员会的一员。现在罗拉已经开始被吸引进来，虽然她在几分钟之前将约翰贴了个小丑的标签。另一方面，马克和马利欧则是扮演着默认的角色，而依芙琳在西雅图研读药学，则直接表明自己对太空一无所知，很可能会退席。比尔看起来完全无动于衷；即使约翰在谈话时，他曾唤来一位左耳戴花的男子，点了某种食物。至于我，我将自己抛入这个情境，进入马拉福植物园，为了这个大问题，也为了小小的个人主义。

约翰开始为这场聚会暖身，问我们，有多少人相信其他的星球上也有生命。由于依芙琳对此问题不愿表态，于是一行人被分成相同数目的两边，约翰已经要为这天晚上的讨论作出第一个结语。

"不同凡响！我必须说，我对在座各位的判断万分敬服。关于宇宙的本质，我提出一个最基础的问题，才几分钟之后，我已经得到四个完全正确的答案。虽然另外四个完全不对，荒诞无稽。"

"那么你知道答案啰，是吗？"这是马利欧的评语。

主席不理会他，继续说道：

"因为宇宙如果不是有生命，就是没有。没有第三个答案！当然，光是想到外太空有些生命在蠕动着，就会让我们的头皮发麻。但是也有可能生命只存在于我们的星球，只不过这个答案也一样难以接受；光是思考这点，便足以令我们头痛万分。因此很明显，在座的有四个人给了绝对正确的答案。换句话说，这个谜题的答案并不见得那么复杂。"

"你还没说我们哪一边的答案正确！"马利欧悻悻然说。

"这一点都不重要。"约翰强调，"据我所知，针对外太空生命的问题，本桌有四个人确实给了正确答案，这是了不起的成就。"

就在这时候我无耻地抢先偷跑。

"外太空当然有生物。"我说,"宇宙里大概有一千亿个银河系,每一个银河系都有一千亿颗恒星。如果我们单独存在的话,未免也太浪费空间。"

"这个想法很有意思。"约翰回道。

"为什么?"

"昨晚你还非常强调在大自然运行的过程里,应该没有任何意图。"

"我还是一样的想法。"我很肯定。

他不理我:"而你说,如果孤孤单单地在这里,就未免太浪费空间……"

我点点头,因为我还看不出自己思维的破绽。但是陷阱来了,薇拉,因为他逮到我:"那么或许你可以告诉我们,是谁在浪费,或不浪费空间?"

我只能忍气吞声,承认他抓到我前后不一。同时,我突然想到,那些最常用"浪费空间"这种论调来支持宇宙充满生命论的人,通常也最激烈否认自然运作的过程有任何较深刻的用意。但是如果地球生命的创造只不过是一场疯狂的巧合,那么要将这场疯狂的巧合当成是宇宙运作的原理,就显得更是不合理。

约翰继续厘清几个其他关于宇宙的问题,而且这些问题总是会把全桌分为两个阵营。他想知道,宇宙的能量是否永远存在,如果答案为否,我们就得判定它是完全自己进化完成,或是来自某些内在或外在的创造力量。然后他想了解,宇宙是否将继续往外扩散,或者如果质量太大而将再度聚合在一起,以至造成无限个新的大爆炸,而形成新的宇宙群。他试着发掘,是否有任何超自然的意识,或是物质宇宙就是唯一的存在。然后他想知道,我们是否认为人类即使在脑死之后,还是有灵魂留了下来,或是大自然的一切都是同样地有如昙花一现。他问,是否有任何超感觉的现象，或是每一个所谓超感觉的现象都是完全绝然的幻想，不过是现代人以神秘的观点，甚至认为万物皆有灵的观点来看待世界的遗迹残骸？他很小心地全场附注，与会人士分为泾渭分明的两个阵营，同时不断提醒我们，在场至少有些人提出了正确的答案，因为我们的意见从来没有一次是一致的。

"非此即彼！"约翰·史普克用他那清脆的牛津英文拍板定案，接着将他那本体论的二次方程式用一句拉丁文作结：没有第三个答案！

不久之后，左耳上戴着花朵的男子将两瓶香槟放在桌上，完成比尔的要求，现在谈话进入一个全新的阶段，约翰想要全桌轮流，让每一个人都可以简述自己的生命哲学为何。现在我们都产生了兴趣；连依芙琳都乐意加入。

荷西抓住机会先起头，他发表的意见，是我可以安全地称之为以人类为宇宙中心的观点。他就是相信，如果要创造人类，宇宙不能比现在小，结构也不能有太大的差别。他所作出来的结论总是远远超过提出来的论点，而显得过于武断，但他提醒我们，人类的大脑或许是全宇宙最复杂的物质，基本上比中子星与黑洞更难了解。此外，大脑里的原子曾有一度在完全燃烧的星星上焖烧，而如果宇宙不是这样的规模，就无法创造恒星与行星，或是微生物有机体。举例来说，即使如木星那样"缺乏智慧的"行星，都扮演着重要的角色，好让我们能够坐在这个地方理性地进行讨论。地球如果不是拥有强大的重力磁场，将持续不断遭到流星与小行星的轰炸，但是木星就像个吸尘器一样，将混乱的力量隔绝在外，否则地球就不可能培养出生物圈，以及最终的人类意识。他的描述方式让我想到，在古早的斐济社会里，酋长总喜欢和喂蚊人走得很近。

如果地球是酋长，彗星是成群的蚊子，那么木星就是喂蚊人。不过我们也不能忘记，这么多年来，木星也造成几次严重的蚊灾。根据荷西的说法，只要一次，它基本上就可能终结地球上的所有生命。

"给我一个活的星球！"他慷慨激昂地发表演说，"地球很可能是唯一的一个，当然，不能有一道力量决定不要浪费空间。只是我们可以理解，宇宙的存在，正好足够创造出一个这样的意识，让它有能力提出这类的理论。要创造像这么复杂的人脑也很花时间，并不只是七天的问题。宇宙大爆炸发生一百五十亿年之后，给它的掌声才终于响了起来。"

比尔认为，科学迟早会揭露所有物质和宇宙的秘密，马克说，会有越来越多的基础科学得到跨国公司的经费补助，而依芙琳对耶稣则是有无法动摇的信仰，认为他是人类和宇宙的救世主。

然后轮到罗拉。罗拉坦承，她对生命的看法，有一大部分是得自于印度哲学，尤其是吠陀哲学，印度六大学派之一，或比较正确的说法是keval-advaita，这是印度哲学家商羯罗所创的名词，此人在第九世纪早期，居住在印度。罗拉说，"keval-advaita"的意思是"绝无二元论"。她继续宣称，只有一种实境，即印度人所谓的婆罗门或是大圣门，意指世界的灵魂，或按照字面上的意思："伟大的灵魂"。婆罗门是永恒的，无法分割，也非关物质。因此所有约翰提出来的问题都有一个答案，也只有一个答案，因为婆罗门就是他所有问题的答案。

"鬼扯，罗拉！"比尔叹息着，这个人刚提出一个近乎天真的科学乐观论。

但是罗拉不愿自己因遭到打击而偏离方向。她解释道，世间万物都只是一片虚幻的假象。这个幻象就是我们的日常生活，显示这个世界的多重面貌，她说，这就是一个数千年来印度人称之为玛雅的幻象。因为实境并非外在可见或物质的世界。那只是个迷离梦境，对那些迷误其中的众生来说显得很真切，但是对智者来说，只有婆罗门（或是世界的灵魂）才是真实的。人类的灵魂也就是婆罗门，唯有我们觉悟，俗世的幻象才会消失，那么灵魂就会变成婆罗门。事实上原本就是如此，只是我们无法了悟。

"我猜我们大家会希望真是如此。"约翰说，"外在世界并不存在，一切变化都只是幻影。"

罗拉不上钩。她玩弄着乌黑的发辫，环顾全桌，顽皮地笑着，边仔细解释。

"你做梦的时候，以为自己是多重现实的一部分，以为自己处于外在世界之中。但是在这虚幻的梦境里，一切都是你自己的灵魂所制造出来的产品，那就是你自己的灵魂，此外无他。问题是，在你醒转之前，你不会明白这点，而梦醒之后，一切不复存在。现在它已经剥离所有的假面，浮现的就是真实的一切，就是你自己。"

"我对这种理论比较陌生。"我们的主席承认，"只是它很难理解，而且是一种激进的理论，几乎不可能作出反证……"

他考虑片刻，然后说："你真的是说'玛雅'吗？"

她点点头，然后这个英国人把头转向安娜，后者坐在他的右侧。我注意到她俯首静坐着，同时荷西用手环抱着她，将她拉近自己。

"我们相信，目前坐在桌边的，是九条灵魂，"罗拉指出，"这是因为玛雅。事实上我们都是一个灵魂的许多面，是玛雅幻境让我们认为别人和我们不同。因此我们没有必要害怕死亡。没有什么东西会死。当我们死去，唯一消失的，就是幻想着我们远离了这个世界。正如我们相信，我们的梦境并非自己灵魂的一部分。"

约翰感谢罗拉的贡献，现在轮到马利欧。

"我是天主教徒。"就这么一句话，然后挥挥手表示无话可说。

但是约翰并不愿轻易放过他，终于这位单独出游的游艇手也开始发表议论。

"你们都坐在这里快活地谈论自己看见了什么，事实上你们是两眼全盲的。你们说你们看见了所有的星星与银河系，你们看见地球上生命的进化，你们说你们可以看见基因物质。你们看见混乱中升起的秩序，你们甚至吹嘘自己可以回头看见创世的时刻。然后你们的结论是你们否定上帝的存在！真了不起！"

他不再开口，约翰设法让他继续发表意见，马利欧暂停片刻之后说："我们现在哪里都去了，却没有真正瞥见一个神祇。上帝不在圣母峰上等我们。没有人在月球表面上备好餐桌。我们甚至没用无线电和圣灵取得联系。但是如果我们玩的是捉迷藏的游戏，我们就是在捉迷藏。我的意思是：谁抱持最天真的世界哲学？神学家？还是还原主义者？"

依芙琳拍拍手，他继续，不久便开始畅谈这个主题。他说早年他是个物理老师，现在他还是努力阅读有关此一主题的期刊与书籍，好让自己不至落后。

"很久以前我们就看穿了生物圈。一切都是大分子，是蛋白质。不仅如此，它只不过是氨基酸调出来的鸡尾酒。太空也不值一提，只是因为大爆炸而一切从此开始，没什么神秘的，多普勒效应，宇宙中的辐射，弯曲的宇宙，或是任何上方的一切。它就叫做物理，或是理论物理。然后剩下来的就是意识，虽然在煮干了之后，除了创世的一切之外，没有任何一点值得思考。而就连这个也都被胡乱铺陈在一起，不是原子就是中子。连这个也是。结果哲学就可以休个长假了，因为再也没有谜题值得猜想。也许科学可以停下脚步想一想？也许是科学走到了穷途末路。现在我们唯一担心的是这个世界本身（当我说"我们"时，我该附带一句，我们其实是极少的少数）。但是只要给我们几个比较复杂深刻的论点，我们就不会再提出问题。"

依芙琳再度击掌称是，荷西和比尔则是点了点头。

马利欧之后轮到约翰。

"我已经利用机会表明，我相信我们提出的这些大问题都有简单的答案。困难之处在于，要在它们之间作出选择并不容易。我还试着要指出，宇宙问题比较适合团体游戏，而不是科学分析。科学给了我们演化论、相对论、量子力学，以及最后但并非最不重要的、充满魅力的大爆炸理论。好，很好！这一切都很好。问题是，自然科学是否已经快要走到尽头。虽然我们就快要完成基因组合图谱，却还是无法让我们变得更有智慧。我们几乎可以肯定图谱本身可以更强化生物科技，也可以帮助治疗一些疾病，但它还是无法显示意识为何物，以及它为何存在。而我们可以就这样继续下去。在几千亿光年之外的银河系之中，是否有生物存在？我们永远不会知道答案，因为距离实在太过遥远。虽然我们不断在扩大我们对宇宙进化的了解，却永远无法提出一个科学性的答案，说明宇宙是什么。但是让我向罗拉借个意象，她将外在世界比喻为一场梦。这种比喻再妙不过。假如这个世界是场梦，而科学却试着要用真正的材料去分析这场梦境、试着去测量梦的一端到另一端的距离是多少。

我们大家也都同意，当我们看向宇宙的外围，当我们回头看到大爆炸，即使我们谈的是一体的两面，时空还是会站不住脚，因为当我们愈是深入地观看宇宙，我们便愈要回头检视它的历史。因此，我们尽可能尝试着透过梦境去寻找我们的路。很好，无懈可击。但是我们无法走出梦境。我们永远无法从外头看它。我们用自己的头去撞击梦境的远端，就像一个自闭症患者在拿头撞墙一样。"

我帮罗拉多倒了一点香槟。

"你认为我们根本不可能更进一步了解自己所居住的这个世界？"我问。

他摇摇头。

"正好相反。我对人类的直觉有绝对的信心。但是如果我们想要解开宇宙的谜，也许该用精神方式去寻找，因为说不定这个谜团早就已经解开了。如果有人发现，宇宙谜团的解答出现在一些古希腊文、古拉丁文或印度的经文里，我丝毫不感到讶异。答案也不见得必定很复杂，也许只是十到二十个字之间。就像我肯定罗拉的玛雅理论可以浓缩成短短的几句话。今晚我们有一系列只有两种答案的问题，大家都提出了明确的答案。我可以肯定没有任何科学工具能够评估我们的哪些答案是正确或哪些答案简直无可救药。但是你的意见如何呢，安娜？"

轮到她了。她凝望着热带的夜晚，不一会儿她坐正果断地说："在我们眼前的现实之外，有另一个实境。当我死去，我并未死去。你们都相信我已亡故，但我其实还活着。不久我们就会在另一个地方相会。"

这些话预报了宴会的终了。对谈的要旨已经完全走调。一种灵异的感觉弥漫全桌，同时我看见荷西的眼里落下一滴眼泪，我相信自己绝非唯一看见的人。安娜继续说道："你以为你在参加一场丧礼，事实上是在见证一次新生……"

现在安娜注视着我。

"除了这个世界之外还有别的，"她坚称，"我们只是在转化中的游荡精灵。"

"别再说了，"荷西用西班牙语悄悄地道，"你不用再多说了。"

安娜发言时，人人的眼睛都紧紧盯着她的脸。就在这时候，薇拉，就是这个时刻，发生了一件事，才让我谈了这么多马拉福植物园热带高峰会的经过。

"我们只是在转化中的游荡精灵。"主席重复说了一句。说完他将一只手指放在安娜的前额，说："而这个精灵的名字，就叫做玛雅。"

荷西着急地摇摇头，用一只手臂环护着安娜。显然最后一句话引起了他的不悦，或者只是因为他不喜欢那位英国人用食指碰触安娜？我发觉他的反应很难理解。

"我想这已经够了！"他说。

约翰咬咬下唇，有如他蓦然发现未免太过粗心。即使如此，他急促地望了安娜一眼，像是半对着自己说："而且有个杰作在此。"

荷西的反应是将安娜从椅子上拉了起来。

"多谢了！"他说，"真是够了！"

"我们走！"他用西班牙语向安娜说。

说完他们便消失在棕榈丛中。那是当晚我们最后一次见到这对西班牙人，不过这时候已过了午夜。

我想大家静默了大概有整整一分钟。我们只是静坐当地，猜测约翰与荷西之间到底有何过节。比尔首先打破沉默。

"你知道我在想什么吗?"他露齿微笑着,"我想在这个星球上,有大概六十亿个喋喋不休的人,而我们在这里也不过待上八九十年。你可以看到很多好笑的事来嚼舌,还有一大堆废话。"

罗拉缓缓从椅子上站起,离开她的座位。旁边有张小桌子放了一壶冰水。她拿了起来,走到美国人身后,然后她把一整壶的水和冰块,全倒在他的头上。

他坐在那儿僵直了两秒钟,一根肌肉都没动。然后他从椅子上跳了起来,攫住罗拉的左手,将她拉近自己,打了起来。

在此之前,我多少有点同情他,但是此刻他虽谈不上是在毒打罗拉,比较像是用巴掌在打她,我却也必须和他划清界限。显然这位美国人已经引起每个人的不满,就算看着那两个空着的酒瓶也没用。罗拉只是静静走回桌边,一言不发地坐在我身旁。

约翰开始感谢我们给了他另一个愉快的夜晚,他附带说道:"明天我们可以不用这么夸张。"

比尔离座,马克与依芙琳亦然——我想这两位美国青年几乎是逃离现场,生怕还会有更多斗殴的情事发生。马利欧甚至在罗拉倾倒她那一壶冰水之前便已告辞。

我把手放在罗拉的左边脸颊上。

"痛吗?"我问。

她摇摇头。

"看起来不怎么舒服。"

她说:"你得学会如何有所失,法兰克。"

"什么?"

"但是比起你所得到的，你的损失根本一文不值。"

从桌上的烛光里，我凝视着一只褐色的眼睛。在黑色的背景之下，一点微弱的绿挣扎着，不愿褐色占了上风。

"我得到了什么？"

"你得到全世界。"

"全世界？"我跟着说了一遍。

她点点头。

"你的损失或许显得非常严重，但它不过是个夸张的幻影。"

"自己，你的意思是……不过是个幻影？"

"只有那较小的自己。只有幻想中的自己。它其实就像已经失去了一样。但是你得到较大的自己了吗？"

我听见有人在黑暗中接近，下一刻就是一壶水倒在我们头上。我不相信发生在我身上的事情纯属意外。在我们有时间思考之前，做这件事的人已然消失。

"那个白痴！"罗拉说，流泻着轻蔑。

我站起来甩甩头。我的衬衫全湿。罗拉的上衣也是，当我看见它多么贴近她的身体时，觉得一阵迷惘。

"好吧，也许我们也该睡觉去了。"我说。

她往上用她的绿眼瞧着我："你肯定吗？"

"相当肯定。"我说。

一直到我们分手离去，我才明白，她的问题原来是个邀约。

那天晚上我几乎迫不及待地想要回去找高登。它是个绝佳的谈心对象，或许它是对的，在夜里睡觉以前，我实在不需要给自己灌那么多琴酒。

它在我床边茶几右上方的大镜子上，我一进来关上身后的门，便听见它从镜子一端嗖地爬到另一端。我当然无法完全确定那就是高登，而且我房里当然会有好几只壁虎，同时我也不是那么想要从头开始再对另一只壁虎自我介绍。但是一开灯我便认出了它。我总是有种特别的天分，很能识别脊椎动物的个别特色，当然壁虎和人类一样有特色。它们有特色的程度至少和我们相同。我觉得我们这位世界野生动物基金会的代表至少可以支持这点。除此之外，高登是个巨大的壁虎，它一定是同类之中最大的一只。

"好了，我要直接上床睡觉。"我作此宣布，"我这么说，免得如果我不愿陪你谈上半夜，你会觉得是我看你不顺眼。"

我打开旅行袋，转动琴酒瓶盖。我喝了一大口，大得足以保证我会睡着。

"老实说，我觉得很难相信。"高登说。

"啊?"

"你现在就要睡觉? 我敢打赌你会再喝一点。"

"我完全没有这种计划。"

"晚上玩得愉快吗?"

"我不想谈。如果我开始谈起来，就不知道什么时候才会闭上嘴巴，那就会像昨天一样。如果你知道我的意思的话。"

"我只是问你晚上玩得愉快吗?"

"罗拉是个泛神论者，"我说，"她是个极端的一元论者，我几乎可以称之为粗糙的一元论者。"

"换句话说，她是个聪明的女人。她不会像某些其他人一样处于半睡眠状态而毁了自己。而且我肯定她也不会用琴酒来清洗自己的牙齿。"

"然后她谈到玛雅。我以前听过这个，所以不需要再听一场演讲。"

"玛雅是这个世界的幻影。"高登说，"可怜的自我觉得人生是片苦海，它与伟大的自我分开，以为只有几个月或几年可活，因此招来一个痛苦的幻影。它也是中美洲一个民族的名字，不过那是完全不同的两回事……"

"我说我不需要进一步的解释。但是当那个英国人把手指放到安娜的头上，好像要揭露真实的她，荷西的反应很奇怪。'这个精灵的名字，就叫做玛雅。'他说，然后喃喃说着什么'杰作'之类的。他的话很奇怪，非常奇怪。但她的反应也很怪异，像是她无法忍受被人家直接叫出名字来。"

"玛雅紧紧抓住了某些人，因此要被唤醒是很痛苦的。就有点像是从噩梦中醒来。"

"胡扯。你根本不知道我在说什么。你根本也不在现场。"

"我无所不在，小法兰克。一切都只有我。"

"我能拜托你不要再胡说八道了吗？"

"我只是在提出全宇宙最简单而且最明显的陈述。"

"那是什么？"

"只有一个世界。"

"好，我听到了。只有一个世界。"

"那就是你。"

"天哪，你给我闭嘴！"

"你必须破除对自己的束缚，先生。试着从你自己的中心往上看——向外，向外看到你自己的本质，进入牢不可破的神奇实境。"

"我在努力。"

"你看见了什么?"

"我看见南半球的一个棕榈树林。"

"那就是你。"

"现在我看见安娜从波马瀑布的泡沫浴里,赤裸着身子走出来。"

"那就是你。"

"我认得她的头,但不认识她的身体。"

"注意力集中起来。"

"我看见一个活着的星球。"

"那就是你。"

"然后我看见一个不可思议的宇宙,里面有几亿个银河和星云。"

"那都是你。"

"但是当我看进宇宙,我也在看着它的历史。我真的是在研究一个进行了几十亿年的活动。就在此刻我看见很多星星,很久以前就变成了红色的巨星或超级新星。有些已经变成白矮星、愤怒的中子星和黑洞。"

"你在看着自己的过去。那就是所谓的回忆。你试着记起自己已然忘却的事。不过那是你,一切都是。"

"我看见一团混乱的卫星与行星,小行星和流星。"

"那都是你。因为只有一个实境。"

"是的,我已经说过我同意这句话。"

"只有一种世界物质,只有一种物体。"

"那就是我?"

"是你。"

"那么我一点也不弱啰?"

"只要你了解这点。只要你能捐弃自我。"

"是啊，一点也没错。那又为什么会这么的困难?"

"因为你不愿放弃自己的小我。"

"即使最简单的道理都是知易行难。比方说，结束你的性命。"

"你没那么原始。"

"原始?"

"这有个前提，就是你还有个自我可以失去。"

"完全正确。但诡谲的是，我可能会因为纯粹担心死得太慢而自杀。有时候小孩吃块巧克力是因为怕别人先吃了它。但是我们已经走过这一段。你可以在受到攻击的时候自己断掉尾巴，我却没有办法切除我自己那两三个脑回。我不能为了一个宇宙的谜团，而到医院去挂号，要求做个前脑叶切除手术。"

"无论如何这还是解决不了问题，只会让你走回头路，然后你再也没有机会醒来。我想你会需要你所有的脑皮质来应付整个过程。"

"这竟然从你的口中说出来，岂不是太荒唐了?"

"就某个层面来说，你必须死去。你必须做出这个勇敢的举动。"

"你刚才不是说这解决不了问题吗?"

"但你只要象征性地死去就可以。不是你真的死了。必须消失的是那个被过度吹捧的'我'的概念。"

"我被你这些代名词的用法搞混了。"

"很可能。或许我们需要个新的代名词。"

"有何建议吗?"

"你一定听过一个名为'皇室复数'的代名词。"

"当然，那是国王或皇帝在称他高贵的自己为'我们'，谓之皇室的我们。"

"我想我们也需要一个皇室的我。"

"那要做什么用?"

"当你说'我'，你只是执着于一个自我的概念，这无论如何都是错的。"

"现在你开始在绕圈圈了。"

"但是想想这个星球为一体，整个宇宙也是，其中这个星球是一个有机的部位。"

"我在努力。"

"你想到所有存在的一切。"

"我在想着所有存在的一切。"

"还有所有的银河，一百五十亿年前爆发出来的一切。"

"一切，是的。"

"现在说'我'。"

"我。"

"有点困难吗?"

"一点点。但也蛮有趣的。"

"想想所有存在着的一切，然后大声对着自己说：'这就是我!'"

"这就是我……"

"有没有一点解放的感觉?"

"有一点。"

"那是因为你用了新的代名词'皇室单数'。"

"是吗？"

"我想你的火候快到了，法兰克。"

"什么意思？我很感激你给我上了这一课，如此而已。"

"我想你可以做到像我这样。换句话说，就是得救了，完全从本体论的神经官能症中解放出来。"

"不，不可能。你看起来有点笨。"

我再度打开行李袋，从琴酒瓶里喝了很健康的一口。我知道它会很卑鄙地批评我一句，片刻之后它说："你得承认你其实不太了解自己。"

"那得看你现在用的代名词是哪一个。"

"不久以前你才说要上床，绝对不再碰一点酒。"

"然后你就开始说话，而且你也几乎骗到我了。你差点让我觉得很想当一只壁虎。"

"你听到自己在说些什么吗？"

"我说你开始在说话。"

"我的意思是，你有没有听见自己用的是哪一个代名词？是谁开始说话的？"

真是阴险。它又让我栽了一次。其实是我自己在接话找话，说个不停。

"所以你对自己的认识太少，"它说，"而且你很难判别自己真正要的是什么。"

"我承认自己有些微不足道的弱点。"我很坦白。

我觉得这种不打自招不会有什么危险。当一切都已经说完做完，就没有什么值得隐瞒，没有什么不能让壁虎知道。

"但是还有别的。"

"都说出来吧！"

"你会自言自语。"

"这要你来提醒吗？"

"你在咬着自己的尾巴打转，法兰克。我建议你立刻自绝尾巴。"

"好，你可以闭嘴了！"

"你在自言自语。"

"什么？"

"世界精灵也会这么做。"

"什么？"

"世界精灵会自言自语。因为世界精灵只有一个。"

"这个世界精灵的名字又是什么？"

"你自己。"

我坐在那儿琢磨着它的话。

"下一辈子我想我会去研究文法。"我说，"这个博士论文的题目如何：'认同与本体论之地位。全新代名词寡人的尝试性分析'。"

"很出色，依我的看法。只有在这个时候语言学才能到达一个积极有用的阶段。其他所有的代名词就是单纯的玛雅。"

"安娜就是玛雅。"

"是的，她也是。"

"因为她会自言自语。"

"那么，比方说，纪元前四世纪是谁在说话？"

"刚开始是苏格拉底和他的徒弟们，"我说，"然后是柏拉图和他的学生，接下来则是亚里士多德和西奥弗拉斯特斯。后者无疑曾和一位'半指'壁虎在希腊的雷伯斯岛上有过一些精彩的对话……"

"你真相信如此吗？"

"你当然不会坚持说历史也一样是幻影吧？"

"历史是世界精灵在自言自语。它的做法当然是比较古色古香的，虽然当时它有点迷糊。它刚刚开始清醒过来。"

"他们在雅典的市场上四处行走。苏格拉底是个有血有肉的人，后来被判死刑，只因为他在追寻真理。他的朋友围在他身边哭泣。你一点同情心都没有吗？"

"我从来没说世界精灵永远都能够心情宁定。我也没说它永远都很快乐。"

"什么废话。"

"那么就再往前回溯一点。一亿年前，是谁在市场上集会的？"

"你清楚得很。是恐龙。"

"你能说得出来它们的名字吗？"

"当然。没错，一大卡车的名字。"

"我们来听听看。"

"你是说种、属，还是科？"

"都不是，你疯了吗？我是说你叫得出来它们各自的名字吗？"

"不能。那是史前时代。"

"这还是不相干，它们只是世界精灵的一个小小的前锋。那是在玛雅的概念完全上场之前，在那两三个多余的脑回之前，因此更早于人类心理上的迷惑，以为真的有个你和一个我。在那个时代，世界精灵有如完璧而未遭分割，一切都是婆罗门。"

"恐龙是婆罗门。它们不会被玛雅迷昏头吗?"

"是的,这就是我的意思。"

"今天它们变成了壳牌石油公司和泰斯科石油公司。那些无名的四肢动物已经度过完整的循环,它们是世界精灵的黑色血液。你想过这点吗?你是否想过,那些四处驱动的车子,在它们的油箱里载着白垩纪的血?"

"你真是个无可救药的还原主义者,法兰克。但是你还是谈到一个相同的重点。"

"少来了!我也想追根究底啊!"

"四亿年前,如果你就在这个星球上,你就会因为你那多余的脑回而苦于虚假的幻影,觉得爬虫类是一群独立的个体。你会认为它们之中,最大的一只是超级的自我怪兽。"

"我是很重视个体,这是真的。至于怪兽什么的,那可是你自己的说法。"

"但是现在它们已经化为一大池的油田。现在它们是壳牌和泰斯科。一公升七十便士,先生!"

"那是我的句子。"

"而完全一样的命运在等着你。一公升七十便士。"

"我知道。如果我没办法回复神智,以另一种方式来看待事物的话。"

"是的,如果你不这么做的话。"

"我的时候不多。我不属于这里。我是个过度转世的天使,苦闷得很。"

我再度走回我的旅行袋。

"不过,"我说,"但愿明天是崭新的一天。"

我举起酒瓶,狠狠喝了两大口。这回我很慷慨,丝毫没有良心不安的感觉。经过高登开启的万花筒，我已经不再有任何选择。无论如何，一点小小的宿醉，比起几百万年几亿年又算得了什么？经过一夜复杂的回顾，那唯一可能的避难所已经睡熟。然后新的一天来临，有没有宿醉都一样。

我已经准备好要挨一顿骂。但它只是说："我很失望，法兰克。我是说，你很失望。你对自己觉得很失望。"

"所以我们就是必须有点失望。然后责任分两半。"

"你说你要直接上床。而且你还说绝不会再碰那个酒瓶。"

"是的，完全正确。而你说你不太相信我的话。"

"我还是很失望。"

"好吧，这话反正很容易说。如果你未曾经历过度放纵的诱惑，也没有任何机会接近它们，那你要当个清教徒可容易得很。你不是那个为大爆炸命名的人。你不是注定要用一个过度成长的神经元结节去测量宇宙光年的人。你不是那个觉得宇宙的距离压在你的大脑上，就像个骆驼要挤过针眼一样的人。"

我脱下衬衫躺在床上。然后我说："你觉得如果我在天堂里，把所有的银河卖掉，和穷人分享我的收益的话，我会觉得比较充实吗？"

"我不知道。"它说，"但是要一个后现代的灵长类向这个世界说再见，其困难程度，大概也不会低于犹太教的教士解救世界吧！"

"好了，就这样了。废话连篇……现在我要睡了。"

"但你绝对无法完全睡着。"

"我想我会的。我只想大概喝个四大口，但是今晚我喝了舒服的八大口，这应该会够的。"

"我的意思是，即使你睡着了，我还是醒着。"

"请便。"

"所以你并没有全部睡着。"

"呸！"

"因为没有什么'我'和'你'。我们只有一个。"

"早餐时候叫醒我，好吗？"

"好的，先生。但事实上你是自己叫醒自己的。"

说完这句话它疾冲过镜子，爬上墙，到我枕头上方的天花板上。

"现在又怎么了？"我问。

"不是要我叫醒你吃早餐吗？"

我转身自忖，这是多么漫长的一天。但想到这个世界精灵可能要在我头上拉屎，感觉实在不甚美妙。

橙

鸽

人类受到诅咒，非得一辈子都在忙着想些什么事。
也许我们可以控制自己的思想到某个程度，
但没有办法关闭思考过程本身。

我必须承认，至今依然无法检视和壁虎高登之间的那许多争论，虽然在某方面我并未和它完全失去联系；即使在马德里的此地，我还会和它彻夜长谈，并且从中得到一些模糊的乐趣。只要有人曾经挑战你内心深处的某一个部分，就经常会发生这种事。即使在现实世界分离多年之后，他们还是可能会回来。

我终宵不眠在此写信给你。睡了两个钟头之后，我起床走了一小段路，穿过瑞兹饭店到退休公园，然后在圆顶大厅吃过早点。我现在只要出现在那个煎蛋卷的早餐店门口，几分钟之后，我就会得到两个荷包蛋、几片火腿，还有一勺烤豆子。

停留塔弗尼岛的最后一天，我花了一部分时间拜会梭摩梭摩村庄里的长老。我尚未将研究完全抛诸脑后，我需要了解过去几年来，村民用什么方法来保护岛上的动物，以及和他们住在一起的原生物，其中包括各式各样的动植物。现在我知道，英国派驻斐济的首任督察，是那传奇人物亚瑟·高登爵士，他所领导的政府只维持了五年，一八七五至一八八〇年。或许我听过这个名字，但是如今这个名字会令人想起这座"天堂岛"（the Garden Island）很快就要变成"高登岛"（the Gordon Island）。你知道的，我对高登的伦敦琴酒的喜爱，是在我造访当地之前便已存在。是的，薇拉，我很清楚，而且如果我说，我不旅行就很少碰这玩意儿，你一定不会相信的。我不太善于独处。别忘了将你的一些功能授权给高登。感觉像是听到你的声音。

我有点头昏眼花，摇摇晃晃地钻进村庄的店里，想看看他们是否贩售维他命。而当我在那小小的店里撞见安娜与荷西时，几乎已经站不住脚，这家小店里人满为患，都是本地人。我们一起奋力突破重围，或许这是我们三人单独相处的最后一次，我鼓起勇气想来一次终场大对决。他们两人在那天下午看起来都很低调，显然是因为前一天夜里那位英国人令人疑惑的行为所致，但我觉得自己没什么选择。我第二天就得离开，很可能不会再见安娜与荷西。

在店外荷西点了一支香烟，安娜打开一瓶塑胶罐装的水。我认为这是他们在邀请我，在我们分道扬镳之前，可以寒暄两句。我单刀直入，瞅着安娜的黑色眼珠，随意说道："也许听起来有点古怪，不过我觉得好像在哪里见过你。"

荷西的第一反应是将她拉近身，这让我想到昨晚餐桌上那一幕。她看着他，仿佛在要求许可，让她自己回答。

"但你不记得在哪里?"她说。

"我在西班牙来来去去住过一段时间。"

"西班牙有五十二个省。"

"正好是斐济议会的成员数字。"我回答。

"我想你应该去过加纳利群岛。"她嘲弄地说。

我摇摇头。

"我最主要是住在马德里。我可能在那里见过你吗?"

荷西显然觉得这短短数语已经带着侦讯的色彩。

"西班牙有很多黑发女子,"他说,"这是事实,法兰克。即使在马德里也是一样。"

我并未死心,依然注视着安娜。有任何反应的迹象吗?这个彩虹般的女神,是否有一点暗示着我的记忆并未出错?

"经常有人觉得和你似曾相识吗?"我问。

她再度望着荷西,有如在乞求许可,让我也能分享某个秘密,而他,静定如山,拒绝了。不过她在回答时,送给我一个和善的微笑:"那么或许你在马德里见过我。很抱歉我无法用同样的方式赞美你。"

我认为这是个外交辞令式的回答,其实她十分清楚我在问什么。

他们有车,打算一路开到该岛西南端的福纳景点。他们表示可以送我回马拉福。我谢了他们的好意,并说我比较想走上两英里半的路。

穿过尼沙瓦村庄时,我赶上一个一身运动装备的女子,留着黑色的发辫,背个帆布背包。那是罗拉,身着宽松的卡其裤,一件紧身上衣和一顶遮阳帽。她全身湿透,蓬头垢面,但她走上了戴佛斯峰,那是塔弗尼岛的第二高峰,高于水平面三千八百英尺。她显然是已经疲累不堪。但是当我赶上她时,她还是一脸喜悦,第一句话就是:"我看到了!"

她两只脚不断跳跃,像个孩子一样,脸上泛满的光辉宛如刚刚皈依受洗的信徒。我私下思忖着,她是否见到了光的本体,或者是一片烧着的树丛。

"实在太棒了,"她说,"我看见它在那山顶上,就在旭日初升的时候。"

我还是不知道她去了哪里,但她继续说道:"我见到了橙色的鸽子!"

"你确定吗?"

"相当确定。"

"在戴佛斯峰上？"

她点点头，几乎是喘着气地说：

"而且我……拍下它了……用我的远距照相机。"

现在终于一切明朗，而如果她的所言为真，那就是个了不起的成就。那谜样的橙鸽不仅非常少见，我还从来没听说有人拍到过它的照片。

"这么说，你很可能是第一个。"我说。

"我知道。"

"或许你还可能是最后一个。"

"我知道。"

"好吧，你得寄张照片给我。"我艳羡地说道。

她的反应是握握我的手，我假设这是表示允诺。换句话说，我稍后得留我的地址给她，这是我在海外向来谨慎的事。

我们又开始前进。

"你其实可以问我要不要来。"我说。

她笑开来。

"我根本没机会谈到这个！你很快就离开位子，上床去了。"

罗拉解释她如何在那天一大早，天还黑着的时候便起身。前一天便已安排好一辆前往维瑞奇村的车子，因此她在天亮之前一个小时，便开始爬上四英里的山路，带着一把丛林刀和一具头灯。她来到该岛是为了看橙鸽，因此她非去不可。

从戴佛斯峰顶，她瞭望着塔吉毛西亚湖，它在岛中央的死火山口里。该湖大多数地方都漂浮着一种植物，即斐济的国花——塔吉毛西亚花，或名瓦氏野牡丹藤花。这是一种鲜红色的花，有着白色花蕊，此湖为该花唯一的生长地。

"你知道塔吉毛西亚花是怎么出现的吗？"她问，我们顺着泥土路走着，总是会踩到已经被压扁的甘蔗蟾蜍。

我摇摇头，她于是开始告诉我塔吉毛西亚花的神话。很久以前，在塔弗尼岛上住着一位公主。她的父亲，就是酋长大人，决定要把她嫁给一个他帮她选定的男子。但是公主心里已经有了意中人，她在绝望之中，逃离村庄，进入山区。疲乏困顿之下，她在大湖的湖畔睡着了。睡梦中，她悲泣着，梦见自己的眼泪流下双颊，变成美丽的红花。这是第一棵塔吉毛西亚花，而塔吉毛西亚花名的意思就是"在睡梦中哭泣"。

我以为她只是在告诉我一个浪漫故事，但她说："完全相同的事情在我身上发生过。"

"在睡梦中哭泣？"

她摇摇头：

"父母之命的婚姻。"

"你结过婚？"

她很快地点点头。

"但是塔吉毛西亚花的神话还有另一个版本。"

现在她说起另一则故事。从前在塔弗尼岛上住着一个女孩。她不听母亲的话，而在应该工作的时候玩耍。突然间，母亲失去了耐性，开始用一枝棕榈叶打她。母亲将女儿扫地出门，要她别再回来。女孩哭着跑了出去，心碎的她希望跑得越远越好。在森林深处，她来到一棵覆盖藤蔓的常春藤树边。她爬上藤蔓，但它们将她越裹越紧，直到她无法动弹。她不断哭着，滂沱的泪水流下她的脸颊，变成了红色的血，落在藤蔓之上而成为最美的花儿。最后她终于挣脱了束缚而跑回家中。当时她的母亲已经冷静下来，故事以喜剧收场。但是塔弗尼岛上的人们相信这种罕见的花是生自这位少女的眼泪。

"这也发生在你身上吗？"我玩笑地问。

她认真地点点头，没有一点讽刺意味。

"被藤蔓缠住？"

她摇摇头：

"被我妈妈赶出家门。"

她停下脚步，转身向我。

"我告诉你一个秘密，法兰克。"

"什么秘密？"

"我是个没人要的孩子。"

你，以及全世界至少一半的人口，我心想。

我无法不去注意到她的绿眼睛上已经眼泪盈眶。因此我靠近她，让她的头枕在我的颈边。我们维持原状站着好一会儿，然后她抬起头凝望着我。我将手指放到她的唇上，她用舌头舔着它，于是我弯下腰来吻了她。我紧紧拥着她，直到我的本能告诉我应该松手。

我们继续前进，现在轮到我来说些关于大洋洲这些小岛的神话。例如，有数不清楚多少带着警告意味的故事说，女人绝对不能和壁虎太接近，因为一不小心就会生出壁虎来。我还告诉她，维拉娜的传奇故事。

维拉娜是个大美女，被一大群追求者宠坏了，以至无法认真地作个抉择。结果，她永远都在哀叹自己没有足够的时间决定终身伴侣。有一天，有个巫师给她一瓶神奇不老药。巫师说，如果她喝下其中的一半，就会永远不死。一旦她遇见她的理想伴侣，就只要将那剩下来的一半给他，那么她的丈夫就可以和她一样长生不老。维拉娜喝了她的那一半神药之后，又过了好些年，还是无法选定一个如意郎君。一百年过去，维拉娜依然年轻貌美，但随着时光的流逝，她越来越难选择一个能够托付终身的人。她觉悟到那神奇的药水已经让她更难作出决定。问题不只是有太多人可以选，还要加上现在她有太多时间可以抉择，而且她知道，最后的决定权就在自己身上，选定之后不仅要过一生，还是长长久久没有止境。两百年之后，维拉娜遇见了太多人，以至她不再倾心于任何一个男子。然而，她已经被迫必须在地球上活到永远。她一直到今天还在路上游荡着。当一个男人爱上一个犹豫不决的女子时，就该特别小心，因为他遭遇的，可能就是那个冷酷而无法满足的维拉娜。很多男人交出自己的心，耽误了青春，却没有一个赢得维拉娜的芳心。

罗拉向上望着我。

"哦，真是个悲惨的故事！"

"是啊，好一个悲惨的故事。"我跟着说了一句。

我们到了查尔斯王子海滩，便漫步到沙滩上，脱下鞋子，寻找贝壳送给对方，还在那儿惊喜赞叹着一只深蓝色的海星。罗拉认为那一定是属于海星亚纲，因为它真的很像一颗星星。她想着，也许该有个关于海星的传奇故事，说有颗星星从天上落下而成为一只海星。否则，我们也可以自己编一个，要编故事随时都不嫌晚。

今天在她身上没有太多的玛雅或世界幻影。她的心思就和她的眼睛一样有不同的颜色，我幻想着，看见橙鸽的是那只绿眼，褐眼则是用来阅读印度哲学。或者，发现那只海星是绿眼，而褐眼则是对人类的个体漠不关心。

我们爬上棕榈丛的陡坡，罗拉说，那天晚上在马拉福有个大型的晚会，将有岛上各处的一百多个观光客前来参加，那是他们所谓的古能希德大会。有个荷兰人将他赚的钱用在社会公益，这一回是要帮助贫苦的村庄学童缴出学费。马拉福的客人当然在受邀之列。

"你得坐在我旁边。"罗拉说。

几个小时之后，我和罗拉、约翰和马利欧同坐一桌。所有的小桌子都有人，稍后还会有更多人前来狂欢。

比尔这个快乐的美国人刚到餐厅，罗拉便急着邀请那位意大利水手坐到我们这一桌的空位。因此他不仅必须忍受我们这一桌已经客满的事实，还要和一桌未曾谋面的人坐在一起。但这场变局很快就变成他占优势，因为他发现，同桌有个颇具名望的人，叫做卡培纳，原先是个夏威夷原住民。另外还有他的妻子若贝嘉，以及一位很逗趣的人，叫做哈维·史托兹。

卡培纳是个强壮有力的男人，晒得一脸黝黑，高高的颧骨，一口大白牙，是当晚众人瞩目的焦点。他是个知名的深海渔夫，二十三岁的年纪便赢得拉海纳大赛的大奖，因为他捕到一条重达一千两百零二磅的巨型马林鱼。现在他已经有四十好几的年纪，从深海渔夫的事业上退休下来，搬到塔弗尼岛，开着他的高科技渔船马凯拉号，带着观光客到梭摩梭摩海峡去钓鱼。我们那天晚餐吃的鱼全是他那天早上出海去捕来的，是他对古能希德的贡献。马拉福的厨师叫做凯，他也一道上船去，以便确定鱼都处理得很干净、准备得恰到好处。在餐会中，比尔向我们介绍卡培纳、若贝嘉与哈维。哈维是马凯拉号的水手长，结果我们发现自己很无奈地陷入一种技术讨论当中，而那对石油工程师和深海渔夫来说，都应该是很迷人的话题。

安娜与荷西坐在餐厅的另一端，同桌还有马克与依芙琳。那对西班牙人似乎很想要和年轻的美国夫妇坐一起。或许这是他们的逃避方式。

正餐之后，组成了一个小型的合唱团与乐团。有些表演者是马拉福的工作人员，如园丁西波、塞和史坦尼，酒保以内希，以及内部职员凯与维瑞。另外，还有一些是从村庄里来的乐师。他们用吉他和四弦琴伴唱，唱着诱人的合唱曲，内容有塔吉毛西亚花，马拉福植物园，还有其他远渡重洋来到小岛上的观光客。还表演了几场米奇舞。米奇是一种传统的民俗舞蹈，舞者诉说着古老的斐济传说，混合着歌唱、夸张的模仿与生动的手势。

在民俗舞蹈之后，乔肯·凯斯来到我们这一桌，邀请我们参加卡瓦仪式。卡瓦又名雅可纳，是一种酒，以胡椒科的制酒胡椒的根所做成，带着一点轻微的麻醉作用。卡瓦酒用个大木盘盛装，酒杯则是半枚椰子壳。约翰以前品尝过卡瓦，因此婉拒了邀约，但罗拉读过《寂寞的星球》，书中说，拒绝卡瓦仪式会是一种粗鲁的行为，因此我们都接受了。不久，罗拉、马利欧和我都坐在地上，面前是一碗卡瓦酒。每一回有人拿到半椰子的酒，现场便响起一阵掌声，同时呼声响彻云霄："布拉！"

卡瓦酒并不好喝。它看起来就像是泥水一般，味道也差不多是如此。两杯之后，我觉得嘴唇发麻，三杯之后我觉得全身放松，但也有点困了起来。但我还记得，比尔在卡瓦仪式的四周极不尊重地跳起踢踏舞，有一回还告诉罗拉，卡瓦只是一摊牛屎，好女孩应该保持距离。

罗拉瞅着我，现在我觉得她用的是褐色的眼睛。

"味道怎样?"她问。

我正想说喝它就像是喝了五毫克的烦宁锭，此外无他。

"你能感觉到幻影正在崩溃吗?"她说。

"大概有一点点，"我滑稽地说，"世界只有一个。"

"只有一个意识。"

"这是生物化学，"我说，"这是'速成宗教'。"

我不知道她是否明白我的意思，不过她说："每天的意识也一样。纯粹的生物化学。它让我们相信物质世界的幻影，存在于'普拉可利悌'根本原质（即空间、空气、火、水、土）之中。"

"这个词很好笑。"

"它和玛雅的意思差不多。幸运的是，有些化学物质可以麻醉我们的大脑，让我们相信世界幻影。"

我想一定是多出来的那两三条脑回，但我大概没有大声说出来。

罗拉又说了很多话，只是我无法逐字记起来，不过我记得她向我坦承，在吠陀哲学之后，三克亚哲学是和她的内心最接近的。

我注意到卡瓦酒也有很强的利尿作用，而且它对两性的效果一致，因为罗拉率先表示她需要去上洗手间。我们都觉得这实在很有喜剧效果，想到世界精灵在找到重返自己的路之后，也会需要嘘嘘。

稍后我们回到桌上，约翰坐在那儿拿着他的啤酒。他觉得马拉福的客人如果能够对这项娱乐有所贡献，也还真不坏。

"安娜是个很红的弗拉门戈舞者，你知道，"他说，"我上了电脑网络，而且虽然我的西班牙文不怎么灵光，我还是看得懂她是塞维利亚当红的舞者，'塞维利亚之星'。"

我不知道是否因为卡瓦酒扭曲了我的时间感，但我们仿佛一霎时便站到那对西班牙人桌前。罗拉首先提出要求：安娜是否愿意为我们跳上一段弗拉门戈舞？这不只是我们大家的荣幸，同时也是对斐济舞者今晚的表演表示谢意。

"不行。"荷西说。

"塞维利亚之星……"约翰冒险一试。

"我说不行！"他咆哮着。

至于安娜，现在她一脸委屈沮丧的表情。但是为什么呢？为什么和善地要求她跳支弗拉门戈舞会引起这么大的风波？或许是因为荷西代表她，无礼的拒绝让她觉得不悦？一直到几个月之后，这些问题才获得解答。

我们摸摸鼻子，回到自己的座位。

不久情侣们开始跳舞。舞蹈方式和我们在挪威乡村旅馆的舞蹈大同小异，有个独唱者演唱着各式国际歌曲，基本上只是个西式卡拉OK。许多村民都在舞池里，因此今晚的古能希德圆满成功。有了这个开头，许多拳头和打斗开始在男人之间挥舞起来，仿佛回到汤斯堡活力充沛的夏夜。不同的地方是，当地将是一夜灯火通明，而塔弗尼岛则是一片漆黑。

我们的桌边聚集了约翰、马利欧、罗拉和我。然后马克和依芙琳带来他们的椅子，他们的桌子已经被收了起来，因为要空出较多的空间来跳舞。安娜与荷西的位置就在卡瓦酒的大碗前方。不久，比尔带着几瓶红酒走了过来。

"庄家请客！"他说。

午夜已近，罗拉转身向我。

"咱们走吧!"她说。

我并不反对这项提议。我喝过那催眠的泥巴水之后，还觉得有点迷迷糊糊，我过了十分活跃的一天，没有道理让那些嘈杂的人性问题再拖拉下去。此外，我第二天早上还得踏上返家的路，到地球背面的那一端。我们站起身，谢谢每一个人陪我们度过这愉快的夜晚。

"你们要走了吗?"比尔问。

"是的，"罗拉说，"我们要走了。"

"上哪儿去?"

好一个奇特的问题，我自忖。而且我其实还没有答案。有时候你只知道自己要走了，却不知道要往哪里去。我们会在棕榈树丛中散步吗？或是在查尔斯王子海滩泡泡水？或是在罗拉或我的茅屋里喝上一杯睡前酒？无论如何，都与比尔无关。他一直在买酒请我们喝，很是体贴，不过一个和雷德·阿戴尔一起拯救阿波罗十三号免于太空浩劫的人，这点酒应该是请得起。然而，他不应该以为这就可以买到朋友，我想，更不用说罗拉。

"我们要去看法兰克的植物标本集。"她说。

"嗯，我觉得你不应该去。"比尔反击。

"嘿，我觉得这和你一点关系也没有。"罗拉反刺一剑。

她说这句话的方式比较像是同志的相互揶揄，而非有意批评。

"你们可以继续在这里说话。"他很坚持。

"我们要去我们想去的地方说话。"罗拉宣称。就在这时候，我觉得她几乎要因为这名男子的大胆无礼而大笑起来。

"酒在这里，"这个美国人还在继续说，"顺便一提，这是很好的雷加酒。"

"我们只需要一瓶。"说完，罗拉抓起一瓶，走进棕榈树丛。

"记我的账。"我说着追上她。

稍后我们坐在我的阳台上，比尔说得对，这是很好的雷加酒。热带温暖的空气就像质地透明的爱抚。

"他真是个角色，那个人。"我起头。

她摇摇头：

"真是典型，全然的典型。"

"你们在纳地机场见过面吗?"

"我们别理会那个家伙了，法兰克。他没那么有意思。"

"他显然是很能发表自己的意见。"

她考虑片刻，然后说："比尔是我爸爸。"

我放下酒杯一声呼啸。

"当然了，"我大叫着，"我真是个白痴。"

她没回答，不过迅速转过头来，我发觉这会儿面对的是一只绿色眼睛。我恍惚觉得她天生两只绿眼，只不过随着她慢慢长大，有一只颜色越变越深，而终至成为褐色。或许另外一只眼睛也会有同样的命运。

我竟然没发觉比尔与罗拉是对父女，一同到大洋洲来度假，这真是令我颇为懊恼。因此她才会如此刻意地阅读《寂寞的星球》，以及第一天晚上他会和她坐在同一张餐桌，这也解释了他那么大方请大家喝酒的原因，以及为何他将手放到她脖子上，她便冷静下来，为何她会把他推进游泳池，为何他会坐在椅子上用她的浴巾，以及为何她会倒一大壶水在

174

他头上，以及为何他在听着她的玛雅和世界精灵的理论而无法掩饰自己的不悦。这也解释了他为何警告她别喝卡瓦酒，以及他在试着不让她和我出去。

"他是你的生父吗?"

"他安排所有的事情。在我还很小的时候，他就安排了我所有的生活。然后他帮我找到一个很棒的商人，事实上是他的一个合伙人，也是石化业的人。帮我，他帮我找到了他。而我是个好女孩。白色的婚礼，两百六十位来宾，大多数是他公司的人。"

"我觉得像这样的东西总是不长久。"

"不过我是个好女孩。我不想让我的爸爸失望。"

"即使你是个没人要的孩子?"

"我从来没有妈妈。只有爸爸。"

"你不是说你被妈妈遗弃了吗? 就像塔吉毛西亚?"

"这就是为什么我从来没有妈妈。"

"但她还在世吗?"

她点点头。

"和你爸爸住在一起吗?"

她又点个头。

"你和丈夫分开多久了?"

"两个礼拜。"

"从你们分开到现在?"

"从我离开他。我搬到澳洲，然后爸爸来阿德莱德找我。他想我们该一道去旅行。"

"他要你回到你丈夫身边吗？"

"当然啦。他把我卖给他的。"

"是你爸爸给你奖学金？他就是基金会？"

她点点头。

"你喜欢他吗？"

她举起酒杯，喝一小口酒。然后她出神地说："非常喜欢。"

她又喝了一小口，然后一抹浅笑，附带了一句让我明白她有多么爱她的父亲。

"但他真是蠢。他真是一只笨驴。"

我大致看出罗拉和比尔之间，存在着一种严重的过度保护的父女关系，父亲的溺爱和精致的恋父情结。驯兽师和老虎的意象一点都不为过。

我们坐在那儿喝完那瓶雷加酒，一边谈到世界的灵魂。她一路都用那只褐眼看着我。我推测她在环保上的投入与宗教哲学概念都不是那么深入。但在另一方面她只有一只眼睛。她是个单眼的哲学绝对主义者。同时她是个单眼而快活的肉感女子，喜爱稀有鸟类、古老的传说与蓝色海星。她的绿眼与褐眼都以它们的方式在挑战着我，和我的思想追逐赛跑。

一瓶饮毕，我们进入茅屋。然后，就这么——罗拉与我共度一宵。

起先我到冰箱去拿玻璃杯，一眼瞥见高登在墙上。罗拉在浴室里时，我走向它，严肃地注视着它说："今天晚上，你给我闭嘴！听到没？今晚我要放一天假。"

我没去碰我的琴酒，那只是为了避免激怒高登。

或许你会觉得不解，为何我要告诉你关于罗拉的这些事。好，别忘了，是你说我们不要再束缚对方。是我觉得我们应该让分居的日子先过去，在建立任何一段新关系之前。

几天以来，高登不断将一些深刻的理念强加于我，现在能够投身人类的怀抱真是美妙极了。我无法再忍受和高登独处另一个晚上，而且事实上我在沙拉满加正想和你谈谈这件事时，你却爆出一阵大笑，因为我告诉你，我看到安娜与荷西，并谈到我在斐济曾经与他们同游。

第二天早上醒来，罗拉已经离去，从此我没再见到她。早餐时刻，我听说那天一早，她和比尔已经前往东加王国。我给了她住址和电子邮件信箱，而就在我前往沙拉满加的前几天，我收到一张美丽而清晰的照片，是那只胸前一片橘红的罕见橙鸽。信中告诉我，罗拉已经回到商人身边，据说他已经完全改过自新。他甚至开始在研究关于人类精神的"薄伽梵"歌。

我下午两点搭从马提到纳地的飞机，然后要在八点半搭上新西兰航空的航班到洛杉矶。早餐之前，我便已开始收拾行李。当然，高登非得现身不可；好吧，也许那是因为我让自己喝了一小口琴酒，因为前一夜忍住不喝。它现在坐的地点，和我们上床时我看到的它完全相同。

"好了，你看吧！"它开始发难。

我清清楚楚知道它在想什么，而且它或许就整夜坐在那里睁大眼睛瞧着我们，我想到就打心里觉得讨厌起来。它不仅拥有夜视的能力，眼睛还无法闭起来，无法对某些事情视而不见。话虽如此，我还是说："你可以说得比较明确一点吗？"

"你们和我们根本一模一样。"

"我没说我们不一样。我始终把我的名片放在桌上，强调我不过是个脊椎动物。我对这个问题是完全透明。我是个老化的灵长类。"

"我的意思是，你到底有多了解她？"

"我得去认识她。"

"她不是结婚了吗？"

"但是她的婚姻乱七八糟。"

它说："你们这个物种很会制造借口。"

"胡说。"

"你们这个物种很会掩饰。"

"我想我们的说法正好相反。"

"但你懂得我在说什么。"

"我知道你说的每一句话。"

"真正使你们和我们有所不同的，是你们做的每一件事几乎都经过伪装。"

"如果我们这场对话要有一点意义的话，我建议你稍微明确一点。"

"不过这种外表的矫揉造作，也只是为了要掩饰你们未经开化。你们生来裸露正如我们，你们在地球上的生命也没长很多，不久就会被收回地里去。"

"你不用说得这么露骨。"

"你们会被揉回盖亚的子宫里，成为虫类和蟑螂的温床。"

"我想我实在不需要这方面的提示。"

"但你们这些人只会说服自己，说事实并非如此，其他什么也不做。"

"我可不是这样。"

"你们称自己为'赤裸的猿猴'，这不是很疯狂吗？"

"是的。"

"我的意思是，全世界最懂得穿着的动物，从晚礼服与白色西装，到壁炉上那些好笑的名衔和做作的镜子。更别提那些学位和荣誉，伦理与仪节，典礼与仪式。我谈的就是那些表面功夫，那一大堆的繁文缛节，所谓'文明'，那不自然的一切。"

"你还算有重点。"

"我想你听过国王的新衣吧？"

"太可笑了。"

"连只壁虎都能看出这整个骗局。我们说：你当然没穿衣服！你就和我们一样赤裸。但你们只会喋喋不休，装气派，先生！尽管如此，在那许多没用的废话之后，生物时钟还是无情地响着，一直到整个世界突然完全停顿为止。"

"你自己也很聒噪。"

"你说，在整个环境里面，以及在时间上的这一点，你还说，有一个重点必须强调，虽然毕加索在少年时代的笔触，到了成熟之后仍依稀可见，此间对荀伯克有着很多的回忆，而且普契尼竟没写完他的图兰朵公主，这是一种耻辱吗？那是他最好的歌剧。还有威尔第只花了几个星期就写完他的茶花女，比起普契尼，这简直就成了轻音乐……"

它终于告了一个段落。

"我们生于一个文化，"我打断它，"而我们却又遭到放逐。我们不只是地球上的客人。我们还是很多个房间里的客人，房间的名字包括巴哈与莫扎特，莎士比亚与陀思妥耶夫斯基，但丁和商羯罗。我们进入古代和中古世纪，文艺复兴时期与洛可可时代，浪漫时期与现代，然后我们又遭到放逐。就这点来说，我们显然和壁虎大不相同，因为我好像不记得有什么壁虎大学，当然也没有留名青史的壁虎名人。"

"别自欺欺人了。"

"当我们逝去，我们不仅失去整个宇宙——这当然也是痛苦的损失——我们还得向成千上万我们认识的人类灵魂告别。假如有一千个人类的灵魂，或许我们全都是同一个世界精灵的各个层面……"

"谢了，我真心希望你别把自己变成一个粗糙的一元论者。这不是有传染性的吧？我的意思是说，可以经由性行为传染。我只是想说，我们和我们的环境比较能够和谐相处，我们满足于现状，很自然，完全自然。我们吃蚊子、赌博、繁殖。我们做的事，就是成就愉悦。我们不会被蠢人的黄金律和知识分子的胡言乱语牵着鼻子走。我们不会因为自己已届中年而没有孙子，就开始在宣传艺术珍宝或音乐上的杰作。"

"正如我说的，你实在很饶舌。有时候你甚至还很夸张。"

"你所说的一切都会反弹到你自己身上，先生。"

"我在想，诗人到底是因为自己是诗人而饮酒，还是因为他们会喝酒，才成为诗人。"

"重点是他们都想得太多。难道就不能少想一点吗？我的意思是说，难道你们就不能干脆把开关关掉吗？"

"不行，没那么简单。人类受到诅咒，非得一辈子都在忙着想些什么事。也许我们可以控制自己的思想到某个程度，但没有办法关闭思考过程本身。如果要这么做，我们得隐遁到某种静心冥想的学派，陷入那许多呆头呆脑的假宗教组织之中。我们甚至无法在夜里找到平静。我们必须臣服于可能入梦的一切。我们不仅住在一个嘈杂而注重感官享受的社会，大自然还帮我们在睡梦中安排了一个心理剧场。"

"你最后是睡着了，但那个雌性灵长类却没有。我很遗憾必须这么粗鲁地说，不过你一睡着，她就开溜了。"

"我不怪她。"

"你还记得昨晚梦见什么吗？"

"是的，事实上我还记得。我梦见，不记得我是十六或二十四岁，这让我觉得很烦恼，因为我记不起自己年纪多大。最后，我决定无论我是十六或二十四岁都一样，因为我还有长长的路在眼前。然后我突然醒来，发现我已经快四十岁了。"

"所以你丢掉了十六年或是二十四年，这是你的意思吗？"

"这就很够了。"我只说了这句话。

我懊悔不已，因为我又被逮住了。在我和罗拉一夜柔情之后，我应该要让这种壁虎思想沉寂下来。我其实大可以不用喝那个酒的。

"你不觉得情人在相遇的时候，应该会有点妥协的成分在内吗？"我问。

"在什么时候？"

"这有点难以解释。我很怀疑壁虎是否有任何爱情生活。或许这是人类特有的经验，或至少是较高级的灵长类。"

"我不知道我昨晚见证到的一切能不能谈得上是'较高级的'什么。"

"我的意思是，唯一能够克服那两三个多余的脑回的，也就是能够压抑死亡意识的东西，就是爱。或许它和琴酒以及卡瓦酒都有同样的效果，只是它更有力而持久。"

"你对这点或许真的略有所悉。爱情是人类的鸦片。"

"我说的是一个简单的事实，两个人和一个人就是不一样。"

"是吗？这是什么奇妙的算术？"

"不是。"

"我们都同意她已婚。所以我们准备要算上三个人。"

"罗拉已经分居了。"

"你不也是分居了吗?"

"是的,我是。"

"所以现在我们已经有四个人了。这两人一组的还有没有别人没算进去?"

"薇拉和我早就没住在一起了。"

"所以,你终于和她作了了断吗?你说你从太平洋旅行回去之后,就会和她完全分手。你还没忘记自己和自己约定好的事吧?"

"没有,当然没有。"

"但现在你和薇拉已经完了。"

"我可没这么说。"

"你没说?你没说从现在开始,你的脑袋里面唯一的空间,就是保留给那个和爸爸形影不离,那个留着黑色发辫,一只绿眼一只褐眼的粗糙一元论者?"

"没有。"

"那么这就证实了我的怀疑。"

"什么?"

"你们和我们一样是男女杂交的。"

"乱讲。你这结论下得未免也太快了。"

"你一定知道自己很想回到薇拉身边。"

"没那么简单。人类的情感比爬虫类的本能还要复杂一点点,不能用二元论的逻辑来控制。"

　　"所以就让我来帮你一点忙。有人可以和你谈谈是不错的事，对不对?"

　　"我宁愿不要回答这个问题。"

　　"如果现在你可以在薇拉和罗拉之间作个选择，你会选谁?"

　　"你是说共度余生吗?"

　　"共度余生。或是你的这些理想要求的边已经开始磨损了。"

　　"薇拉或罗拉?"

　　"是的，选啊! 选择操之在你，先生!"

　　"罗拉是个假期情人。"

　　"薇拉呢?"

　　"我会在沙拉满加的研讨会上和薇拉见面。"

　　"或许她会变成一个研讨会情人。这两个听起来哪一个比较名誉一点?"

　　我边和高登谈话，边在室内游走，收拾行囊。现在我一拳捶在我刚关上的行李箱上。我真恨自己喝了那一口琴酒，我早该知道这会有什么后果。

　　"够了!"我说，"现在我要去吃早餐。"

　　"我要坐在这里等。我多的是时间。"

　　"我几个小时之后就要走了。"

　　"真好玩。所以现在男人想要逃避自己了。"

　　"我是无论如何都要回家的。"

　　"那么我就会躲在你的行李里面。我不太记得有没有正式介绍过我自己。我有没有告诉过你，我是你的双胞胎兄弟，代表你的规矩。"

　　"我确定是没有。"

"先生，像我这样的双胞胎兄弟，机动性强得不得了。如果你想逃避自己，他们就会和你如影随形。"

早餐时刻我遇见英国人和那两个西班牙人。约翰告诉我，罗拉和比尔已经走了，我只说我知道了。约翰必然是在怀疑他们是父女，尤其是罗拉和我退席之时，比尔的行为表现更令他作此猜想。但现在没有人提到这件事，而且幸运的是，罗拉虽和我在我的阳台上共享了一瓶雷加酒，他却没有任何嘲弄的意思。

西班牙人的幽默感比前一天好得多，或许这和我即将离去有关。他们大声笑着，开着玩笑，不久便开始叙述起前一天晚会里的趣事，昨晚他们一直到清晨两点才离去。我决定在我启程之前，和他们来一次认真的谈话，这回用西班牙语。兵来将挡，水来土掩。

结果出人意料。荷西的注意力只是转瞬稍移，我突然留意到安娜的脸开始失去血色。她将她那放鸡蛋的小杯子放在盘子上，她的脸色苍白如纸，然后全身趴到桌上，打翻了一杯咖啡。

荷西跳了起来。

"安娜!"他大叫着，心痛的感觉就像是《波希米亚人》最后一幕，鲁道夫大叫咪咪一般。

他让她在椅子上坐正，轻轻一拍。然后他又捶打了她一下。

"安娜! 安娜!"

不久，她恢复了血色，然后开始哭了起来。她靠着荷西，他扶着她蹒跚地走进棕榈树丛中。然后，像是慢动作放映一般，他们在椰林道上左摇右晃地往他们的茅屋前进。

那是我在斐济群岛最后一次见到他们。几个小时之后，我回到旅馆接待处退房，约翰在其中一张桌子上伏案书写。我问他有没有西班牙人的任何新闻，他告诉我，来了个医生，她显然已经好得多。

"喝太多卡瓦酒吗?"我试问。

"或许吧!"他只有这么说。

有人来告诉我，车子在等着。

"你要去哪里?"约翰问。

"回家。"我说。

我叙述了所有从纳地到奥斯陆的转机过程。

"可是，你不是几个月之后就要到沙拉满加参加研讨会吗?"

"怎么样?"

我不懂他为何这么问。

"薇拉呢?"

我只是耸耸肩。他说:

"你当然会去马德里，是吗?"

"当然，当然。"

他突然出现的执着简直不可思议。

"如果你去马德里，或许你会去布拉多逛逛?"

在这最后的问题之后，整个对话似乎转了个奇怪的方向。然后我记得有提到自己对艺术的爱好，马德里有几项全世界最丰富的收藏，我尤其偏爱布拉多。

"或许我会去。"我说。

"你非去不可，"他坚称，"去马德里一定要走一趟布拉多。"

"我不知道我们有同样的爱好，"我说，"你为什么没提过这点?"

"告诉我，你比较喜欢格雷柯还是波希，维拉奎兹或是戈雅?"

我对这场几近躁狂的对话觉得很是遥远，这是我们道别的时刻，此后假设我们不会再见。我有两趟越洋飞机要搭，司机早已经提起我的行李。我想到早先和高登的简短谈话。我想到国王的新衣。我还想到安娜的小小病变，以及荷西近乎粗鲁的急救方式。

"我喜欢整个地方。"我说。

"那么我想你该花时间仔细看看整个馆藏。"

司机指指时钟。飞机在半个钟头之后就要起飞。

"记得帮我祝福安娜与荷西。"我说。

"乐意之至，先生。如果你来到伦敦……"

"同样地，你会在电话簿上看到我的名字。但别忘了为我向他们致上最温暖的问候。希望病人尽快康复!"

司机开始按起喇叭，几个小时之后，我已经坐上大型空中巴士的上层舱位，向夏威夷和洛杉矶出发。

二分之一的悲伤

你要离开的是我的悲痛，那是你无法共处的部分……

一回到奥斯陆的家中，我便投入准备报告的工作，并在两个星期之前抵达沙拉满加。我的心中忐忑不安，很想看看你是否真的会来，更想探究你是否已知我也将与会。我还不知道我们究竟是谁先登记，但我在前往太平洋旅游之前，便已寄上临时申请函，且当我从塔弗尼岛去电确认我将到场之时，你的名字已在与会来宾之列。一直到我返回奥斯陆，我才应邀去发表一篇有关移栖与生态种类的论文。

　　有没有这个可能，你是为了让我们有再见的机会，而申请参加研讨会？或者你纯粹是为了学术的理由，尽管你有可能会撞见我？无论如何，假使你真的不想与我重逢，大可以取消你的行程。

　　我不知道是否已经表达得够清楚，但你或许明白，我没有把握我们真的会相见。你在十一月写给我的短笺，令我神往至今，我还记得接下来的那通电话。那是我们最后一次联系。

　　但是你来了。而在你看见研讨会的活动表之前，并不知道我们会见面。然后你的想法和我一样。尽管我们已经分居，我们至少同享一段刻骨的哀伤，而那注定是我们要生死共有的。注定的，你说，不得不生死与共。自从我们失去桑妮亚，至今已是八个月过去，而且从你收拾细软离开萨格斯芬，回到巴塞罗那的娘家至今，也已经半年。

而我们竟要在一个科学研讨会上碰面，这一定让你相当吃惊。事情整整绕了一圈。我们在马德里的大会初遇，几个月以后，便在奥斯陆同居，那大约是十年前的事了。

　　当我在格兰饭店的大厅见到你，觉得你比过去更加明艳。你有如脱胎换骨一般，与我记忆中在奥斯陆那愁云惨雾的最后几个星期截然不同。刚开始，我们只是愣在原地望着对方，然后一如往常，你说我没把胡子刮好。接着你把我拖到一个角落，两人紧紧相拥而泣，我不相信这些眼泪全是为了桑妮亚。

　　你说你刚得到一笔研究奖助经费，或许是因为这件事，或者由于你看起来如此神采飞扬，我假设你有了另一个男人。你还在我们重逢的最初片刻，说我们有些事情必须谈个清楚。你说见到我很高兴，但我们不能重新考虑破镜重圆，因为你很确定我们再也不能像夫妻一样生活在一起。而我记得自己也都顺着你的话说，因为能够与你再次相见真是高兴。我说，我也明白我们已经无法再走回头路，我在说谎。

　　我不知道是否该形容整个情况就像打了死结般，因为两人都完全同意不能走上一条必然的道路，这还能称得上是死结吗？唯一没说的是，我们各自的意图究竟带有多少真心。如果我们之中，有一个人大胆提出另一种说法，情况是否大不相同？如果要说一个我们两人都有的特质，那就是强烈的自尊心。

　　我无须再多说研讨会的事，只是我始终没机会向你道谢，当那位美国生态自由论者开始在发表高见，说我们不用刻意避免动植物的迁徙时，你出面支持我的观点。让大自然自己去挑选吧！他说。向来都是如此。然后你开始重炮出击。人类是大自然的一部分，你说，因此你才是要来进行挑选的人。你说吉本博士并不了解我的论文。你建议道，或许他该再回头去读读高中的生物课程。你强调，人类已经使得物竞天择的过程暂时停顿。而且在侏罗纪或白垩纪，并没有任何飞越大陆的航班，在冈瓦那古陆块和劳亚古陆块之间，甚至没有船舶的运输。你还记得他的回答吗？这是一种自由放任主义，他说。简直无可救药！

有许多与会学者都知道我们曾为夫妻，也知道什么原因造成我们分手。但是在你为我的论文激烈抗辩之后，这个人数必然冲破云霄。我们都觉得，自从我们分手之后，不应该这么快就经常在一起。这可能会引起他人窃窃私议，这是我们都想避免的。我们愈常见面，他们会谈得愈多，那么人们对那次意外的背景情境就会有更多臆测。我想我们都很明理，可以举止得体，但现在我只想说说，在度过我们的最后一个下午及晚上时，心中的感受如何。

我以前曾到过沙拉满加几次，但它对你而言却是全新的地方，因此在晚餐之前，你坚持要我带你去逛逛那古老的大学城。我待在该城的时间比你长，老实说，第二天下午我又循着同一条路走了一次。我们从宏大广场开始，你说这必然是西班牙最古老也最可爱的宏大广场，然后我们走下蒙提瑞宫，这里现在属于阿尔巴公爵夫人的产业。我们经过文艺复兴宫和圣母教堂之间的小广场时，甚至还谈到了桑妮亚生前的一些小事。那些古老的红褐色砂岩建筑，在午后的金色阳光里，带着一种柔和的蔷薇色泽，但我们并没有谈很多。那天下午，那众多带着文化气息的古老殿堂，都不过是重重背景，导引出我们无言的对话，诉说已经不在人世的女儿。

我还想到，如果没有那场意外，你我两人将带着五岁的女儿，走在沙拉满加的街上。光想到一个小孩，这个研讨会就会吸引了我们的注意力，桑妮亚当然也应该来。

然后我们就会在教堂和文艺复兴宫之间的广场上散步，还要走上孔恰斯之屋，看着它贴满五百枚精雕细琢贝壳的外表，桑妮亚当然会在诗画般的院子里奔跑，在喷泉边爬上爬下，而你我则在图书馆和阅览室里闲逛。稍后她将穿越街道，爬上神职耶稣院，然后当我们穿过圣伊索多罗广场，她会歪着头指指那高耸的塔尖，然后我们会哄着她陪我们走进狭窄的学者街，往那座古老的大学前进。她当然会很喜欢学校庭院，或许还会问问那些广场上的雕像都是些什么人。你会说，那是里昂的路易斯修士，很久以前他在这所大学教书，但是因为他的信仰与教会不同，而被关了五年。当他出狱并回到学校教书，在第一堂课一开始就说："我们昨天谈到……"桑妮亚一听见这句话，就尖声笑了出来，因为他上一次对学子说话，已经是五年前的事，而不是昨天。五年就是桑妮亚活过的日子，那其实是很长很长的岁月，几乎是一辈子，那也就是这个人在狱中度过的时光。而你，薇拉，或许你的反应是反问桑妮亚一个问题，就像你平时遇到她不懂某些事时的做法。或许会问：你认为他为什么在狱中待了五年之后，会在课程一开始便说"我们昨天谈到"？桑妮亚也许会回答，他在试着忘掉狱中所有的悲伤岁月，或许她也会再提一个新的问题，但也可能会到处指着大学建筑上那些圆形浮雕、盾牌和动物图形。她会比我们先注意到头顶上有只青蛙的骷髅头，不过你也许不会告诉她，它是针对死亡与性的渴望的一种象征性类比。你也不会说，这项作品是为了警告青年学子，性事不能太放纵；青蛙虽然生动好玩，就像某些人一样，但是终有一天，一切都会回归沉寂。我们对它华丽的外观惊奇赞叹还没结束，桑妮亚便飞也似的冲进那典型十五世纪的小学校园。我们俩会边走边聊，而她会主动地进入大学博物馆，虔敬地站在淡蓝色的圆拱形屋顶下，看着屋顶上的所有星座。她也许会被我们哄进里昂路易斯讲堂，因此我们会错过学校的大礼堂，里面有比利时的高布林织品，以及戈雅所画的卡洛斯五世，更别忘了那知名的图书馆，里面有价值连城的馆藏。但我想她会高尚地引领我们进入那两座大教堂，然后要求吃一客冰淇淋，因此全家人必须等到第二天，才能去看圣艾斯特邦修道院，那教堂外头有大鸟巢；还有贵夫人女修道院，它有美丽的寺院和文艺复兴时期的风希卡皇宫，周围是雕栏玉砌的天井，过去是作为斗牛之用。

那天下午我们在沙拉满加谈到许多关于桑妮亚的事，我们都同意这对我们很有帮助，我想我们之所以能够如此肆无忌惮地谈，是因为置身于许多世纪之前的过往场景中。你坚持要去看看古老的大学城，虽然我们只是谈到桑妮亚，你还是要求我这么做。因此，桑妮亚也像是和我们一起走了一趟沙拉满加。不，她已经不在人世了，薇拉，这不是我想说的话，甚至也不是想说，我们必须学着接受这个事实。而是，如果我们对这个小女孩的记忆要有个生存的空间，有个回声的空间，有些东西得以保存下来；你和我就是唯一有创造能力的人。

你告诉我一些关于小女儿的事，那是我从来不知道的，很让人心痛，因为我后悔她在世的时候，无法时时刻刻陪着她，虽然这也让我希望能够更清楚了解她。你转身擦了许久的眼泪，薇拉，我看见了，在你指向青蛙的骷髅时，我转头看着这个大学内的景致，但或许你也知道我意不在此。然而，在我们长长的散步过程中，有几次我都讶异于你竟依然是桑妮亚的母亲。像这样的说法或许有点伤人，但那天下午和我走在一起的，是一个小女孩的母亲。这个小女孩只活到了四岁半，留下她的母亲和父亲将持续无情地衰老，他们将会继续变成四十、五十、六十岁，但是陪伴他们走过这一生的，将是四岁半的桑妮亚。你还是她的母亲，薇拉，而我依然是你孩子的父亲。

研讨会之后，正式的晚宴结束，我们没参加接下来的庆祝晚会，你又想要外出散步。你应该不会忘记是如何坚持要让我看看那条河吧？你说你在抵达的那天下午，自己一人在托姆斯河畔散步。你从古老的罗马大桥上看着那许多鸟儿，天鹅与雁群，直到夜幕低垂，夜莺的歌声响起，眼前的美景震慑了你，整个沙拉满加在你的身后，像枚红透的宝石。

当我们离开旅馆走向河边，天色已然全黑，桑妮亚不再是你我的话题。我们的闲聊起初并不怎么生动有趣，但没多久我就开始聊到你和你的韵事，你也开始谈到我和我的风流事件。你问了许多关于我逗留在大洋洲时期的问题，我或许也谈了些塔弗尼岛的活动。我想我至少有提到（而且有不少自我解嘲的意味）因为怕壁虎打翻我的琴酒，而不敢将它赶走。我考了你关于你的研究计划，我还记得，结果我说，你很难称得上是西班牙古生物学界的顶尖专家，至少关于史前移民问题上是如此。你只是微微笑着，薇拉，并没有表示抗议。你得到那笔奖助经费真是得意非凡。

我们沿着河畔走去，踏上那座有两千年历史的古桥。或许是那些天鹅又让你想起了桑妮亚。无论如何，你开始回忆我们在奥斯陆家中的生活情景，如今这一切，听来几乎都带着一点神秘色彩。你谈到我们前往萨斯凡湖和乌雷维斯特游玩的种种，以及桑妮亚第一次带着翼型浮袋到赫克海滩，还谈到她几乎花了一整个小时穿越维吉兰公园的大迷宫。为此她要求奖赏，结果在那儿的餐馆里得到一客特大号冰淇淋。

你继续说着，但我站在那儿思索着彼此立下的约定，绝口不提让家中仅余三分之二人口重归于好的事。我明白，或许我们真的没有任何回头路了。然而，我还是觉得，如果我们不做新的尝试，显得太过懦弱。我自己也拿不定主意，要我们重新开始一起生活并不怎么令人心动。但是当你提及桑妮亚如何走出迷宫时，我想我们应该谈谈，试着理出些头绪来。

你一定留意到我的沉默，因为有一刻你问我在想些什么，而根据经验，你知道我的静默如果显得凄苦，必然是在想一些伤心事。我回答说我在想我们两人，而你说了些像是我不该这么想之类的。你指出，截至目前，在沙拉满加的一切进行得很顺利，那都是因为桑妮亚。我回道，就是因为桑妮亚，我才想到我们。但是很快地你又谈到一个长长的故事，说你刚从妇产科医院出来时，他们差点把桑妮亚和另一个婴儿弄错了。最后你说：那么死的就不是我自己的孩子。她仍会在这里。

我还记得你一再和我谈到萨斯凡发生的那件惨事，而且总是巨细靡遗得令人痛苦——虽然它的发生实在是迅雷不及掩耳。你得和警方做两三次笔录。从此之后，整个事件就是禁忌话题，以"它"或"那件事"代称，而我觉得我们都很害怕在沙拉满加重返那些恐怖的现场；那就像是重新撕开旧伤。而我想的并不只是失去桑妮亚对我们来说是何等的损失，还想到我们施加于彼此的创痛。

"那件事"已经显得太寻常，而让事情显得更令人毛骨悚然。你到幼儿园接桑妮亚回家，将她放进车里，发动引擎，然后你想起来她的拖鞋还留在她的衣帽间里。你熄掉引擎，拿出钥匙，但是忘了拉手刹，或把排挡还原。你很快便带着拖鞋回来。车子就在那个时候开始滑动，因为，正如你不断提起的，命运喜欢这种折磨人的残忍快感，让一切发生在你眼前，而你明白自己无计可施。我们知道在三百码外的路口发生的一切，也知道三天后的事。我们明白，无论你我未来的命运如何，我俩都不会再提起这一连串的事件。

我已经说过很多次，但我还得再重述一遍，这回用的是书面文字，你就可以永远保存下来：这已经不再是原谅的问题。你已经被原谅了很多很多次。现在这一切都已经过去，已经完全结束了。我承认在悲伤中曾责怪过你。有一回我甚至要你收拾收拾离开吧！虽然我说完这话自己也崩溃了。后来我请求你原谅我这种伤人的哀痛，而你终究下定决心离开我。我已经问过这个问题太多次，就和警察问的一样。你为什么让桑妮亚自己一个人留在车内？你为什么不拉手刹？最低限度也要让车子入挡，为什么你没这么做？拿拖鞋对你来说有那么重要吗？是的，天啊！你为什么会想要拿那双拖鞋？

还有，你离开研究院的年终庆祝会直接去接小孩，已喝了三四杯香槟，且开车超速。你没有被告发。警察的理由是，你已经伤心过度。就是这句话，你已经伤心过度。所以警察的做法比你最亲近的人还要有人性。如果你还在责怪自己，还在怪自己为什么一时分心而忘了拉手刹，让我告诉你，你更有理由责怪我，因为我还不断地落井下石。这是恶意的，有时候完全是有预谋的。

但我想说的是，就某一方面来说，我们已经走过这一段，也终于能够妥协。并不是因为我不原谅你，你才去了巴塞罗那。我甚至说，不小心的人很可能是我，因为任何人在性急的时刻都可能出错，而你在专业上的表现已经让研究院方面很高兴。那都是可能发生的事。可怕的不幸偶尔会打击一个小家庭，就像一道闪电般无常。

我们已经完全妥协，薇拉，因此你收拾行李离我而去的原因，并非觉得尚未得到我的原谅。你要离开的是我的悲痛，那是你无法共处的部分，你觉得面对自己的哀伤已经难以忍受。你自己也得承受同样的创痛，只是这比较难以逃避。你无法将我往后的伤痛和过去对你的责备区分开来。而我自己在那几个星期也不太聪明，如果我在另一个国度也有个家，我也许真会逃往那里去。对我来说，接下来必须前往大洋洲的旅程算是一个机会。屋子里已经有太多的哀伤，太多的哀伤在同一个屋檐下，因此你决定将我俩的哀伤一分为二。

我们站在古老的桥上，向下望着湍急的水流，你刚才告诉我，有一回桑妮亚回家，抓着一张百元挪威币，那是她在一位学校助理的外套口袋里发现的。当时我正想着我们在旅馆里郑重立下的约定，而我正处于违背誓约的边缘。我正想说：我们没有必要现在就谈，但有时候必须问问自己，我们是否至少应该试着找出重聚的方法，当然是一种新的相处方式。我们没有必要重蹈那痛苦的覆辙，因为它迫使我们走上分手的路。

我们都认为桑妮亚过世后所发生的一切是无法避免的。但是，难道每一种后果和目的都只能指向单一方向吗？难道眼前没有一点转机，难道它不能回头指向过去，让已经发生的不幸有全新的意义？我现在提出的问题很大胆，我知道，然而难道我们就不能一起用心，让桑妮亚的死产生一点意义？

结果我在桥上唯一问得出来的问题是，你是否有了别人。而你甚至没有回答，因为就在这个时候，我见到两个人影走在河边。他们相拥而行，仿佛两人融化成一个身影。而我之所以能清楚看见他们，是因为有些时候他们被桥上明晃晃的泛光灯照亮，并在我们身上投射出巨大的影子；但我可以看得出来，那是一个身着红衣的女子和一位黑衣男士。我可以肯定那是安娜与荷西。我见过他们两人在一起，而今恍惚感觉像是回到马拉福的棕榈树林中。

我将一只手放在你的肩膀上，指指他们。

"那是安娜与荷西。"我说，几乎是兴奋地对你耳语。你看着我，淘气地笑起来。我随即怀疑这温暖而调皮的笑容，是起因于你根本没听过这两个人的名字，还是出自于我刚问你的问题。

在此之前，我整个晚上几乎都没说什么，但现在轮到我了，我开始喋喋不休地谈起在塔弗尼遇见的这一对奇怪夫妇，我说得愈多，你笑得愈是开心，笑声愈是嘹亮。

再听见你的笑声，感觉很是愉悦。自从那天早上，你因为即将参加研究院的暑期研讨会而兴奋不已之后，我便没再见你笑过。但我还是告诉你，他们在那里不断交互背诵着那些警句，我还说看过他们在波马瀑布裸泳，提及安娜是个著名的弗拉门戈舞女郎，以及她突然病倒；我一定说个不停。但我一定告诉过你，安娜与荷西有透视眼，因此他们打牌没有输过。同时，也是最神气的，我告诉你，我确信以前曾巧遇过安娜，只不过没认出她来。但你只是一笑再笑，仿佛你的笑声已经全部装罐，存了长长的一段时间，只等着有个借口将它宣泄出来，你确定我是在愚弄你。首先，你认为我之所以强调那一对男女，是因为我在问你是否有男朋友之后，觉得心虚而不敢等待回答。然后你说我开始说那一大堆故事，只为了让你一直待在那河边。第三个理论是，我突然把注意力转移到那对恋人身上，是便于作为破除约定的前奏。但你还有第四种解释，那是你最喜欢的一个，也是你执着了整晚的想法。你说我开始捏造一些颠三倒四的笑话，是为了逗你发笑。而你自己的笑声（你终于谈到这点），你自己的笑声让你觉得很快活，就像重拾原先以为有如覆水的珍宝，而得到快乐，而使自己光鲜明亮。顺便一提，或许你会注意到，你所有的解释都有一个共同点：它们都显得很腼腆。

我记得当安娜与荷西离开岸边，往城里走去时我曾想要尾随他们而去。但我和你在一起，而你说我用尽办法将你留在托姆斯河畔，留在那温柔的夜空下。那是我们共度的最后一个夜晚，而我正要开始自己一生最重要的一段对话，我甚至正要违背一个约定。但还有别的。我不想破坏我再度见证到的温暖甜蜜。而且，如果我突然离你而去，你就可以读出至少四种不同的动机，或许还会爆出另一阵大笑。

看看你的笑容，薇拉。我一定是摸不着头脑，看起来像个呆瓜一样。但是看看你的笑容啊！

我只有一次有能力穿透那密集的笑声屏障。当安娜与荷西消失在城里，我认真地重述我真的认识他们，你说："他们只是一对吉卜赛人啊，法兰克。"

我们开始漫步回旅馆，现在有两个禁忌话题：一是安娜与荷西；另一个是法兰克与薇拉。

第二天你搭早班火车去马德里，然后前往巴塞罗那，但我曾提过，我可能会在沙拉满加多待一天。但你还是不相信我，你一定有自己的想法，以为我是为了什么原因才想比预定计划多待一天。

最后的那一个晚上，我送你回到你的房门口。几个月前我们还同床共枕，而今竟无法同处一室，感觉真是悲哀无谓得令人难忍。因此，就某一方面来说，我们比未曾谋面更像是陌生人。

第二天我起晚了。然后我到城里寻觅安娜与荷西。刚开始我漫无目的地在街上闲逛，在几个地方询问是否有人认识安娜与荷西，或许是个知名的弗拉门戈舞者与电视记者，不过没有姓就很难问出所以然来。

我来不及吃早餐，因此到宏大广场一家生意很好的咖啡馆去，你反驳吉本批评我论文的那一天，我们曾在那里一起吃午餐。我点了玉米薄脆饼和一瓶啤酒，幸运之神必然在对我微笑，因为不久我便看到安娜冲了进来。她没注意到我，我转身看到荷西在咖啡馆一根柱子后面的座位上，正在等她。或许他也没看到我。

我竖起耳朵，想听听他们彼此兴奋的耳语，但他们实在坐得离我太远，根本听不见只字片语。我决定吃完煎蛋饼之后便去向他们问好，在离开那么遥远的马拉福之后，我们竟能在此重逢，岂非缘分难得？但是没有多久，弗拉门戈舞的音乐便在咖啡馆里响起，我猜是为了表扬这位舞者。无论如何，有很多沙哑的歌声吟唱着爱与欺骗、生与死，我转身向咖啡馆后方看去，安娜的身体似乎随着音乐舞动，我还记得自忖道，或许她还得相当克制，才能让自己不跳起来，随着那激情的音乐起舞。

然后她站了起来，但不是要跳舞，就和她冲进咖啡馆一样，迅速地向外跑去。她再度转向荷西，打从心底高喊："我要回家！你听见没有？我要回塞维利亚！"

如果我当时认为像这样的情意爆发都是来自最幸福的家庭，不久后我就不存此念头了，因为现在轮到荷西冲出咖啡馆。我跳出来站到他面前。

"荷西?"我说。

"法兰克!"他大叫。

他绝望地看着我,举起手来,宛如说着:"我该怎么办!"或之类的话。但他行色匆匆,经过我身边时唯一说的话是:"我们得谈一谈,法兰克!你去过布拉多吗?"

就这样,薇拉。接下来那一整天,我都在沙拉满加闲晃,但我没再见到安娜与荷西。

"我们得谈一谈,法兰克!你去过布拉多吗?"

这代表什么意思?布拉多和这一切有什么关联?我只知道其中必有缘故。我突然想起在马拉福植物园和约翰的最后一次对话。他在道别的时候,也劝我去布拉多看看。不过我当然不需要这种鼓励,因为是我先告诉那位英国作家,我特别钟爱布拉多的馆藏作品。

但有些事情很容易猜得到。我在安娜突然发生变故之后离开马拉福,约翰答应要代我向她和荷西问好。他一定说了些我对西班牙艺术的爱好——他们会喜欢听到这样的话,这两个西班牙人会想要了解我在这方面的嗜好。但为什么是布拉多呢?为什么不是泰森或是苏菲亚女王?而且为什么要问我喜欢哪一个,戈雅或是维拉奎兹,格雷柯还是波希?我应该花点时间仔细地看看全部,约翰说。

第二天早上我搭早班火车前往马德里。火车爬上高原,我静静坐着凝视成片的石墙,这个地方让我想到挪威山区夏日里的农庄。

当我的目光被神话故事的阿维拉市城墙所吸引,我的思绪转向圣泰瑞莎。然后回到马拉福植物园的罗拉,因为我的联想路径正从宗教的神秘主义转到罗拉的褐色眼珠——虽然我必须承认,她的绿眼所传达的柔情才是停留最久的。这个甜美的幻影旋即被一个我根本无法抹去的回忆所驱散。上一回我来到沙拉满加，曾经到过托姆斯的阿尔巴修道院，泰瑞莎的俗世遗体以一种可怖的方式保存着：她的一只手臂在圣器收藏室左边的一扇门后，她的心脏在右边的一扇门后。在泰瑞莎中心的寺院里，我还仔细看过克洛斯的圣约翰的食指，他是另一位西班牙神秘主义者。他们都有过伟大的思想与眼光，现在他们都躺下安息。"一块块休息。"我想。

当我抵达马德里的查马丁火车站，我跳上另一列火车，前往终点站阿托加。我从那里走进皇宫饭店，登记长期住房。我觉得如果我不收拾好自己，就无法回到挪威。同时我知道你就在巴塞罗那，这也让我很难离开西班牙。在家里，只有自己可以想；换句话说，就是一片虚无。

雏
菊

生命是多么绝美而神秘，但是啊，却又是何等纤薄不堪一击。

我自己就是个难解的谜，因为，结果我一直等到将近两个星期之后，才去造访布拉多。我每一回到马德里，都会去参观它丰硕的馆藏，从中得到许多乐趣，这我已经提过许多次，但我不喜欢奉命而去的感觉，更不用说是被人牵着鼻子走。然而，在这两个星期之内，我确实参观过泰森和苏菲亚女王。我已经有好些年没到这些地方了。

　　我带了很多在沙拉满加演讲时的背景资料，在皇宫饭店内则是继续进行已经花了几个月在准备的报告。我借机到康普鲁坦斯大学去看几位同事，花了几个早上在国立图书馆阅读，并且首度逛了逛坎伯之家的动物园。

　　我到一家吉卜赛酒吧混了两个晚上，不是想看安娜跳舞，而是抱着一丝希望，或许可以在某个海报或节目表上看见她的名字。我迟早得设法和他们见面，但是我隐约觉得，目前还不是很想开始追踪他们，至少不是现在；最好是在马德里四处游荡。但我还是很有可能在工作日里，在皇宫的圆顶大厅之下，撞见一个电视记者。

　　一个月的薪水在皇宫住不了多久，但我留在这栋古老建筑的理由，并不是出自过去的习惯，也不是因为我们对这个地方有特殊的回忆，而是因为这是城里唯一你可能会来询问有关我的消息之处。我必须承认，在沙拉满加的最后一夜之后，我希望你会试着打电话到奥斯陆给我。那么我好歹可以让你好好笑上一笑。如果你打到家里找不到我，也许会打电话给研究院，虽然你也可能会因此而觉得很着急。他们会告诉你，我一直都待在马德里。在第一个星期之后，我会让研究院的秘书知道我饭店的名字。

然后，我猛然从此刻看来是一种麻木的状态里觉醒。有一天早上我突然感觉到自己真是个不折不扣的白痴，我竟然放任一切从指缝中溜走。有人特别言明要我去布拉多，不只是一间一间地乱逛，还要特别去找点什么事物。英国人就给了我某种暗示，荷西更是几近恳求。布拉多自然是个重要线索，并不只是回应我在闲聊之中谈到关于布拉多时，认为它的馆藏极丰——我们的卧室里有张莫奈的画，壁炉上还挂了巴洛克时代的镜子……

这是个星期二，距离上次写信正好两天。我踏着坚定的步伐，走上卡斯迪洛的坎诺瓦广场，或称"海神"，这是当地人取的名字，因为广场上有喷泉，还有海神的雕像。当我走向入口，向上看着戈雅的雕像，背后豪华的瑞兹饭店像个外框将它镶嵌在内，就在这个时候，我开始觉得温暖起来。

我从一楼开始，悠闲地看着往来的观光客。不久我就开始看起《俗世乐园》，那是海罗尼莫斯·波希千变万化的作品。如果我要选一幅画，来总结我身为脊椎动物对生命与人类地位的感觉，应该会选这一幅。如果我要玩文字联想游戏，给我"幻想"一词，我立刻就会想到波希；如果是"波希"一词，我会说"俗世乐园"；如果说"俗世乐园"，我就会想到"脆弱"——而如果要我用一个完整的句子来形容，或甚至一点文艺随笔，我就会提到，生命是多么绝美而神秘，但是啊，却又是何等纤薄不堪一击。

我在《俗世乐园》前面站了约半个小时，这没什么，这幅画值得你站上至少一星期。我研究了它最细微的细节，只是有时候我得站开，让别人观赏。而后突然间，薇拉，我赫然听见身后响起一个熟悉的声音。

"创造一个人得花上几十亿年，魂飞魄散却只在转瞬之间。"

我缓缓转身面对荷西，我立即感应到他这句话并不只是针对一幅五百年的图画有感而发，而是宣布安娜已然香消玉殒。

安娜死了，安娜不肯告诉我在什么地方我曾见过她，安娜不愿跳弗拉门戈舞，安娜在早餐的桌上突发变故，而安娜，安娜就在几天前，离开沙拉满加的午餐店时，还大叫着要回塞维利亚。

并不只是这句诗文给了我消息。我凝视着一张苍白疲惫的面孔，飘移到很远很远的地方，还没开始寻找回家的路。一幅生动的记忆闪进脑海：荷西在沙拉满加投来一个恐慌的眼色，大叫着："我们得谈一谈，法兰克！你去过布拉多吗？"现在他在研究那幅画，指着关在玻璃球内的一对恋人。他激动而愤愤地悄声道："快乐脆弱得有如玻璃。"

我们久久不发一语，但我可以肯定他知道我是明白的。我们开始慢慢沿着画廊走去，上到了二楼。有一回他说："我们是分不开的。"

我说不出话来，但我看到他认命的表情，我相信自己是摇着头，一脸的惊讶与同情。但是在此时，我觉得温暖起来。现在荷西带着我走进戈雅的典藏处，我们突然站在《裸体的玛雅》与《衣装的玛雅》之前。我几近昏厥。荷西一定注意到了，因为他猛然用力握紧我的手臂。那是安娜！

那是安娜，薇拉！这就是我看见她的地方，而且看过许多次。我曾以为或许在某一部电影或在梦中见到她，甚至想象自己在另一个实境里与她相遇。但她就在这里。安娜就躺在戈雅画廊的长椅上，就挂在布拉多的墙上，衣装或裸体，随意让满脸问号的观光客将她刨光磨平。

荷西抓住我手臂的时刻，我仿佛回到塔弗尼岛的波马瀑布，我偷瞄了一眼裸体的安娜。当时我以为自己只认识她的脸，而今终于恍然大悟。安娜比戈雅的玛雅稍微纤瘦一些，或许因为如此我没将她们联想在一起，我的焦点也因而被转移。不过即使我眼前站着身着红衣的安娜，脑海里还是同时会浮现两种想法：其一是我曾见过她；另一个是告诉我，这种感觉未必正确。

很多谜团开始解开。约翰曾提到国际网络，他绝对可以轻易传进戈雅最伟大的杰作，然后他提示我该来布拉多看看。但他为何不在当时告诉我这一切？

现在荷西和我就站在画的前面，我们往后退了几步。我惊讶莫名，我彷徨无助；我，吓呆了。如果这幅画不是在两世纪之前画的，我敢发誓安娜一定就是模特儿，至少是她的脸庞。

还有别的。安娜并不高兴被认出来，荷西绝对不喜欢。"西班牙有很多黑发女子，"他说，"这是事实，法兰克。即使在马德里也是一样。"他的回答印在我的脑海。现在，正当我站在这里，我可以想见人们不断地指认，对安娜来说是多么烦人的一件事。

被当成一个两百年前的西班牙女子必然不太好过。约翰将手指放在安娜的额头说："而这个精灵的名字，就叫做玛雅。"这一定也让她觉得很难受。他想到的是吠陀哲学、海市蜃楼、幻影与肉体的假象，但他或许也想到戈雅的玛雅,因为他不也形容过安娜是"杰作"吗?而事实上,我站在布拉多博物馆,体验到我有生以来最严重的幻灭感。

我有一个恐怖的念头。安娜在马拉福为什么突然病发?为什么她几个月后便已亡故?她酷似戈雅的玛雅,如此早殇,其中可有关联?

"她实在太像了。"

荷西摇摇头。

"这就是她。"他说。

"这不可能啊!"

"当然不可能。但这就是安娜。"

我们在室内后方静静地谈。

"你知道这幅画的历史吗?"他问。

"不知道。"我答。

我想我还在惊愕之中,无法回过神来。

"也没有其他人真正知道,都不够清楚,大家都只知道一点点。"

我开始觉得不耐烦。

"到底是什么?"

"第一个提到《裸体的玛雅》的人是奥古斯丁·西安·贝尔慕戴斯与雕刻师西波维达的彼得罗·刚萨雷斯。一八〇〇年时,这幅画挂在曼纽·葛多宫里的一个私人典藏室内。另外还有一些裸体经典画作,如维拉奎兹的《维纳斯与丘比特》,以及一幅十六世纪的意大利维纳斯画作。这些画都是阿尔巴公爵夫人送给葛多的礼物。"

"葛多偏好裸女画作?"

"可以这么说。在同一个典藏室里,葛多还有泰辛的维纳斯复本。然而，在这个时期，不着衣装的女子画作是被禁的，只是有些针对神话角色如维纳斯这样的研究比较被理想化，也比像《裸体的玛雅》这样的画容易被接受。"

"为什么？"

"你知道，戈雅的玛雅一点都不像个神话人物。她很像个有血有肉、活生生的女人，那当然是从生活中画出来的作品。而像这样的画也会比泰辛或维拉奎兹的维纳斯要来得有暗示性，或是颓废，也可以这么说。"

"我懂了。"

"卡洛斯三世和卡洛斯四世都想将皇室收藏的这些画作销毁，但是葛多却可以保有他的画，只不过必须收藏在私人寓所中。"

"他也拥有《衣装的玛雅》吗？"

他点点头：

"《衣装的玛雅》或许画于《裸体的玛雅》之后，因为这件作品首度在一八〇八年的一个目录上出现，该目录是法国画家费得瑞克·奇雷特所作，他是荷西·波纳坡提的代理人。这个时候，《衣装的玛雅》才第一次和《裸体的玛雅》相提并论。"

这时候他必须减低音量，以免被经过的人听到。

"你知道玛雅的意思吗？戈雅画了好几张。"

"村妇吗？"我问。

"或是农村少女，迷人而衣着活泼的女子。男性叫做马荷。"

"安娜也可以称为玛雅吗？"

他出神地摇摇头。

"安娜是个吉卜赛人，应称作吉坦娜。不管怎样，很难说戈雅给这幅画取的名字真是'玛雅'。费迪南七世在一八一三年将戈雅的资产充公，有个目录称这两幅画中的女子为"吉坦娜"，吉卜赛女子，那就和玛雅很不一样。在一八〇八年，画中的女子也被称为吉坦娜。我们别忘了，这时候这些作品完成才几年而已，画家本人还活得好好的，许多年后，他才不得不从西班牙逃到法国。一八一五年时，画中的女子才首度被称为玛雅，这个名称从此跟着这两幅画至今。"

荷西稍作停顿，但我鼓动他继续说下去。画中女子是玛雅也好，是吉坦娜也罢，我都看不出来有什么不同。这并不会改变这样的一个事实：戈雅画的那一张脸，在整整两个世纪之后才真正见到天光。

"在一八一五年三月，"他继续说，"戈雅遭到侦讯，要他说明这两幅画。他们问他是不是画的作者、他这么做的动机、受到谁的委托，以及为了什么原因。问题从未得到答案，时至今日，还没有人知道是谁要求画出这两幅画。"

玛雅画旁的人群逐渐散去，我上前更仔细瞧了一瞧。

"不难看出你为什么会这么仔细研究这两幅画……"

"我前面说过，我们比较容易相信裸体的版本先完成。两幅画都挂在葛多的皇宫，他也不能完全免于侦讯过程。或许衣装的版本是为了挂在裸体版本之上而画。有许多证据显示，这两幅画基本上是个恶作剧，先让人家看看穿了衣服的女子，然后用点机械效果，让他们看到裸体的一面。帮女人脱衣服事实上是一种很古老的运动。"

我再度回到波马瀑布。我在两手遮脸的情况下，眼光穿过手指，着意偷窥。

他继续说。

"从一八三六年到一九〇一年，这两幅画是挂在圣法南多学院，只是裸体那幅从来不见光。从一九〇一年开始，它们就陈列在布拉多，但即使在这里，《裸体的玛雅》刚开始也是挂在另一个房间，不是人人都能进去。"

我急着想知道更多，因为我虽然听着他说的每一字，却老是只能想着安娜。

"你知道这两幅画的模特儿可能是谁吗？"我问。

他双眉上挑。

"或是说，模特儿们是谁。"他说。

我又看看那两幅画。

"她们一模一样。"

"再走近一点，仔细看看，再下判断。"

我照做。或许《衣装的玛雅》比《裸体的玛雅》画得快些，比较草率，主体看起来比她那赤裸的姊妹显得骄傲一点，妆也化得较浓。如果《裸体的玛雅》率先投身画布，或许戈雅很快画了一幅衣装版来遮盖赤裸版。不过她们都是同一名女子，都是安娜，虽然只有安娜的头、安娜的脸和头发。当然还有一个要点。现在我可以清楚了解戈雅如何先画了一名女子赤裸的身体，然后在那裸体身上加装另一个女人的脸。只要有点耐性，任何人都可以看到画中的女子有两个部分，一个身体和一个头，这在裸体女子的身上看来尤其明显。

我看到的是安娜的头，却不是安娜的身体。看起来就像是安娜的头被移植到那赤裸的身体上。

我回头走向荷西。

"他用了两个模特儿，"我说，"一个画身体，一个画头。"

他点点头，却没有一丝笑容。这对荷西来说并不是一场游戏。

"那赤裸的模特儿可能是个受人尊敬的女人，"他说，"所以戈雅显然不能画她的脸。"

因此他画了安娜的脸，我想。

"我们对这位受尊敬的女子有任何概念吗？"我问。

"有几种理论。其中之一是，该画是应葛多的要求画的，他是皇后的宠臣，而那模特儿，那位裸体的模特儿，是他的情妇贝比塔·杜朵。假如真是如此，无论如何都必须隐藏她的身份。但还有另一个理论。"

"继续！"

"我们知道阿尔巴公爵夫人和戈雅有一段时间往来十分密切，然后从一七九六年到一七九七年，就是《裸体的玛雅》成画的时间，戈雅住在她乡下的别墅里，在巴拉米达的山路卡，靠近瓜达奇维尔河入海口。从十九世纪的第一年开始，就不断有人谣传，说阿尔巴公爵夫人是《裸体的玛雅》的模特儿。这个传言出自第一手的资料，而谣言流传得愈久，正确性便愈高。"

"原来如此，"我说，"我懂了！"

"如果你仔细检查戈雅其他关于公爵夫人的画，比方说，在一七九七年画的知名画作，或是公爵夫人在梳理头发的画，也是在一七九六或一七九七年的作品，那么你会看出来公爵夫人的身材和'裸体的玛雅'十分相似。"

"他们有肉体关系吗？"

"不得而知，只是大家都觉得戈雅并不反对这样的事。在一七九五年的一封信里，他谈到公爵夫人来拜访他，并且在这里化妆。他加了一句：'这比将她画在画布上更有乐趣。'在他于山路卡为她画的油画里，她穿了一身黑，外罩披风，手上戴了两枚戒指，戒指上刻着'阿尔巴—戈雅'。此外，有一幅画描绘公爵夫人坚定而威风凛凛地向下指着沙堆，沙堆上刻着'唯有戈雅'。阿尔巴公爵夫人无疑是个风华绝代的女子，而在一七九六年六月九日，当比她年长的阿尔巴公爵在塞维利亚过世之后，她便成了寡妇。"

"因此他们来点肉体关系有何不可？"

"公爵夫人的画是戈雅个人的资产，因此它的主题有比较多幻想和渴望的念头。公爵夫人固然极为开放，但是要被形容成如此的目空一切，我假设她还是不会愿意的。况且，一个三十四岁的美丽妇人，怎肯屈就于一个五十岁的垂垂老者？他对这样的交易是完全没有反应的。"

"是的，他是有这个毛病……"

"即使如此，公爵夫人依然可能是《裸体的玛雅》的模特儿。他经常画她，这是个事实，这显示戈雅在她的私人领域里，几乎可以完全来去自如。但是戈雅和公爵夫人之间的关系却永远不会有人知道，而且这已经无关紧要。有好一段时间，他们算得上是很要好的朋友。"

他边谈着，我只能瞪着画中女子的脸。我无法将安娜逐出我的脑海。

"截至目前，我们只谈到谁是那身体的原始拥有者。"我说，"我们还没有谈到谁是那张脸的模特儿。"

我不确定是否瞥见他脸上闪过一抹微笑，他说："这个故事就长得多了，而且也更加复杂。但是，除此之外，它还更难以理解。我们可以走了吗？"

我点点头。

"你看够了吗?"

我最后一次上前靠近那两幅画。我凝望着安娜的脸,那脸上的表情和我经常在塔弗尼岛上看到的一模一样——两片缩拢的薄唇,乌黑的眼珠狐疑地望着我。

我陪荷西走出戈雅的收藏室,走下一楼,进入慕尼洛广场。他目的明确地穿越广场,进入植物园。他取出两百块硬币买了一张票,我也一样。我只是尾随着他。

我们开始在植物园里闲逛,一波波的香气不断袭来,在这五月初的春日里,树木花朵争相怒放。鸟儿也都很忙碌,几乎无法分辨那许多鸟儿的歌声。

刚开始,荷西走在我前方几步的位置,但过了一会儿,他让我跟上他的步伐。

"安娜很喜欢这片绿洲,"他说着,并未转头看我,"每一回我们在马德里,她都坚持和我来这里走走,至少一天一次,无论理由为何。如果我要开会,她就会自己来这里耗上半天,如果我的会议在十点开始,那么距离我来接她吃午饭有几小时的时间。她总会有些新发现。在植物园里找她是我们经常玩的游戏。今天我会在哪里找到她?我必须搜寻多久?更重要的是:她会有什么新闻?如果她先看到我,有时候她会故意躲起来,甚至会在我遍寻不着的时候跟在我身后。谈到那些树和灌木的名字,她可以如数家珍,最后她甚至会知道哪些树上住着哪些小鸟。"

"但你们主要都住在塞维利亚?"

他点点头,然后摇头说道:"七八年前我开始在电视台进行一系列的节目，描述安达卢西亚的吉卜赛人历史。在那古老的文化大熔炉里，包含有伊比利亚人、希腊人、罗马人、塞尔提克人、摩尔人、犹太人，当然还包括基督徒，我试着想挖掘出一些新的内容，以了解弗拉门戈舞在这个熔炉里的演化历史。我因而在塞维利亚遇见了安娜；她是个出色的弗拉门戈舞者，从十六岁起就是个为人爱戴的弗拉门戈舞者。几个星期之后，我们便无法须臾稍离，从此我们没有一夜是分隔两地的。"

我仍然因为安娜和戈雅的玛雅如此神似而恍恍惚惚，对他的话一知半解。但他依然继续自说自话。

"她的名字是安娜·玛丽亚。那是在广告牌上的名字，她的家人也这么称呼她。我叫她安娜，只是我个人对她的昵称。"

"那么她当然也有个姓啰?"

他出神地点点头，有如在等着这个问题。

"玛雅。"他说。

"你说什么?"

"她的全名是安娜·玛丽亚·玛雅。"

我呆若木鸡。安娜不只长得酷似戈雅的玛雅，连名字都一样。而我发觉自己又回到塔弗尼岛，约翰将食指放在安娜的额头上，以他独特的方式宣布，他成功地发现了安娜的本姓。荷西对这个动作的反应并不友善。

"怎么可能?"我说。

他再度点头。

"在安达卢西亚的弗拉门戈舞者里，这个名字并不罕见。当然，舞者马利欧·玛雅可以说是名满天下。但他的女儿贝莲·玛雅也是红得发紫，他的侄儿璜·安德烈斯·玛雅也不弱。他们这个弗拉门戈舞的王朝往往被称为'玛雅之家'。安娜属于另一个玛雅家族，或至少是另一个分支。"

"这有什么特别的意义吗？"

"玛雅是一种菊科植物，如雏菊，或是学名Bellis perennis。我不知道为什么这种漂亮的花到了西班牙会名为玛雅（maya），不过或许这是得自mayo（五月）的变形；在某些国家里，雏菊也名为'五月花'。它的拉丁名称必定也会形容它那几乎是四季开花的特性。此外，西班牙文的玛雅也可以用来形容少女、五朔节女王或是身着戏服或戴面具的女子。"

"几乎和另一个字一模一样，"我指出，"基本上和maja（西文的少女）是同样的意思。"

"没错。两个字都有相同的印欧语系源头。你会看到May（五月）和罗马的女神Maia（玛雅）都是同一个字根，都是拉丁文的magnus（巨大的）或maior（主要的），如plaza Mayor（宏大广场）是希腊文megas（大的）的变形字，much（许多）在印欧文字里的字根，也和梵文的maha（幻象）一样。"

"mahatman（世界灵魂）也是？"

他点点头。

"那就是罗拉在马拉福大谈特谈的部分，"我说，"她谈到盖亚和玛雅，在西班牙文就是戈雅和玛雅。看起来几乎都有点关联。"

"一切都有关联。"荷西说。他在说话的同时，罗拉的声音仿佛在耳畔响起。

他还是没看我。我们绕着大理石喷泉走了一圈，他说："安娜·玛丽亚是一个历史悠久的吉卜赛家族的幼女，从十九世纪初期，这个家族便住在塞维利亚的特里安纳区；目前她贫穷的父母还住在那里，祖父母也是。她的家族中，有一支应该是传奇歌手布拉奈达（Elplaneta，意为星球）的后代，他是特里安纳派特殊唱法的创始人，卡地兹的原住民，生于一七八五年，死于一八六〇年。他之所以有这个名字，或许是他相信恒星与行星的影响力，因此在他的歌里，有许多关于天体运行的比喻。他的名字还可以表示他是个'流浪者'，或是'流浪的星辰'。他在十九世纪初期抵达塞维利亚，在特里安纳的铁工厂里工作，当时这些地方很流行雇用吉卜赛人。根据族谱，他应该是安娜的曾曾曾曾祖父，只是我还无法从外界取得他们家族传统的任何证明。但在七代之后，他一定有了好几百名子孙，甚至有几千名，安娜当然可能是其中之一。"

"继续！"

"才几个星期而已，我们就已经深深爱上对方，你知道，就是那种刻骨铭心的感觉，很不寻常。她还为我介绍了她的家族传统，我觉得非常有趣，也想到我可以将它放入我正在制作的电视节目系列中。不过，它从来没成形。"

"为什么？"

"我自己也成了一个安达卢西亚的吉卜赛人。无论如何，是全心全意爱上了弗拉门戈舞的神秘文化。我觉得自己像被这个传统色彩极浓的家族招赘一般，我无法针对自己的家人做个电视节目。我开始知道得太多，诚如我曾经对你暗示过，这些家族的传统都有层机密的面纱。安达卢西亚的吉卜赛人会如此，他们可以将家族的秘密保存五百年以上，他们会将它藏起来，久久不接受探询。现在，安娜的家族有个特殊的秘密，它已经传了几代下来，这则不可思议的故事，可追溯到布拉奈达的时代，并与一八九四年后安娜的曾祖父之死有关。问题是，这则吉卜赛人的故事（如果你愿意的话，也可以称之为传奇），对发生在安娜身上的事情又产生了什么影响？当然，它在她在世的日子里，投下了重重的阴霾。"

"真有意思。"

他停在碎石路上，两眼定定地看着我。

"首先我应该告诉你究竟发生了什么事。"

我们又开始走动。

"在我遇见安娜两年之后，她被诊断出心脏方面有问题。这些毛病并不容易以手术治疗，即使如此也要考虑很多风险，但她可以带着这个毛病继续过日子，甚至不用调整生活方式。可是接下来的几年，她的血液循环问题偶尔恶化到脸上毫无血色，虽然这种情形很少持续超过一两分钟；而且根据医生的说法，这并不值得担心。但是安娜却已经开始提心吊胆，我也一样。她第一次严重的发病是在不到一年前，她在舞台上昏倒而必须送医急救。医生继续要我们安心，只是现在他们说，她不能再继续跳弗拉门戈舞。这种舞蹈需要大量的体力，你知道的，非常大量的体力。同时，我不知道哪一个才是更严重的打击，他们劝安娜，最好不要有孩子。"

"她怎么可能接受这一切呢？"

他轻蔑地哼了一声。

"当然很难。弗拉门戈舞是安娜的灵魂。而且她想要孩子，有时候她看到喜欢的婴儿服，甚至会先买下来。"

"所以你们去了斐济？"

他让这问题悬在那里。

"然后你和我们在沙拉满加相遇。"他说，"安娜和我住在马德里，但我们会花个几天去沙拉满加看我的家人。吉卜赛音乐突然开始在宏大广场的咖啡馆里奏了起来，那是她几年前在塞维利亚共事的一个乐团。我可以看到那个音乐已经开始占据安娜的身体。她开始用手在桌上拍着，手指也开始弹了起来，最后我要她停下来，我说她没有必要再这样折磨自己。就是这时候，她突然跳了起来，说她要回到塞维利亚的家。我很担心自己无法阻止她继续跳舞，但我们还是回了塞维利亚一趟，到特里安纳与安娜的父母同住了几天。我们已经有半年没去那里，有几天，我们在玛丽亚露易莎公园长时间散步，在西班牙广场游荡，到阿卡萨花园和山塔克鲁兹的犹太人住宅区闲逛。但她不愿和我到山塔克鲁兹广场去，过去几年来，她每天晚上都在这里跳舞，也就是在这里，她跳了最后一次舞而被救护车带走。现在她绝口不提这个地方，不谈她的心脏问题或弗拉门戈舞，但每一次我们靠近这个广场，看见那个古老锈蚀的十字架，标示着过去曾有一座传统尖塔教堂矗立，她就会拉着我从另一个方向走。"

　　我们到达植物园的另一端，一座花木扶疏的峭壁，还有一长排的二手书店。几年前你在这里买了一本汉森的《维多利亚》旧译本。荷西坐在大理石喷泉上，我跟着坐了下来。

　　"我们都很喜欢阿卡萨花园，"他又谈了起来，"是我带安娜来这个地方。她虽然生长于塞维利亚，但在我带她来之前，却从未涉足此地。从此以后，这里就成为安娜在塞维利亚的特殊避难所，有时候我们一个星期至少会来逛个两回。在我们抵达塞维利亚的第三天，我们和过去一样来逛这些花园。我们觉得这些花园就像一个遗世独立的世界，有一天我们还开着玩笑说，我们可以把自己关在阿卡萨花园，在里面过一辈子。

也许我们不应该这么说的。我们实在不应该这么说！"

"然后呢？"我问，"然后怎么了？"

"我们坐在咖啡馆旁边的一张长椅上，安娜突然瞥见一个侏儒。刚开始她指着马尔千纳之门，说她看见一个侏儒，从葛鲁泰斯可走廊探出头来。'他给我照了一张相。'她说，好像这是个要命的侮辱一样。接下来我们都看见那个小小的身影从长长的墙边望着我们，就是将阿卡萨花园分为新旧两边的那道墙。他又对着我们按起快门。'就是他！'安娜大叫，'就是那个带着铃铛的侏儒！'"

"可是那到底是谁呢？"我打断了他，"什么侏儒？"

他没回答，只是继续述说着。

"安娜从座位上跳起来，开始追逐那个侏儒。霎时我们又看到他在马尔千纳之门的下面。我想把她抓回来，但我终究也加入追逐的行列，因为自从我遇见安娜，就曾经听她讲过什么侏儒的事。刚开始她追着那个侏儒到左边，穿过斑驳的铁门，经过有使神麦丘里雕像的水池，然后冲到舞蹈花园，转进仕女花园，越过了海神喷泉，继续往大门口和卡洛斯五世楼阁前进，更进入那用三尺树篱围起来的迷宫，出来之后，又跑上葛鲁泰斯可走廊，向右进入权贵之门，终于来到诗人花园。安娜和侏儒都跑得比我快，而且路人又向我抗议，他们认为安娜在虐待一个可怜的侏儒，虽然事实正好相反——她之所以要追他，只是要他停止这种骚扰行为。在诗人花园里，她倒在围着小池的树篱上，那里距离山塔克鲁兹广场事实上只有一投石的距离，因为这会儿在她和弗拉门戈舞场'雄鸟'之间，只隔了一道高墙，长久以来，她在那里都是知名的舞星。我还没跑到她的身边，已经有一大群人围了过来。她意识还算清醒，但整张脸几乎变成蓝色，急促地喘着气。我将她抬起来，放进两座水池中间的大理石喷泉，将她泡在水里几分钟，以降低她滚烫身体的温度。我用力大喊她有心脏病，不久之后来了救护人员，抬着担架过来。"

荷西呆坐了许久，只是愣愣地望着马德里的植物园。目光所及空无一人，但我们听见小鸟的歌唱，声音之大几乎淹没了布拉多大道的车鸣。似乎这些鸟儿对它们的朋友之死也有话要说。

"那个侏儒后来怎么了？"我问。

"没有人想到他。仿佛整个地球将他吞没了一般。"

"安娜呢？"

"在医院里，他们给她打了针，接下来的几个小时她恢复了一点精神，但是没有再下过床。医生说他们会试着为她进行手术，好让她的脉搏回稳，但是她等不及了。从她死去至今才一个星期，星期五，我们要在特里安纳的圣安娜教堂为她举行安魂弥撒。"

他抬头望了我一眼。

"希望你也能拨空过来。"他说。

"我当然会来。"

"很好！"

"但是安娜在医院里说了什么？她的意识一直都很清楚吗？"

"她的神志比以往更为清明。她告诉我很多闻所未闻的事，谈那个侏儒，她死去的曾祖父，还有一大堆弗拉门戈舞的秘密。她在心脏完全停止之前说的最后一句话是：'创造一个人得花上几十亿年，魂飞魄散却只在转瞬之间。'那是我的话，为了感叹生命的无常，而当我成为弗拉门戈舞的爱好者之际，这些感叹却对她产生了影响。安娜最后说的这句话是告别，也是爱的宣言。"

我没有机会问他这是什么意思，因为他迅速站了起来，开始朝植物园后方走去。我跟随着他。

我边和荷西谈着安娜，心眼里却禁不住望着布拉多的那两幅画。安娜在阿卡萨花园追逐的侏儒，以及她和戈雅的玛雅神似一事，两者之间有何关联吗？

"你在几年前初遇安娜时……"

他知道我想问什么，因此打断我的话。

"不，我没想到戈雅。我想我的反应和你如出一辙。我觉得以前一定见过安娜，但这种感觉也许只表示我已经爱上了她。"

"或许我们都有种自卫的机制，阻止我们将现实生活遇到的人，和两百年前的古人联想在一起。"

他只是耸了耸肩。

"现在你又怎么想呢？"

他的表情显得有点激动。

"她们不只是容貌相仿，"他说，"她们逐渐变成同一个人。安娜从十几岁开始，便得逐渐忍受这种奇特的残障，而在塞维利亚，慢慢地，她更是得到'布拉多的女孩'这个绰号。"

"你说'逐渐'？"

"她长得越来越像戈雅的吉坦娜。"

我用手捂住了嘴巴，荷西继续说道：

"而她和画家的模特儿变得完全合一之后，便与世长辞。这时候作品完成了，她却没有多活一天。"

"但你要如何解释这种古怪的雷同呢？"

"有几种可能的解释，或是更精确地说：你可以指出几种不同的解释，只是它们都一样不可能。"

"我每一种都要听。"

他转头看向右边的楼阁，边说道：

"安娜的曾曾曾曾祖母可能是裸体画像的人头模特儿……"

"真的吗？"

"但是她的后代和她长得很像的几率有多高？你是个生物学家。这可能吗？"

我摇摇头。

"经过了七代是不可能的。如果安娜的母亲是同一个曾曾曾曾祖母的后代（这并非不可能）在某个程度上，就有机会看到某些外貌上的特色。但是完全一样？连续赢得七次乐透大奖的几率还高些。而这种事情根本不可能发生。"

"因此一定是某种奇妙的巧合，"他说，"安娜和戈雅的吉坦娜根本就是完全一样。她们神貌相似，这是一个我们都知道的事实。"

我再度摇摇头表示难以置信。

"没有两个完全一样的个体，我们已经消除这个想法。你还有其他理论吗？"

"有，还有很多，而且我都已经仔细想过。"

我无法想象还有其他可能性，但是他说："最简单的理论就是，你在博物馆那么仔细欣赏的画，就是安娜站在那里让画家画出来的。"

"但那是两个世纪前的事啊！"

"那是他们说的。"

他迟疑片刻，然后附加一句：

"我已经强迫自己衡量过所有可理解与不可理解的可能性。所以，一定也有可能安娜在故世的时候，她的年纪已经那么大了。"

我注视着那张苍白的脸。如果我不是在十四天前见过安娜，我会怀疑荷西的心理状态是否严重不平衡，或至少有严重的判断问题。

"别开玩笑了！"我说。

"我没开玩笑。虽然我不否认自己正处于很不稳定的状态，比你能理解的更不稳定。安娜成为戈雅的吉坦娜当天，我是唯一和她一齐坐在阿卡萨花园长椅上的人。那天早上，她甚至把头发梳得和画中女子一模一样，连妆都画得分毫不差。你明白吗？"

"我想我明白。"

"经验告诉我们，很难想象安娜会是那位大师的模特儿，但是逻辑上并非说不过去。"

"如果有这么开放的前提的话，你一定还有其他的理论？"

他在回答之前，摸摸前额，且数度清理喉咙。

"如果戈雅的吉坦娜是差不多在十八世纪末时完成，有可能安娜是以某种方式，根据模特儿的形象塑造出来的。"他说。

"如何'塑造'呢？"

"我只是在整理自己的思绪。你应该知道比哥马利恩的故事吧？"

"奥维德的《变形》。"我回道，"比哥马利恩爱上一个他自己雕塑的美女雕像。然后爱神怜悯他，于是让雕像有了生命。还有其他理论吗？"

他停顿片刻，缥缈的眼神直直望着我。

"她们的外表如此相似，有可能是同卵双胞胎。"

"当然！"我说，只是我不太懂他想说什么。

"你想，"他接着说，"要在两百年后，制造一个和我完全相同的人，这是完全不可能的事吗？就连指纹等都一模一样。"

"不会，"我说，"不会不可能。只要给我几枚活细胞，一个可用的冷冻库，我们就可以在两个世纪之后，帮你做一个复制品。但我必须指出，你的这个'重生'可是一点乐趣也没有。"

我看不到这个想法有何意义。

"所以，如果从戈雅的模特儿身上取出一个组织，以某种奇妙的方式将这个组织保存了将近两个世纪，直到大约三十年前，才将基因物质注入一个没有基因的卵子细胞之中。"

我觉得身体起了一阵冷颤，很像我第一次见到安娜与荷西时，他们走过棕榈树丛，谈着"人的创造与亚当竟不愕然"。

"我懂你的意思，"我说，"而且，这当然有可能。但是在微生物学和不孕症治疗上，是到了过去三十年才出现较多突破。"

"因此很不可能。"他下了结论。

"很不可能，是的。我们最好将它归因于纯属巧合，虽然这么说也够让人恼火的。这意味着我会弃绝的一个想法：大自然用许多种平行的方式来达成同一个结果。但是大自然并不是这样运作的。它不会突然往前跃进，也没有目的。"

"这点我们以前讨论过了。"

"我们讨论过什么？"

"大自然有没有目的、它必须达成什么、它希望展现或陈列什么。我们还讨论到现在发生的事，是否能够视为过去所发生事件之成因。"

那是约翰·史普克所安排的"热带高峰会"。之后发生了太多事情，而现在我有了另一种想法。

"或许戈雅并不是用一个真正的模特儿来画那张脸。他只是想画一张脸来隐藏模特儿的真实身份，只是一件伪装的工作。"

荷西顽固地微笑着，因为他当然也想过这一点。

"所以呢?"

"所以有可能在两个世纪之后，有个女人出现，她正好和画家心目中的形象完全相同。"

他失望地摇摇头。

"我们又回到比哥马利恩。有一天上帝为戈雅心目中的形象注入生命。"

"我说得很清楚，那一定是巧合。当然是很不可思议，这我承认。"

"所以'巧合'是一种可能。但是如果戈雅自己就能够瞥见那神祇的计划呢? 我的意思是，像那样的视觉艺术家，是否可能有一点点透视眼?"

我们来到了卡洛勒斯·利纳尤斯的半身像前。

"还有别的理论吗?"我问，"还是仅止于此?"

他哀伤地点头表示屈服。

"是的，就这样了，"他坦承，"我没辙了。"

他顿了一顿，接着说:"还有一个截然不同的说法，一个安娜和她的家人都信誓旦旦的说法。他们到底是几代的吉卜赛人。我变成吉卜赛人至今不过区区几年。"

他很快看了时钟一眼，正当我要听到安娜自己的想法时，他说:"很不幸，我得走了。我有个重要的会议要开，已经迟了半小时。"

我有种受骗的感觉，他一定也了解到我的感觉，因为，他转身将一只手搭在我的肩膀上说："现在有很多事情要好好整理一下。我有些任务是很沉重的，但另外有些工作则是比较愉快一点。走遍布拉多找你是件愉快的工作。但我还有别的事要好好想想。"

他说完便急忙冲到出口。

有这么多问题没有得到解答。我将无法发觉塞维利亚的侏儒是谁；我没听到安娜自己对这件奇怪的双胞事件有何看法；我对布拉奈达（或说是安娜的曾祖父）的所知还不够。我还想知道安娜与荷西在塔弗尼岛引用的那许多怪异的诗文有何意义。我们没安排好下一次的会面，或者他知道我住在皇宫？我提过这点吗？

我唯一能够仰赖的是，即将在这个星期五于塞维利亚的圣安娜教堂举行的安魂弥撒。又是类似的名字，这几乎要让我生气起来。

我站在这里正觉得心慌意乱，突然间，我想到或许可以要你在这个周末和我一道去塞维利亚。我觉得这是你欠我的，因为我们在托姆斯河畔认出安娜与荷西时，你笑得那么夸张。如果你没别的事，就可以帮我这个忙，陪着我，因为参加这个弥撒对我而言似乎很重要。

薇拉，看你笑的。但是从笑到哭之间的路程其实很短，因为快乐和玻璃一般易碎。如果有人知道这点，那就是我们两个。

我抬头望着利纳尤斯。或许雏菊是他取的名字，至少他试着去了解这个奇妙的世界，这个我们都只能倏忽行过的旅程。

在走回旅馆的路上，我回到布拉多重新观看戈雅的被收藏品。我必须再一次研究那天，当安娜·玛丽亚·玛雅在阿卡萨花园追逐侏儒时，她看起来的模样。自从几月前我在塔弗尼岛遇见"布拉多的女孩"，迄今并未有几多变化。我只在沙拉满加匆匆瞥了她一眼，当时她正冲出咖啡馆。但是那个侏儒，那个侏儒真的在葛鲁泰斯可走廊帮安娜照了一张相。

他要这张照片做什么？

我在一个酒吧里喝了点酒，回饭店前在街上稍作漫游。当我终于走进房间，我踱到窗前，俯瞰着海神的雕像，看到瑞兹饭店和布拉多大道另一端的布拉多博物馆。安娜·玛丽亚·玛雅的两幅名画悬挂其中。

当时我决定要用尽一切力量让你去塞维利亚。为了确定你会到来，我首先得将这段长长的历史交代清楚，现在我已经工作了四十八个小时以上，我在饭店里面，将它轻轻敲进电脑的记忆体内。

我伏在案前，打开机器，写下一九九八年五月五日，星期二，然后开始一段一段地述说全文。第一件事就是将我在大洋洲的所见所闻，从十一月到一月，作个大略的描述；我写到从纳地到马提的飞行旅程，简单勾勒出塔弗尼岛和马拉福植物园的景色，并描述初遇安娜与荷西时的情景。我从我在退休公园遇见荷西的前一天写起，当时我还不知道马赛的布拉奈达在一八四二年的夏季有何遭遇，我也尚未发现在一七九〇年的一个冬日里，卡地兹码头周围发生了什么事。

现在我写到五月七日星期四，下午四点钟，不久我就要搭乘火车前往塞维利亚。我面前放了一堆照片，这些照片最令我吃惊的并不是它们的主题，而是安娜在每一张背后所写的文字。我还有了一个令人毛骨悚然的理由，解释安娜为何与两百年前的一幅画如此神似。

我和荷西在植物园漫步之后，便回到饭店里，至今已是两天过去了，而在这期间的日子，我更是非将这封信送到你手上不可。我不能冒着找不到你的危险，因为你必须，明天你就必须和我一起到塞维利亚去。希望你读到这封信时，你已经决定要来。我决定要先打个电话给你，那么在我用电子邮件将我所写的内容传给你之前，这封信还可以记录我曾努力要和你取得联系。你必须小心选择自己的用语。几个小时之后，它们就会跃上你的电脑屏幕。

我坐在桌前，拿起电话，拨你在巴塞罗那的电话号码……

我当然不可能记得你我谈话中的每一个字，但就我的记忆所及，这是你我的对话。

"薇拉。"

"是我。"

"法兰克吗?"

"安娜死了。"

"我知道。"

"你说什么?"

"我知道安娜死了。"

"可是你并不认识安娜，不是吗?"

"没错! 我不认识她。"

"但你怎么会知道她死了?"

"这是怎么回事，法兰克?"

"你怎么知道她死了?"

"我真不懂你。真的不知道你捏造这些故事是为了什么。"

"我也不知道——我的意思是，我不知道你所谓的'这些故事'是什么意思。"

"少来了!"

"我一个人在饭店里，我已经在这里待了两个礼拜。我只想找个人谈谈。我需要告诉别人，安娜已经死了。"

"你给了他我的电话吗?"

"哪一个他?"

"他自称是荷西。"

"什么?"

"有个人刚打电话来，说他在退休公园遇见你。他说他给了你一个礼物，我们可以分享。"

"他这么说?"

"然后他说安娜死了。"

"他向你这么说?"

"你不知道他打了电话吗?"

"不知道!"

"那么，这'礼物'又是怎么回事?"

"他是说了一些类似的话。说那是给我们两人的。"

"听着，我要挂断电话……"

"喂?"

"如果你不告诉我这个'礼物'是什么意思，我就要挂断电话。"

"我不懂为什么你要这样咄咄逼人。"

"我没有咄咄逼人。"

"那就是太容易受到刺激。"

"我也没有。我只是想知道这个'礼物'是什么。"

"几张照片，还有一些箴言之类的。"

"一些什么？"

"箴言。"

"好极了。这样吧，法兰克，你就自己留着用。"

"我真的不知道他会打电话给你。"

"至少你知道自己有没有把我的电话号码给他？"

"我什么也没给他。"

"好，那你给过他我的名字吗？"

"那倒有可能。"

"箴言？"

"不过这不是我打电话来的原因。"

"那你打来做什么？你知道我有事要做的。"

"你还记得你笑得很厉害吗？……你什么都没说。"

"那天晚上很愉快，法兰克。听着，我很抱歉显得有点不高兴。我是指现在。我很自然觉得是你让他打电话来的。有个礼物给我们两人什么的。懂吗？接着，半个小时之后，你打来了。"

"我根本不知道他打电话给你。"

"我记得我笑得很厉害。我当然以为整件事都是你的杰作。这两件事对你来说都是很习以为常的事。"

"两件事？"

"捏造故事，然后找个像那样的旧识打电话给我说什么礼物之类的。"

"我们得排除掉第二项，否则我就挂断电话……"

"喂？"

"我坐在这里日以继夜地写信给你。"

"关于我们的事吗？"

"关于安娜与荷西。"

"寄给我。我当然会看。"

"但时间不多了，你知道的。你明天晚上能上网吗？我还需要几个小时。"

"当然会。"

"在这封长信里，我会求你帮我一个忙。即使这是你为我做的最后一件事。"

"什么事这么重要？"

"如果我现在告诉你，你只会说不。"

"告诉我就是了。"

"我想请你陪我去参加明天晚上安娜的安魂弥撒，在塞维利亚。"

"你已经问过我这件事了。"

"有吗？"

"那个打电话来的男子说的。我觉得这基本上是同一件事。"

"他有问你会不会去塞维利亚吗？"

"你是说你不知道这件事吗？"

"没有！我的意思是，对。我什么都不知道。他一定是打电话到查号台去问的。"

"我说这个星期五很不方便。法兰克，我根本不认识她啊！"

"你认识我。"

"好吧，还好死的人不是你。"

"我好像记得在桑妮亚的丧礼上，有很多人根本没见过她。"

"那完全是两回事。"

"如果我告诉你，安娜是我的好朋友，就不见得是两回事了。"

"我懂。但是我们已经不住在一起了。"

"我母亲过世的时候，你会来吗?"

"现在我觉得你变得有点恐怖了。"

"我们没有必要去争论谁比较恐怖。"

"我没有在和你抬杠，真的。我已经走过这一段。法兰克，我们已经说再见了。你什么时候才会觉悟?"

"你有别人了吗?"

"你在桥上就问过了。然后你就开始说起这些疯狂的故事。"

"你有别人了吗?"

"我看不出来你有什么权利问这个问题。"

"这么说只是在贬低自己。我只是在问你是不是有了情人。"

"没有。"

"什么?"

"我不会再婚。"

"你怎么能这么肯定?"

"但是我有很多好朋友。我希望你也有。"

"在西班牙没那么多。因此如果你可以来塞维利亚，对我来说意义重大。当然我会负担所有的旅费。"

"我不知道，法兰克。我真的不知道。"

"好吧，我们先把这个问题搁着。但是答应我，今晚要读完我传给你的邮件。"

"我已经答应过了。我会找出时间来的。"

"很好。那我们就来看看你会不会改变主意。"

"你到底写了些什么？你在桥上对我说的那些事吗？"

"有一部分。但是当时我一无所知。"

"你开始让我觉得好奇了。能先给我一段吗？"

"不行，这是不可能的。我要你一次看完全部，全部，不然就没有。"

"那我就等到今天晚上吧！"

"我可以先给你一个谜语，那你就有点事做了。"

"谜语？"

"一个今天活着的人怎么会和一个两百年前的人一模一样？"

"我不知道。不管怎样，谁会知道两百年前的人真正长成什么样子？"

"有很多画。"

"可是，法兰克，没有两个人是完全一样的。你不是专门研究基因的吗？"

"我说这是个谜语。"

"你喝酒了吗？"

"别再讲这些歇斯底里的话了！"

"我觉得你实在不太适合喝酒。"

"你知道你让我想到谁吗？"

"我只是问你是不是喝酒了？"

"你让我想到一只壁虎。"

"哦，闭嘴！"

"我是说真的有一只壁虎。"

“你现在神经有问题吗?”

“你相信侏儒吗?”

“我相信侏儒吗?”

“算了。弥撒是在特里安纳的圣安娜教堂举行,晚上七点。”

“我们看看吧。不过我会读你的信的。”

“我住在皇宫饭店。”

“你疯了。我真高兴我们已经不再共用一个账户了。”

“如果我已经不在乎你,就不会写信或打电话给你。”

“如果我不是也有这种感觉的话,就不会让这通荒谬的电话进行这么久了。

“再见了,薇拉。”

“再见。你真是个疯子,知道吗? 不过你向来都是如此。”

侏儒与神奇肖像

有许多今日无法发掘意义的事,
可能在下一个十字路口就可以看见目的。
即使最没有意义的事件,终能证明自己不可或缺。

星期三早上九点过后不久，就在布拉多博物馆开门之后几分钟，我已在馆内了。我希望能再见到荷西，因为我们并没有安排其他的见面地点。下一个机会便是塞维利亚的圣安娜教堂，不过届时将会有许多其他的人在场。

　　我再度经过《俗世乐园》，并在那儿等了好些时候，因为那是我前一天遇见荷西的地方。我走上一楼，不久便站在两个玛雅的画前。我伫立良久，注视着安娜的眼睛，而她目不转睛地回望着我，让我觉得汗毛直竖。如果她向我眨个眼睛，我都不会感到意外。

　　一个小时之后，我离开画廊，走上菲立普四世街，穿过车水马龙的阿尔丰索十二世街，进入退休公园。公园的地上盖满了黄红白等各色小菊花，各种颜色的雏菊。我在广阔的公园里晃荡，看着身着制服的学童、学生情人、退休人士，还有不少带着幼儿的祖父母，许多人还帮松鼠带来成袋的食物。人的日常生活里充满许多实实在在的惊奇，而人们却用最寻常而平凡的方式在过他们的日子，两者产生了强烈的对比。我还记得安娜与荷西在塔弗尼岛上说过的一些话："而今小精灵活在童话里，却茫然无知。假如童话故事能够内视反听，它还会是十足道地的童话故事？倘若生活日日自我彰显竟无休止，它会是奇迹依然？"

我决定再回到布拉多，但我先坐在花床区上方的一张长椅上，那里多的是修剪整齐的宫式花床。冷不防，荷西竟站在我面前，恰似有人密告我在退休公园的全日行程。

　　他在我的身边坐了下来，我们在那儿坐了几个小时。他手上抓着一份报纸和一个黄色大信封。他说他要搭中午的火车到塞维利亚，我再度向他保证，我星期五一定会到安魂弥撒现场。我当然没提到一点自己的小小秘密：我希望你也能来。但我可能在斐济群岛提过你的名字，而即使我没让他知道你的姓，一定也给过那个英国人，后者在我离开马拉福之后还待在那里。

　　荷西坐定之后，几分钟都不发一语。他不但形容憔悴，整个人都像陡然蒙上一圈幽灵般的神色。我还记得当时联想到奥菲斯从地狱里回来，却没带回尤丽黛。

　　是我先打破了沉默。

　　"这些日子一定很辛苦。"我说。

　　他紧紧抓住手中的物事。

　　"关于安娜俨然戈雅画中女子的事，我又想了很多。"我说了下去，"我试着作出一个结论，觉得那不过是一场罕见的巧合。"

　　他迅速点点头，仿佛在整理着自己的思绪，试图找出答案。

　　"但你不是告诉我安娜和她的家人对这件事的说法大有不同？"

　　他再度颔首。

　　"事关一则故事，如果你要问我的话，就像那种海外奇谈。一开始是布拉奈达到了法国。"

　　"继续，"我说，"请继续说！"

"据说在一八四二年春，他从卡地兹启程，前往鲁恩河两个出海口之间，卡马古岛的圣玛丽庙朝圣。那一年的五月二十六日，传说他抵达了马赛，当了一阵子码头工人，想赚点回程的旅费。几个星期之后，他遭逢一次难得的经验，这项经验代代流传下来，时至今日。对了，这些故事是我初遇安娜和她的家人时，他们告诉我的。而且我必须说明，这些故事有很多种版本，即使在玛雅家族之内也是众说纷纭。这些故事全是得自于口耳相传，一则神话几乎完整循环了一次。这项安达卢西亚的传统，我从未发现有任何文字记录，比较近年的资料更是付之阙如。不过据说有个瑞士传统和安达卢西亚的故事几乎一样古老。我尽可能简短地说，所以我只谈基本事实。"

"继续！"

"一八四二年六月初，布拉奈达在马赛的码头边，等着要登上一艘正准备卸货的帆船。这艘帆船应该是挪威籍的，一身的残破显然是穿过了惊涛骇浪而来。就在他们打算修理跳板之时，却有个小人儿爬过栏杆，跳上了岸。他跑过码头边的船棚便失去了踪影。"

"一个小人儿？"

"那是个侏儒，穿着一件像小丑或朝廷弄臣那样的衣服。据说他穿的衣服是淡紫色，头上戴着一顶红绿相间的帽子，上面还镶了一对驴耳朵。无论帽子或戏服上都缀满了丁当作响的雪橇铃，因此当他跑在船棚之间设法躲藏时，铃声大作。他很快就不知去向。码头上大部分的人都说看到了他，现在船上的船员开始接受询问，以查明此人的身份。"

"他们怎么说？"

"帆船来自墨西哥湾，他们在百慕大南方某处，从一艘小船上将他和一名德国水手接上船来。水手说他们原先是在装备完善的玛丽亚号上，几天前它在海上翻覆，因此他们两人应该是仅存的生还者。"

"他只是这么说？"

"这位德国水手相当沉默寡言，同时由于这个德国人不会讲法文或西班牙文，那天下午在马赛港的众人和他沟通十分困难，不久他就和那个侏儒一样下落不明。有个说法是，他后来在某个瑞士的山村里，当了面包师。"

"有人再见过他们吗？"

"有，有人见过那个侏儒。布拉奈达在码头上的仓库房间过着辛苦的日子，他只想赚够了钱好回到家乡卡地兹。帆船装满了货物出海之后，他便回头想睡个觉，但不久便察觉有人躲在一个空酒桶里面，哭得很伤心。布拉奈达靠近一点，发现了这个不幸的侏儒。"

"他说了什么吗？"

"他除了德文以外，其余一窍不通。他说的话对这个吉卜赛人来说，就和西班牙文对这个小人儿一样无法理解。不过关于布拉奈达与侏儒的这次会面，至少有一项传闻暗示着后者想要有所隐藏。"

"隐藏什么？"

"他的小丑服。这对侏儒来说似乎非常重要，就好像一个被定罪的逃犯想要藏起自己的囚犯装一样。他不想被认出来，不愿被看成是小丑。据说布拉奈达借给他一件外套，此后侏儒在马赛便失去了踪迹。"

"布拉奈达再也没见过这个侏儒？"

"传统的说法在此分为两派。有人说，布拉奈达和侏儒一起在马赛码头边的小木板屋里住了几天。有一天晚上，侏儒试着用一些符号和图画的方式，来诉说自己的故事。"

"图画?"

"他画了一副牌，一副法国式扑克牌，上面有红心、方块、梅花和黑桃。然后——不过是用德文——他为那五十二张牌各念了一句短诗。布拉奈达用心记了几句短诗，虽然他无法了解短诗所使用的语言。布拉奈达唯一存留下来的肖像是拉梅尔做的铜版印刷，许多人都相信他的姿态是在模仿小丑，或是宫廷的弄臣。然而，可以确定的是，他将这个谜样的侏儒故事带回塞维利亚，这故事一直到整整五十二年后的一八九四年六月，安娜的曾祖父经历了一场奇怪的际遇，大家都还耳熟能详。"

"一百零四年前。"我说。

"一百零四年前，没错。安娜曾祖父的名字是马努耶，他住在特里安纳，和他自己的曾祖父一样，是个受人敬重的歌手，因此这个地方也逐渐变得有名起来：'地方的吉坦诺'（吉卜赛男孩）。马努耶生活的年代正好是吉卜赛舞的黄金时代，在塞维利亚的'咖啡馆歌手'数目日渐增多。他也成为这个家族的一个神秘人物，外号'隐士'或是'幽客马努耶'。或许是因为人们认为他是个独行侠，一个自外于世或爱好冥想的人，或许也因为他是个非常寂寞的人，而让他有了这个外号。他有许多歌都触及到人的孤独。据说他牌打得很好，尤其酷爱单人玩的牌戏。他是个全方位的演艺人员，特别擅长用纸牌为人算命。或许就是因为纸牌……"

荷西猛然止住话头，仿佛遗漏了什么重要的细节。

"纸牌怎么了?"我问，试着让他继续下去。

"也许从另一面说起比较好。"

"从哪里开始都无所谓，只要最后都说清楚了就好。"我说。

"在一八九四年的一个夏日夜晚，幽客马努耶走到瓜达奇维尔河畔。一切如常：每天晚上他在西维里欧的法兰柯内提咖啡厅表演歌唱之后，便会到这个地方来散步。西维里欧的母亲是个传统的吉卜赛人，只是对塞维利亚的吉卜赛人来说，西维里欧本人则是比较缺乏吉卜赛色彩，而乡下人开始作为吉坦诺歌手，还是全新的事……"

"在一八九四年的一个夏日夜晚，幽客马努耶走到瓜达奇维尔河畔。"我重复他开头的一句话。

"那天晚上，他们说有个古怪的人影在黑暗中，沿着河边移动，在特里安纳这头，介于特里安纳桥和圣塔摩桥之间，离圣安娜教堂只有一投石的距离。或许这个周末我会有机会让你看到确切的地点，因为贝蒂斯还是一个值得你徜徉一下午的地方，你可以清楚看见河对岸的斗牛场、金塔和吉拉达塔。不过无论如何，黑暗中的那个人影据说是个侏儒。"

"还有啊？"我大叫起来。

"现在，你应该还记得，马努耶对于布拉奈达在马赛见到侏儒的故事是很熟悉的……"

"只是显然不可能是同一个侏儒。"

荷西静静坐着，只是向下望着花床。然后他轻声说道："不，显然不可能是同一个侏儒。"——似乎是说给自己听。

"否则他那时候一定很老了。"

荷西摇摇头。

"他并不老。但是马努耶站在那儿望着他，因为，听安娜的祖父说，他当时开始想到布拉奈达的马赛之旅。这时候，侏儒用左手食指招他过来——和铜版上布拉奈达的手势一模一样。他走向侏儒，后者的穿着就像个当代的乡下人。'所以，你来散步啦！'侏儒说，于是侏儒和幽客马努耶开始了一段生动的对话。"

"这个侏儒会讲西班牙话？"

"他甚至说了一口安达卢西亚的口音，但他的腔调又显然透露他不是生长于塞维利亚、安达卢西亚或伊比利亚半岛上任何地方的人。"

"他们谈了些什么？"

"别抱着太大期望，现在，要记得我们谈的是发生在一个世纪之前的事，而且我得强调，这段对话我也听过好几个版本。只不过'对话'实在不能算是正确的说法。我的意思是，这个侏儒开始诉说自己的出身。我听过安娜的表亲和远亲说过这个故事，但是到目前为止，还没听过相同的版本。"

"那就选一个！或是全部说出来。"

"我把它们全组织起来。我的大锅菜版本只会包含大家都同意的重点。我们毕竟没有那么多时间。"

我自然想尽量多听一些，而且已经开始担心他又发现时间不够，就像他在植物园里的作风。这个苍白的西班牙人，头发秀美，湛蓝的眼珠，越来越像个谜，至今我仍无法确定自己可以信任他。如果他想骗我，我得及时阻止他，以免自己变成一个大笑话。

"继续！"我说。

"这个侏儒说他就是五十二年前，布拉奈达给他外套的那一位，而且打从一开始，就表现出他认识自己目前谈话的对象，知道他是布拉奈达的曾孙。此外，他打开一个袋子，取出一件极为古旧的外套，将它给了马努耶，这应该是为了表明心迹。他打开袋子时，马努耶还可以听见里面沉闷的铃铛声音。"

"可是这个侏儒并不老啊!"

荷西摇摇头。

"他正当壮年。"

"我开始明白这故事如何影响到安娜。不过,那侏儒到底说了什么?"

"帆船的确是从一艘小船上将他带到马赛,是在百慕大南方的大海中,船上也的确有个德国水手。但他们并不是因为船难才被带回来的。"

"否则谁会去坐在一艘小船上,漂流在大海里呢?"

"这个侏儒来自一个火山岛,当时该岛已经没入海中。德国水手是在他那装备完善的玛丽亚号船沉之后,到岛上待了几天。"

"侏儒呢?"

"侏儒是早在一七九〇年,一艘船发生船难之后,和另一位水手来到岛上的。他在那里待了整整五十二年,才离开火山岛,当时岛上裂开了一个大裂缝,因此整个沉到海里去了。"

此时我讥讽地大笑起来。

"我懂了,所以在他遇见塞维利亚的马努耶之时,已经在大西洋的一座岛上待了整整一百零四年。而当时他还正当盛年!"

但是荷西脸上没有一丝笑容,其实还正好相反,因为他继续说道:

"又过了另一个五十二年,一九四六年六月的一个夜里,又有人见到他,这回是在塞维利亚大教堂外的王室圣母广场。安娜的叔公发誓自己见到了他。有座高墙包围着阿卡萨花园和王室圣母广场,这里的回音特别明显,他听见一阵疯狂的铃铛声响,那小小的弄臣健步穿过广场,朝着印度档案馆和荷雷斯门的方向而去。"

他还是一本正经，但霎时间我觉得有种被骗的感觉。或许荷西已经完全发狂，或至少是梦话连篇，甚至有可能安娜根本没死。

"现在你或许要告诉我，这个侏儒和安娜那天在阿卡萨花园追逐的是同一个人?"

他用右手食指按住嘴唇，摇着头。

"不过安娜是这么认为，她很有把握。我在诗人花园里赶上她时，她说的第一句话是：'我听见铃声！'在她咽气之前还说了很多次。现在是一九九八年，从一九四六年算起，足足五十二年。"

我也算了一遍。每五十二年就有个关于这个侏儒的故事。

"所以我们就等着看二〇五〇年会发生什么事，"我快活地说道，"不过你自己当然是不相信这些故事的吧?"

他似乎不太愿意直接回答我，因此只是重复一句："安娜深信不疑。终其一生，她都在等着今年可能发生在塞维利亚的事。"

"你说马努耶在一场打斗之后过世?"

"马努耶在塞维利亚遇见侏儒之后几年，和几个朋友一起打牌，他赢了每一把牌。他喜欢故意将自己说成是个魔术师，带着某种特异功能，很容易赢牌，然后开始说起那个侏儒的故事，从小岛沉没说起，到遇见布拉奈达，以及他自己在瓜达奇维尔河畔和侏儒的晤面。"

"他说得比你还多吗?"

"他还提到侏儒的起源……"

"哦?"

"……就是故事的这个部分引起特里安纳的一场恶斗。警方证实有个名叫马努耶的人在特里安纳被殴打致死，因此我们看到的是历史事实，至少在打斗这个部分。"

"继续!"

"我告诉过你,侏儒是在一七九〇年的一次沉船事件之后来到小岛。那只有一部分正确。"

我笑了。

"你要不就是在一七九〇年来到小岛,否则就是没来。你不能只有一部分来。"

"冷静一点。我只想说个古老的故事,就是侏儒告诉幽客马努耶的故事。一七九〇年的一场沉船事件之后,有个水手来到小岛。他也是德国人,他爬到岛上之后,唯一留在衬衫口袋里的,是一副牌。他在岛上孤孤单单地住了五十二年,只有这副牌与他为伴。这副牌制作精美,每一张牌都画有一个全身的人形,但他们看起来都像是童话故事里的角色,因为每一个人都很矮,看起来就像是在神话里面听到的小精灵。"

"或许他们就和《俗世乐园》里的人一样。"我说。

"你说什么?"

我重复一次,他回道:

"有可能,只不过波希画里的人是赤裸的。纸牌上的小精灵则是穿着法国启蒙时代最精致的服饰。那个侏儒则可能是穿着紫色的套装,戴顶装有驴耳朵的帽子。他的外套上挂着很多小小的铃铛,小丑轻轻一动,人们便会察觉。"

"我不知道如果……"

"那个沉船的水手成天玩着单人的纸牌游戏,就和拿破仑被放逐到圣海伦纳时一样。过了一段时间,他开始梦见纸牌上的各个角色;多少年来它们都是他仅有的伴。在他的梦里，纸牌上的小精灵极为生动，以至他在白天都想象着也见到了他们。他们像是在他的身边飘移着一般。他可以用这种方式和他们进行长长的对谈，当然，虽然实际上那只是这个寂寞水手在自言自语。但是有一天……"

"怎样？"

"……有一天，那些小精灵找到一个走出水手想象的方法，进入这个无人的加勒比海小岛。他们在水手意识内的创意空间，和天堂下方被创造出来的地面之间，做出了一道门。因此他们跳了出来，一个接一个，像是跳出水手的眉心，几个月之后，整副纸牌便完成了。最后一个到达的是小丑，人们往往认为他是个事后诸葛亮。水手不再孤独，不久他便住在一个村庄里，身边有五十二个活生生的小精灵，还有那个小小的弄臣。"

"那是他的幻想。在岛上独自生活了几年下来，他的大脑变了。我觉得这并不难理解。"

"他也问自己同样的问题，以为那是自己的幻觉。但是到了一八四二年，玛丽亚号船沉没之后，那个年轻人来到岛上。古怪的是，他也可以看见岛上有五十二个小精灵。只不过他注意到，这些小精灵似乎并不明白自己是谁，从何而来。他们就只是待在岛上，对他们而言，他们所居住的世界平凡无奇，就和大多数村夫的感觉一样。唯一例外的是小丑。你知道，他和其他的小精灵不太一样。他可以看穿幻象的面纱，了解自己是谁，由何处来。他明白自己是以一种神奇的方法来到今世，同时进行着一趟难以理解的冒险之旅。对小丑而言，生存是绝妙的奇迹。或者用他自己的话说，如幽客马努耶转述：'你突然现身世界，你看到天堂与地球。'至于其他的小精灵，他们一到世间便视其生存为理所当然。但是小丑与众不同，他置身事外，看见别人都看不见的一切。或者用他自己的话说：'小丑有如童话故事里的间谍，在小精灵之间不安地游移。他的结语已经完成，却无人得以诉说。他只看见了小丑。也唯有小丑认得他是谁。'"

"然后你提到什么小岛沉到海里去？"

荷西用他的蓝眼睛看着我，我得不让自己去想这一切都是他一手捏造。

"老水手和五十二个小精灵全数沉没。唯有年轻的水手和小丑想办法划着小船离开小岛。但如果你想知道往后发生的事，还有些细节你必须了解。"

我瞥了一眼时钟。

"告诉我，"我说，"告诉我，那是什么。"

但是过了许久，他才说："那些小丑与小精灵，在岛上和水手一起住了这么些年之后，都没有一丝一毫的改变。水手却是一天天地变老，但小精灵们没有一丝皱纹，衣服也一样光鲜。因为他们是精灵。他们和我们这些普通凡人的血肉之躯是不一样的。"

"那么关于打斗的事呢？"

"幽客马努耶总是赢牌，人家问他为什么，他说他遇到布拉奈达的那个侏儒，和他学了几招。有个赌客输得很惨，而且因为喝了太多山楂酒，已经烂醉如泥，一听见马努耶的话便开始对他拳脚相向。几天之后，马努耶便因伤重而不治。身后留下了妻子和一儿一女。有些人则相信，他是在听过水手的故事，并得到那神奇的纸牌之后，才得到这个绰号。'幽客'并不只是代表'寂寞'，它还有'隐士'的意思。幽客是西班牙文的'单人牌戏或钻石饰物'，就像我们说的'戴个钻石'。"

"我不知道是该拍拍手，还是干脆说‘他们从此过着幸福快乐的生活’。"

"都不用。但你自己说你看到安娜和戈雅的画很像时，觉得很惊讶。"

我已经忘记他现在说的一切和安娜有关，好像和我自己见证到的那一点神秘的谜也有一段距离。

"你刚才是要告诉我，安娜和她的家人对二者的相似之处有何解释。"我说。

"但是现在你已经听过那个在故事里进进出出的小丑，或许你可以作出一点联想。你也听到几天前安娜在阿卡萨花园里，有个侏儒照了她的照片……我得赶快去搭火车了。"

"等一等，"我说，"所以侏儒在一八四二年到了马赛，一八九四年他在特里安纳遇见马努耶，然后他在一九四六年来到王室圣母广场。安娜相信，一九九八年在阿卡萨花园出现的是同一个侏儒。"

"故事是这样说的，没错。"

"但是侏儒无论如何不可能遇见戈雅。布拉奈达抵达马赛之时，这位画家早就已经不在人间。"

"戈雅死于一八二八年。"

"而且即使侏儒真的见到戈雅，那也是在这个伟大的画家画过赤裸与衣装的玛雅之后许久，他才见到安娜。"

"我们应该要一次谈一样。"

"好，就这么办！你得向我保证，所有的疑点都必须澄清。"

"一七九〇年初，水手从卡地兹带着纸牌来到小岛，该岛后来沉入海里。那是一艘西班牙的双桅帆船，名为安娜，在那个年代，这样的船名是很常见的。安娜号先从墨西哥的维拉克鲁兹出航，在回航卡地兹时，撞上了一艘运送银器的大型货轮。这些都是事实,我查过旧船的记录和执照。"

"你查过在一七九○年的时候,有一艘名为安娜号的双桅帆船,撞上一艘运送银器的货轮,而且它的目的地是卡地兹?"

"没错,只不过据说这艘船上所有的水手全数灭顶,没听说有任何人生还。"

"用某一种方式说是没有。因为那位水手在五十二年后,和小岛一起沉入海里,始终没有回到文明世界。"

"很高兴你听得很仔细。但是他在一七九○年从卡地兹出航时,身上带着一副怪牌。不晓得我是否该谈谈这副怪牌的传统,或是比较正确的说法是,这个水手从哪里拿到这副牌的。"

"哦,当然,"我催促道,"我得听听这个。"

"一七九○年双桅帆船从巴拉米达的山路卡来到卡地兹,再度出海之前,曾在码头边停留一段时间,码头边通常都会有些吉卜赛人来向水手们兜售各式各样的物品,从橘子、橄榄到雪茄,还有火绒箱和扑克牌等。据说我们的水手就是向一个五六岁大的吉卜赛男孩买了这副怪牌,男孩名叫安东尼欧,就是后来的传奇歌手布拉奈达。"

"他当时的年纪真的那么大了吗?"

"布拉奈达在一七八五年生于卡地兹。你可以在百科全书里看到这个资料。"

"这个故事还真是匪夷所思,"我喊叫着,"一定都是瞎编出来的,这些吉卜赛人。"

"当时码头上也有个侏儒,看起来并不起眼,但是他和传统一样,在普通的衣服里面有许多铃铛，就像个丑角或是宫廷弄臣。"

我紧紧盯着他那张苍白的脸。

"我想这最后的一个情节就可以省了。"我说。

"为什么？"

"他就在纸牌里！就在水手的口袋里面。他不可能站在岸上看着船出海。况且——"

猛然间，我像被砍了一刀，立刻闭上嘴巴。

"况且怎样？"荷西反问道。

"即使我愿意接受这个从纸牌上走下来的侏儒不会像凡人一样变老，只因为他只是个灵魂而非血肉之躯……"

"然后呢？"

"他还是不能让时光倒流。他一八四二年才来到欧洲的啊！"

蓝眼睛里闪进一抹亮光。

"神仙不是比较有让时光倒流的本事吗？"

"是的，神灵之流应该比较能够在时光之间穿梭往返。"

荷西满意地点点头。

"你更接近重点了。但还是有点曲折的地方，你知道，如果愿意的话，你可以称之为史诗的周转圆。这些故事说，侏儒是某种幻想，而幻想世界的一切是不会像我们一样变老的。因此侏儒的年纪才会那么大。另一点是，侏儒可以回到过去，但只能回到他自己认知的时间之内。因此，在圣修伯里和路易斯·卡罗撰写《小王子》或《爱丽丝梦游仙境》之前，并没有任何关于它们的故事，但是之后便有大量的参考书籍出炉。"

"我认为侏儒是在海的另一端的那个水手所'杜撰'的，至少是在安娜号沉船之后才有的故事。"

这个反对意见已经在他的意料之中。

"小丑来自一副纸牌，而那副纸牌是在一七八〇年代末期制造的。在那之后的旧世界里，至少有一个人见过他，这也就是他最远能够回得去的年代。此外……"

"继续，继续!"

"有人说曾在一七九〇年的那个冬日里，在卡地兹的码头上见到他，但所有的线索都在这里打住。没有人曾经在他这一次现身之前见过他。在此之前他毫无踪影。"

"安娜真的相信这一切吗?"

荷西摇了摇头。

"她知道所有关于布拉奈达和幽客马努耶的故事，还有她几年前才过世的叔公的故事。但我不会说她全部相信，她甚至觉得，这些出自她乳母的'吉卜赛的故事'让她有点难堪，因为吉卜赛人几乎就是诡计和欺骗的同义词。但是当她在阿卡萨花园追起那个戴铃铛的侏儒时，便相信了一切。'我听见铃声了!'她说。这就是为什么她要死命地追。她仿佛拯救了家族的名誉一般。"

"戈雅的玛雅呢?"

"我们就要谈到了。小丑站在卡地兹码头上，看着安娜号起航时，外套口袋里有个奇怪的物件，据说他就用这个来保护自己，因为曾有几回，有些喝醉酒的年轻人因为他是个侏儒而袭击他。"

"那可能是什么?"

"那是个女子的肖像。"

"哦?"

"那是一张迷你图片,绘画技术闻所未闻。不是铜版镌刻,不是油画,它的表面光滑如丝。最重要的是,这个奇妙的肖像有如真人重现,因此人们认为侏儒是个拥有超能力的艺术天才。他展示出来的肖像,其真实程度犹如你用肉眼看到的一样。"

我仿佛回到布拉多,里面挂着两张画,画上的女子在死前几个小时还坐在阿卡萨花园的长椅上。然后一个侏儒跑来,拍了一张她的照片。

"我知道你说的是那一张肖像。但是那张相片才照好几天而已啊。"

"是的,对我们来讲。对卡地兹码头边的人来说,那肖像就更新了。"

"什么意思?"

"它属于一个遥远的未来。这就是他们觉得神奇的地方。那一定是魔鬼的杰作,他们说。"

"而且真的有这样的老故事,说有个侏儒身上带着一位美女的完全图像?"

"船员的行脚、虚构的故事、吉卜赛人的虚话,这些情节都不太有人相信。但是传奇故事总会闪耀着光华。'侏儒与神奇肖像'的故事就像传奇故事。我们现在才知道侏儒和神奇肖像有多么神奇,因为故事本身的年纪比照相技术还要大很多。"

"戈雅呢?"

"戈雅的偶像是十七世纪的画家维拉奎兹,后者是塞维利亚人,且曾为菲立普四世的宫廷画师。这位老画家画了许多侏儒和小丑,因为他的身边环绕着这些人。维拉奎兹的时代,宫廷里时时都有这些人在服务。"

"真的吗?"

"因此一七九七年,戈雅在巴拉米达的山路卡见到那个迷你小丑时,便想要强迫他进入自己的画室里好画他。"

"但是侏儒不愿意?"

"他大喊大叫,尽可能反抗,但是这位伟大的画师是个聋子,当然听不见侏儒的话。一直到他拿出安娜·玛丽亚·玛雅的神秘肖像之后,画家才放了他,因为他从未见过像这样的玩意儿。他的《赤裸的玛雅》已接近完成,因此他将安娜的面孔加在裸女身上,好隐藏模特儿的真实身份。"

我们坐在一张双面的长椅上,长椅中央有道靠背;此刻来了一位老者坐在另一边。荷西等了好一会儿不再出声,然后再悄悄地说:"安娜觉得这实在不是一件愉快的事,我是说像个画里的人,有时候还觉得是很大的负担。但我敢说,你一样可以想象,在戈雅的时代,当个模特儿也不是容易的事。一个吉卜赛女子如果在那个年代让人画裸体画,可能就得冒着生命的危险。"

我坐在那儿陷入长长的思考。然后我问:"那真的是吉卜赛的传统吗? 这些关于戈雅、侏儒和那张神秘的画?"

荷西看着我,首度浮现一丝微笑,几乎无法觉察地轻轻摇了摇头。

"故事只是说,安娜号驶离卡地兹港时,有个戴着铃铛的侏儒站在岸边——以及他拿出一张女子的肖像,图中的女子有如真人一般,让码头上的人都惊奇不已。其中之一就是小安东尼欧,他就是安娜的曾曾曾曾祖父。因此人们假设安娜的照片从一七九○年就出现在安达卢西亚,也就是戈雅画他那赤裸的吉坦娜或玛雅之前数年。我想这就够了。"

然后他看看时钟,说他必须出发前往火车站。我提议陪他走过退休公园。

我们慢慢走向巴拉圭大道，到大公园中央的洪都拉斯广场，荷西紧紧抓住他的报纸和黄色纸袋。我从没想过他带着的东西会是要给我的。我边走边想着他告诉我的那两次翻船事件、布拉奈达、幽客马努耶，以及可能在任何地方蹿出来的迷你小丑。

所以，一七九〇年的卡地兹码头，有个侏儒站在岸边向一艘目的地是墨西哥的双桅帆船挥手道别。在他的口袋里，有个缩小的年轻吉卜赛女子。看起来画家像是把这名女子画得如亲眼所见，背景是某个大花园或庭院，因为图片中的颜色和线条，比高布林织品中的丝还要精细。但是这位画家用的是什么技巧，因为那张纸不过只有一毫米厚？显然不是水彩、不是油画，更不是任何一种铜版镂刻。或许最令人惊讶的是，那张小小的画片表面光滑，像是用蜡或树脂封过表面。同时在码头边跑来跑去的，还有一个五六岁的吉卜赛小男孩。他是肖像中女子的曾曾曾曾祖父，也就是他，在许多年后将吉卜赛的唱法引进歌唱界。同时，在五十几年后，会在马赛再度与该侏儒重逢。他不会记得自己曾经见过这个侏儒，但后者也许会记得。然后在船的甲板上，水手们开始将帆拉起，但有个水手转身对侏儒和小男孩挥手。而他向小男孩买了一副牌，其中一张牌上面有个小丑，像是码头边那位侏儒的缩影。在一场船难之后，又过了几个星期，水手打开纸牌，他会看着那张图片，并在接下来的几年，会一再对它仔细端详。但是他是否终究能够明白，那就是他离开卡地兹之时，站在防波堤上的同一个侏儒？

荷西说："安娜从小就听到很多关于这个侏儒的故事，侏儒在卡地兹的码头、侏儒在马赛港爬下一艘船、侏儒在特里安纳遇见幽客马努耶，以及侏儒跑过王室圣母广场，其速度之快，让他衣服上的铃铛听起来就像个单人乐团。"

"不过，她当然没听过那个侏儒出现在阿卡萨花园里的传奇吧？"

他心事重重地摇摇头。

"但是近几年她开始很担心一九九八年会有什么事情发生。在所有故事里面，她最神往的，总是那个侏儒用一张神奇肖像来保护自己的故事。因为在那些古老传说中的肖像，安娜总想象那是一张照片，虽然在码头上发生的事件，其实远在照相技术发明之前。然后还有，还有一件很特别的事……"

"怎么？"

"安娜·玛丽亚从十几岁就开始听说她像是戈雅画里的女子。她觉得很光荣，当她还是个少女时就觉得这是一种赞美，虽然有时候也因为像的是个裸女，而觉得有点难为情。但她就是长得愈大，出落得愈像那个画中的吉卜赛女郎，甚至无论她的发型如何，妆画得怎样，她就是成为'布拉多的女孩'，两人再也无法区分。"

"等一等，"我说，"有个重要的细节你没说清楚。"

"什么？"

"如果安娜设法让自己看起来不太一样，改变化妆或发型，她的外表还是不会和戈雅的画有分毫差别。"

"为什么？"

"因为如此一来，戈雅的画看起来也会有所不同。"

他想了一想说："当然，你说对了。命运不会让你去为它修正润色。它只是实境的影子。也许我该再说明一点……哦，我不知道。"

"何必迟疑？"

"安娜在阿卡萨花园里追逐侏儒的那个早上，是我认识她以来，第一次见她别上一朵花，她只有在跳舞的时候才偶尔戴花。"

我一时惊住了。然后我说："这就是漏掉的地方！她没戴红色玫瑰花。"

他给我一个几乎是木石一般的表情，然后我说："如果安娜在斐济戴了花，我就会立刻想到戈雅的画。"

我们开始再往前走去。

"但是那天她怎么会想要戴花呢？"他说，"你能够了解吗？那让她看起来更像画里的女子，事实上，两人已经是一模一样。"

"有个词儿叫做'时间的完成'，"我说，"而且，无论如何，你的问题像是在问谁先来谁后到，先有鸡还是先有蛋。"

"还有一种说法，叫做'追求个人命运'。"

"关于安娜神似戈雅的玛雅一事，她不曾联想到卡地兹的侏儒与神奇肖像的故事吗？"

"有时候，会的。她有个叔叔率先解释，在这则传奇中，侏儒带着的完美肖像是现代的彩色照片。但是，果真如此，那么这张照片里的人，和侏儒在卡地兹码头边炫耀图片的年代相比，可是晚了几百年。照片是不能说谎的，总是有个活着的主体。从此之后，这个要素就成为故事的一部分。这个家族知道的一件事，就是侏儒不像我们凡人一样会变老。但如果说他可以回到过去，这就很新鲜了。近几年来，甚至有人开始猜测，布拉奈达的诸多后代当中，有个女人会成为肖像里的女子，而且有人暗示，或许照片会在一九九八年照出来。于是人们开始留意那个侏儒。"

"而当安娜长大之后，和戈雅的画那么相像……"

他出神地点点头："是的，有些人开始相信时候到了，有些全新的故事逐渐开展，说侏儒如何将照片卖给那个伟大的画家。有个故事版本还说，戈雅那知名的模特儿被她的家族砍了头，因为她让人家画了裸体画。根据传统，她的头被插在一支长矛上示众。不过这一切都不会公开谈论，尤其是安娜在场的时候。"

"但她自己还是有些怀疑？"

"她根本不接受。她甚至嘲笑整个故事。然而，是的，她自己也很怀疑。无论如何，长得那么像戈雅的画并不是件好受的事。有时候严重到很难找她出门。或许在塞维利亚还好，但是到了马德里，人们就会对她指指点点，有些人甚至会有一脸惊愕的表情。我不晓得，或许这就是她那么喜欢植物园的原因。她可以躲在那里。安娜身上带着烙印，简直就像她脸上长了一个巨型胎记一般。"

"遑论一个命运的记号。"我说。

这时候一阵激动扭曲了那张苍白的脸。

"还有别的。半个多世纪以来，人们都预测，神奇肖像里的女孩长到戈雅的玛雅那个年纪时，就会死去，但是……"

他迟疑了，我催他继续。

"但是如果她不将自己交给一个男人，就不会发生这种事，这是一种惩罚，因为她如此毫无羞耻地让自己被画裸画。据说她已经给过很多男人，据说，她已经不再是个受尊敬的女人，因此如果她想要享受爱的生活，命运就会惩罚她。"

我转身向他。

"这是最不合理的想法，更别提有多不公平。被画裸体的人并不是照片里的女子。戈雅只不过是将她的头画在另一个女人的身体上，不是吗？"

他摇头晃脑地像是在思索我的想法。

"命运从来都谈不上公平或不公平，"他宣称，"只是无法逃避。命运就是如此。因此也永远没有错。"

我的思绪再度转向安娜的心脏问题。

"你说安娜之死，是因为她变得和戈雅画里的女人一模一样，因为一切都已经完成。难道我们不能同样地说，戈雅画中的女子是安娜的分身，因为她被照了照片之后几个小时便过世了？"

"那是同一件事。那也像是鸡和蛋的问题，一个永远无法解开的谜，因为不知道孰先孰后。但是在侏儒拍了安娜的宿命照片之后，侏儒肖像的故事，和安娜神似戈雅画中女子的故事便合而为一，形成完整的一圈。用某一种方式来说，整个侏儒秘密的谜团始于阿卡萨花园，也止于此地。"

我还有另一个想法。

"我还没有说我相信这些故事，你自己或许也还不见得……"

他示意我继续。

"你问吧！"他说。

"安娜有心脏病的问题，她不能生小孩或跳舞，但是她在阿卡萨花园里追着一个侏儒跑，就是这样才造成她的不治。运动过度。在花园里追逐的动作，岂不是和跳弗拉门戈舞一样耗费体力吗？"

"那是她的死亡之舞。但是她为什么要追那个侏儒呢？因为拍了一张她的照片。除了安娜之外，不会有人因为侏儒按了快门而去追他。但是他所取的这张照片已经让安娜终生不得安宁。那是伴随着她成长的一张照片。"

自从离开花园之后，我们几乎是一步一停。每当身边有人经过，荷西便会小心压低音量。现在我们都不再谈话，往前走了好一段路。我是打破僵局的人。

"你说侏儒在马赛为布拉奈达画了一副纸牌，并且为每一张纸牌念了一段诗文。"

他开始走得急了一些。

"虽然布拉奈达不了解诗文所用的语言，却还是背了一些句子，而且将它们的发音写在一张纸上。据说这张纸在马努耶的时代，还是他们家传的宝物。"

"是吗?"

"而当侏儒在特里安纳遇见马努耶，他拿出一件布拉奈达借给他的旧外套，还有写上五十二句诗文的纸张，这回写的是西班牙文。不久后，幽客马努耶据说发现了布拉奈达所写下的德文诗句，和他看到的西班牙诗文里，有几句是一模一样的。"

"但是没有一句留了下来?"

荷西神秘地点点头。

"现在，"他说，"我们的路开始交叉。"

刚开始我不太懂他的意思。但是我的思绪回到塔弗尼岛。我坐在马拉福茅屋的阳台上，听见棕榈丛中有人说话的声音。我说：

"这种仅止于被创造的经验其实微不足道，比较起来，如果能够无中生有，自我创造，完全依靠自己的两脚站立，将是何等难以比拟的绝妙感受。"

他瞪大了两只眼睛。

"好极了!"他大叫,"你的记忆不仅令人佩服,西班牙语也不赖。"

我咬咬嘴唇。这时我才醒悟过来,我们一路都在讲西班牙语,我们在沙拉满加偶遇之时,也是一样。

"你们都看穿了我?"我问。

他笑着。

"可以这么说。但是,让我再次从不同的角度说起。侏儒在特里安纳给了马努耶那五十二句诗文之后便再度消失,从此它们就成为这个家族的资产。这些年来,有些诗句甚至融入吉卜赛的歌谣里,唱遍整个西班牙。安娜从孩提时代开始,便对这些诗文耳熟能详。"

"那些诗文就是你们……"

他打断了我。

"每一句诗文都是纸牌里的一张牌。安娜和我经常和朋友打牌。我们总是对家,自从我熟知那些诗文之后,我们就有种秘密语言可以对照每一张牌。"

"你们在叫牌的时候作弊?"

"有时候,是的。我们在游戏中喃喃念上几个字,很快就会知道对方手上拿了什么牌。"

"那是我听过最卑鄙的事。所以那个意大利人是对的?"

"不完全对。马利欧对我们老是赢牌有比较玄妙的解释,他说我们有透视眼。"

"但是这其实都是障眼法?"

他没有回答。

"我们经常和朋友彻夜玩牌,尤其是安娜被禁止跳舞之后。她像个小孩一样，赢牌就很高兴，而……这样说吧，舞没的跳了，我觉得她应该赢一赢牌。我不能禁止她得到这点乐趣，虽然我自己玩起来也是乐不思蜀。我们没有孩子，但我们分享着一种孩童般的趣味。我们有种秘密语言，只有她和我懂得。"

"你们不会被发现吗？"

"我们得有些变化，不能长期使用同一套密码。为了这点，还有其他原因，我们总是会修改修改旧的诗句，或是创造全新的句子。"

"其他原因是什么？"

"从首度诊断出心脏问题来，我们就很能接受生命的现实。我们觉得能够相处的每一秒钟都是天赐的礼物。一直到她被告诫不能跳弗拉门戈舞、不能有孩子，我们就变成开始在定义生命的每一个意义。"

"安娜找到新的意义了吗？"

"她没设法编造，如果这是你的意思的话；她只是有点急躁。但我们还拥有彼此，我们对生命都有种特别强烈的感觉。医生设法让我们安心，但是当一个知名舞者突然被告知不能再跳舞时，你可以说她已经处于存在的边缘。而安娜·玛丽亚还有另一个与众不同的地方：安娜确信生命不止一次，我们其实都这么想。她坚信死后还有来生。对于生命的奇妙，我们一样有种充满赞叹的感觉，而且当我们玩起一种游戏来，会为自己的思想，以及经历过的一切，找出一些新的文字和表达方式。因此我们阐释纸牌中所有旧的箴言。我们保留侏儒的一些文字形态，但也否决掉一些。我们就是以这种方式，创造出自己那小小的生命箴言。或许我还应该说，我们想要创造一点在我们身后能够继续存活的东西。这些箴言也是我们精神上的誓约。"

"所以你们一直都在创造这些诗句?"

"是的,一直都是,每一天。我们的'箴言'是持续在流动的,它是一种爆发的过程。我们一路在创造新的警句,用它们来替换一些旧的句子。"

"这几乎是有点……疯狂。"

他摇摇头。

"绝非如此。听起来或许不太寻常,事实并非如此。安达卢西亚的吉卜赛人总是会针对生死爱情创造一点小小的格言。从布拉奈达以降,吉卜赛歌曲就是以这种方式出现。"

我背诵道:"假如真有上帝,他必然善于留下身后的线索。不仅如此,他还是个隐藏秘密的艺术大师。这个世界绝对无法一眼看穿。太空藏住自己的秘密一如往常。星儿们在窃窃私语……"

我得在这里暂停,因为我已经记不得第一天晚上,安娜与荷西在马拉福的棕榈树丛里说了些什么。但是荷西跟上来念道:"但无人忘记宇宙大爆炸。从此以后,神静寂了,一切创造远离本身。你依然得以邂逅一颗卫星。或是一枚彗星。只是别期望着友朋的呼唤。在外太空里,不会有人带着印好的名片来访。"

我静静地拍了拍手,问道:"关于'大爆炸'这点,我想不是出自布拉奈达在马赛遇见的侏儒口中吧?"

"为什么?"

"那个名词和理论都在十九世纪中叶之后才出现的。"

他表示理解地微笑着。

"我相信几个世纪下来,这个高明的小流氓总是可以到处抓点不一样的讯息。对我来说,他就代表着人们为了了解这个世界而从事持续不断的努力。我总觉得这是一种安慰，想到我们有个像他这样的代表，在各个世纪里传递资讯与信息。"

我只是瞪大了眼睛，口不能言，他迅速说道："但你是对的。在侏儒自己的箴言里，我们只看到前面的句子：'假如真有上帝，他必然善于留下身后的线索。不仅如此，他还是个隐藏秘密的艺术大师。'"

我们穿越洪都拉斯广场，转进古巴共和国大道。

"或许是该作个总结的时候了。"我说。

"请！"

"我在一月份抵达塔弗尼岛那天，所做的第一件事情，就是坐在阳台上。突然间看见一对亲密的男女走在棕榈丛中，停在路上用西班牙语相互背诵着某种奇特的诗文。我竖起了耳朵。你并不知道我在阳台上吧？"

他露齿微笑。

"约翰向我们透露，有个刚来的挪威人或许可以做个桥牌牌友。那天有个荷兰人刚离开小岛，他和马利欧组成对家，和我们打了好几天。约翰让我们知道你住在哪一间茅屋，同时他也注意到你在阳台上。"

"但你们并不可能知道我懂得西班牙语吧？"

"当时并不知道。但这个语言应该还算普遍。全世界有一半的国家是讲西班牙语的。"

"这有点夸张。我可以说，全世界有一半的艺术是关于西班牙的艺术，但仅此而已，不会再更进一步。"

有好一会儿，他脸上那张看起来发青的面具出现了一点愉快的表情。

"然后我在海滩上遇见你们两人。"

"然后你说明自己为什么来到这个地方。你引起了我们的兴趣，我们总是在构思新的箴言，因此我们想到，或许可以从一个演化论生物学家身上借点生存的观点。但是你又始终用英语和我们交谈，而其实你显然也会讲西班牙语，这就显得更加有趣了。"

"显然?"

"演员最重要的特质就是要能够入戏，要能演活剧中的角色。"

"我没有吗?"

"你在离开海滩之前便已泄了底。我和安娜都没戴表，但安娜还是问我时间，用西班牙语。你立刻看着自己的表说，十二点一刻。"

我呆若木鸡。

"当然，光是这点还不足以证实你会西班牙语。但有很多类似的例子慢慢出现，都是你不够专心的缘故。有句格言说，说谎也得有好记性。你要记得，安娜和我是积习成癖的桥牌老手，也是一流的说谎高手。"

"你们为何不揭穿我呢?"

"安娜觉得如果有个……呃，是很刺激的事。"

"有个什么?"

"听众，我该这么说吗? 我们对自己作的箴言觉得很得意。或者应该说，我们老是在念的那些。我们很喜欢看起来有点神秘感。"

"好吧，你们办到了。"

"然后我们要套问出你的演化理论。因此我们得让自己也显得很有意思。我们得下个钓饵……"

"那不是我的演化理论。"

"没错。安娜和我都同意，自然科学总会有个绝对的盲点。"

"我明白。依你们的看法，这个盲点是什么?"

"我们已经谈过了。它对一切都是盲目的。对生命的意义，从每个方面来看都是如此。大爆炸不是随意发生的。"

"很抱歉，我完全不知道你想表达的是什么。"

"这是因为你看不出这个世界是个谜。"

"哦，我可以的，我知道得太清楚了。但是我只看到我们在谈的是一个谜题，一个我们任何人都无法知道谜底的谜题。"

"即使是我们不了解的事物，我们还是可以看出一点意义来。"

"但是你们认为有个动机，而事实上是没有的。"

他的眼里闪出一道光："回到泥盆纪。你看见了什么？"

我的大脑在这一切激荡之后已经无比混乱，因此立即坠入陷阱之中。"我看到第一只两栖类。"我说。

他点点头。

"现在我们才看到当时所发生的那一切有什么意义。如果我们在四亿年前看到地球上的生命，我们就会觉得自己眼前展示着数不清的荒谬。但是谜也是有时间性的，直到人类产生意识，泥盆纪的生命就有了意义。那是我们的序曲——泥盆纪的一切是生命概念的前言。如果没有那些蝌蚪，无论现在或未来，地球上就不会出现生命的意识。你不只应该表扬你自己的父母，还得表扬自己的子女。"

"因此人是一切的衡量标准？"

"我没这么说。但是现在是由我们的意识在决定何者有意义，对我们的智慧来说。太阳系的创造在发生那一刻，似乎是毫无价值的过程。但它不过是一段序曲。"

"序曲？"

"是的，序曲。诡谲的是，我们一直要到很久很久以后，才有能力欣赏这段序曲。因此太阳系的历史咬住了自己的尾巴。"

"就像戈雅的玛雅的故事？才几天以前，它开始于阿卡萨花园——也终止于此。"

"同样的情况也可以说明整个宇宙。宇宙大爆炸发生了一百五十亿年之后，给它的掌声才终于响了起来。"

我边走边摇头。

"这种看待事物的方式很奇怪。"

"但我们两人——在一百五十亿年后才出现的人——我们事实上是'记起'一百五十亿年前发生的事。因此宇宙终于，很缓慢地，从自己的意识中苏醒，很像是远方的闪电划过天际许久之后，才响起了一阵雷声。"

我很想笑，喉咙却仿佛卡住了一般。

"在整个事件之后，你倒是变得很有智慧。"我评论道。

他的目光几乎如电般射进我的眼睛。

"即使事后诸葛亮也是智慧的一种。能够回头看就很聪明。毕竟，我们的过去多于未来。"

"我可以理解这个概念，此时此地发生的事情，必须要在明天的事件里才能看出端倪。"

"如果有所谓的'以前'和'以后'，这就是了。我们所能见到的遥远太空——因此也就是回溯到宇宙历史的一百五十亿年——也一样是眼前事件的原因。宇宙既是蛋也是鸡，这两者同时存在。"

"就像安娜，"我解释说，"或是侏儒为她照的照片。"

他没有回答，但是说："我们不知道自己要往何处去。我们只知道自己走在漫长的旅途上。唯有当我们走到路的尽头，才会知道为何要来走这一趟，即使那已经在好几个世代之后。因此我们总是发现自己处于胚胎状态之中。有许多今日无法发掘意义的事，可能在下一个十字路口就可以看见目的。即使最没有意义的事件，终能证明自己不可或缺。我的意思是，谁会在乎一个吉卜赛男孩将一副纸牌卖给一个年轻水手？"

我骤然停住脚步，首度感觉到这一切颇为可疑。这段感言和英国人在塔弗尼岛上说的岂不是一模一样吗？他不是也曾经形容过泥盆纪是"理性的胚胎阶段"吗？荷西难道还和他有联络？难道他们在享受着共谋的乐趣，不仅在斐济，甚至在离开斐济之后？我已经无法区别两人的思想。

我们到了阿尔丰索十二世街，一起看了一眼时钟。差一刻十二点。

我陪着他走向火车站。

"后来你们都不再理会其他人，"我说，"你们完全退缩了。"

"一旦人们开始在谈论安娜像谁时，是的。当他们开始逼迫她跳弗拉门戈舞，我们就会开始撤退。我想你不了解她有多想表演。"

"然后她在早餐时刻发病时，你只是打了她一巴掌？"

他在回答之前清了许多次喉咙。

"这总是让我吓得要死。"

"我可以想象。"

我们站在西班牙高速火车（简称AVE）车站的入口处，然而我再度向他保证，几天之后我们会在塞维利亚见面。就在这时候，他将黄色信封袋交给我。

"这是给你和薇拉的。"

"给薇拉？"

"给你们两人，是的。"

所以他一定和约翰谈过。这已经毫无疑问。除了约翰之外，我没和任何人仔细谈论过你。

"但是这个信封里可能有什么玩意儿要给薇拉?"

他坚决地注视着我。

"你还不懂吗?"他说，现在他真的大吃一惊。

"这是一份礼物，同时也是个负担。必须由两个人分享。一个像你这样年纪的人，要独立负担此事有害你的健康。"

他再度看看时钟，然后跑向他的火车。

我边走回旅馆边打开纸袋。在黄色信封袋里，装着安娜在塔弗尼岛拍的所有照片。我直到走进房间，翻看照片，才发觉每一张照片背面都写了字。那就是箴言，薇拉。那是两人必须共享的物事。像我这样年纪的男人，要独自负担这些箴言是很不健康的。

逻辑怎能包容矛盾

太阳并不只是恒星，地球不只是个行星，
人类不只是动物，动物不只是尘土，尘土不只是熔岩，
安娜不会死。

以上就是法兰克给薇拉的信件全文。于一九九八年五月七日以电子邮件寄出，而在我得到一份完整的副本之时，已是整整一年过去。

我承诺附上一篇内容详实的后记，随后就有，但我们得先看看薇拉对法兰克的信有何反应。我们可以做到这点，因为薇拉读过法兰克的长信之后，法兰克又发了另一封电子邮件给她，而薇拉终于打电话到他的旅馆房间。

在这个夏夜里，我坐在克罗伊登家中，面前放着这封长信，而在那年十一月，我到皇宫饭店和法兰克见了面，距离他在这家饭店里写信给薇拉只有半年时间。我想如果我不提提这点，就显得太大意而不可原谅。我还清晰记得他因为有机会与薇拉在沙拉满加碰面而雀跃不已，而当我在十一月撞见他时，还完全不知他们是否已经见面，或者若是见了面，结局又是如何。自从我们在斐济道别后，我就没和这位挪威人联系过。

法兰克与薇拉可能找到回头的路吗？或是法兰克只是在马德里惊鸿一瞥，而根本没和薇拉联络上？

我坐在圆顶大厅之下喝着茶，边嚼着饼干，边听着柴可夫斯基的《睡美人》竖琴演奏。一如法兰克前一次所为，我从酒吧外的餐桌上，突然见到这位挪威人正往圆顶大厅而来。我觉得一阵惊喜传过全身——因为这是个多么惊人的巧合，竟然会在皇宫的此地遇见他！而且是在距离斐济或伦敦这么远的地方。奥斯陆应该是比较可能见到他的地点，而且事实上，我在几个星期之前，才在该地稍事停留。

我觉得奥斯陆是个迷人的城市，那个地方尤其令人感到愉快的一点是，法兰克的家乡是个现代化的欧洲城市，但是它和未遭破坏的乡间只有几百码的距离。我还走了一段长路，到一个名为乌雷维斯特的森林漫步许久，这个地方有如田园牧歌一般，一路上人迹罕见。

在皇宫见到法兰克，有点像是现行犯被逮到一般，而且我竟然没有立刻跳起来迎向他，这也让我觉得很莫名其妙，同时，显然他是在圆顶大厅里找人。然而，他不久便注意到我，一路朝着我的桌子走来。

"约翰！"他大叫一声，"真是意外啊！"

他坐下来几分钟，一直到有名女子来找到他。我觉得那不是薇拉，但是在一个小时之后，我才确定了这点。当时，我虽然连薇拉的一根头发也没见过，但为了某个特殊原因，我已经很清楚薇拉的模样。这听起来或许有点神秘兮兮，但我会在后记之中详细解释。

法兰克说，他会在饭店待几天，我们同意晚上见面，一道喝杯啤酒。

"我们得稍微谈谈。"他说，"我们总是很容易忘记这些时候。"

他一走进餐厅，这句话突然在我心里起了作用，因此不久便安排了一道计谋。我只要打几通电话，一通比一通大胆。问题是，我真的能够办得到吗？更困难的是，我可能只骗到法兰克一个人吗？我明白自己很可能制造出一笔糊涂账，不仅替我自己带来困扰，其他来不及闪避而被扯进来的人也一样。

我不愿说像这样偶然的机会是命运或其他超自然意识的"杰作"，但是这种机会一生难得一回，我不能让它从我指尖溜走。我的处境十分微妙，但我应该立即说明，在马德里的这个午后，机会由天而降，假如我放弃了，眼前就不会有法兰克的这一封信。

好了，舞台交给你，法兰克。你还写了另一封给薇拉的问候信，接下来就是最后一幕了。在这最后的一封信笺结束，便不再有其他任何的书信。无论如何，我们之中必须有人来描述在塞维利亚发生的一切。我想最好是由我来进行，在后记里。

薇拉吾爱：

在我的长信之后，又来了一声问候。

星期三下午，当我手上抓着一个黄色的大信封袋，离开火车站回到饭店房间，脑子里塞了满满的话必须告诉你。我决定在将它们全部变成文字之前，寸步不离我的房间，因为我需要用上从现在到星期四晚上的每一分钟，好让你有足够的时间读完我前面所写的一切，接下来，但愿你就会准备前往塞维利亚。

我打开电脑，但在我坐上书桌之前，再度打开包着斐济群岛那些照片的信封袋。有十三张是在查尔斯王子海滩拍的，十三张在国际日期变更线上、十三张在波马瀑布、十三张在马拉福的棕榈树丛里。一定是这种明显的对称数字让我将一张翻了一面。

标题是红心9，下面的文字是：数十亿年之后，太阳成了一枚红色巨星，在星雾之中，偶尔还会有些无线电讯号遭到拦截。你穿好衬衫了吗，安东尼奥？现在就来妈妈身边！距离圣诞节只有四个星期。

我翻到下面的一张，那是梅花3：此时此地的声音出自两栖类的子孙。在沥青丛林里，地面上的蜥蜴有个侄儿在说话。那毛皮脊椎动物的后代发问了：为何这无耻的卵囊竟四面八方地恣意生长？

我的脉搏加速跳动。在第三张背面是黑桃5，我读道：小丑醒在枕间的有机硬碟上。他的幻觉已消化了一半，他很想从中爬到新的一天，爬到海滩上。是什么样的核能让小精灵的大脑着火？是什么让意识的爆竹嘶嘶作响？是什么原子能让灵魂的脑细胞紧密结合？

我继续将五十二张全翻了过来。那就是箴言，薇拉，我手上拿着一整套的箴言。那是给我们两人的，因此我立即坐了下来，继续写我的长信给你。我写了又写，除了几个小时的睡眠，除了在圆顶大厅里迅速喝了一杯咖啡，除了清理房间的时刻到退休公园快走些时之外，没有离开书桌一步。然后我在星期四晚上将整封信传给了你。我还附上一套箴言，并表示我将会按照扑克牌的四种花色，将箴言文字编排出来，依序是梅花、方块、红心和黑桃。然而，我将长信传出去之后，又想到另一种编排箴言的方式，那是我比较喜欢的方法，不过我们见面之后，可以再讨论。

我在信里加了一句话，请你在读完全信之后，立刻打个电话给我，但是别在看信之前。而你在半夜里来了电话。

我没上床，只是关在房里三十六个小时之后，到酒吧逛逛应该不算离谱，但除此之外，我整个晚上都留在房间里。我在浴室和卧房之间踱来晃去，而且我必须坦承，到了你终于打电话来的时间，两罐迷你琴酒已经离开冰箱，还有一罐迷你伏特加。

你说的第一句话是：

"你真是个魔鬼，法兰克。你知不知道？"

"你全读完了吗?"我问。

"是的,每一个字。你真是个魔鬼。"

"为什么呢?"

"这个'安娜'与'荷西'到底是谁?"

"你觉得那是我自己捏造的?"

"不,不完全是。我想你们是共谋。"

"共谋?怎么可能呢?"

"在沙拉满加,有一件事我没告诉你。"

"我想我们在沙拉满加有太多事没告诉对方。"

"像什么?"

"不,你先说。"

"为什么?"

"是你先说你有些事没在沙拉满加告诉我的啊!"

"我只是不太确定你和他们是不是一伙。"

"我不知道你遇见了什么。薇拉,我明天要去参加安魂弥撒。你会来吗?"

"会的,法兰克。我会去塞维利亚。如果你没出现的话,就给我等着瞧。我的飞机在十点半起飞。"

"我真的很高兴听到你要去。"

"但我觉得自己好像被骗了。"

"怎么说?"

"他又打了一次电话。"

"谁?"

"那个'荷西'啊!"

"哦,真是可笑。我同意这实在可笑。他说什么?"

"和你说的一样。他总是和你说同样的话。这就是重点。他又问我会不会来参加弥撒。这回他倒很确定你也会来。"

"他还说箴言是给我们两人的。这显然有什么道理。"

"什么道理?"

"哦,我不知道,薇拉。我真的不知道。"

"不是你叫他打电话的?"

"你真的这么想吗?"

"但你在沙拉满加也是和他们一伙的啊?"

"我一点都不知道你在说些什么。"

"你不懂我在笑什么,我们就从那里开始好了。"

"我很好奇。"

"哦,我真的不知道……"

"继续说,全倒出来。我在等着和你见面呢!"

"以前我见过安娜与荷西……法兰克?你还在听吗?"

"你见过他们?"

"你不知道吗?"

"但上一次我们谈话的时候,你说你不认识安娜,所以你不会去参加安魂弥撒。"

"我相信你,法兰克。我相信你。"

"你相信我?"

"他们要我别告诉你。无论如何都不能让你知道我和他们谈过话。"

"什么时候的事，天哪！在哪里？"

"在沙拉满加。先等一等。就是那天晚上，我们走到河边……他们那天下午来饭店找我。他们走进接待室，问我是不是薇拉。"

"他们怎么可能知道你是谁？"

"啊，好了，法兰克。唉，好了吧！"

"这是什么答案？"

"你和我在宏大广场的咖啡店吃了午餐，就是第二天你遇见他们的地方。他们在那里见过我们，因此他们到饭店来看我是不是薇拉。"

"和他们在斐济时一模一样。很古怪的一对，几乎像是设计好的一样……想想看，在那之后几天她就过世了。"

"我是在想——一直都在想。"

"你说你是薇拉？"

"他们提到你们在斐济在一起。然后他们要我帮个小忙……你还在听吗？"

"我只是在等你继续说下去。"

"他们觉得在沙拉满加遇见你实在很奇怪，然后他们说要和你开个玩笑。那天晚上要我带你到河边，他们会出现在背景里，让你看见他们。但是关于他们和我谈过话这件事，我必须保证守口如瓶。好像如果你听到这件事，情况就会大大不妙。所以我答应了。"

"这大概是我听过最糟的一件事。"

"你都不知道吗？"

"一点都不知道。"

"顺便提一下，他们人很好。还有一些别的事。他们来到接待室时，我的第一个念头就是，她真是像极了戈雅的玛雅。"

"但你什么都没说。"

"是没有。"

"所以你一路闷着什么都没说?"

"我答应了人家。"

"我在河边一点都说不出心里想说的话。我什么都说不出来。"

"我就是得一直笑着。我快被切成两半。什么都不能说。"

"你说我故意捏造事实，好让你留在河边。"

"然后你就快疯掉了。你讲个不停，不过还好我没听你说话。"

"为什么?"

"不然你就不会写下来了。"

"你认为怎么样?"

"很吓人……但我还是不相信，法兰克。就和我在沙拉满加的时候一样，不为所动。"

"你不相信哪些部分?"

"我同意她很像'赤裸的玛雅'。但我不相信这些小丑能在不一样的年代里跳来跳去。你也不相信。"

"但我至少相信她已经在塞维利亚过世了。"

"真的吗?"

"你不相信吗?"

"我想要让明天来决定这件事。"

"我看到她在塔弗尼岛发病，看到她在沙拉满加的时候有多么激动。我在布拉多遇见荷西时，看到他有多么神魂俱丧。我是说，你不会谎报太太的死讯。"

"不，也许你不会……"

"不，你就是不会的。"

"我对那个澳洲的雌性灵长类实在不甚苟同。你其实应该留着自己用，法兰克。"

"我孑然一身。这就是我想说的话。我是这么孤孤单单的一个人。"

"我不是这个意思。"

"什么意思？"

"我没有任何道德上的批判，如果这是你的想法的话。我只是说，我一点都不在乎那个'罗拉'。"

"别让她烦到你。"

"你不觉得她实在幼稚得可以吗？"

"当然。有时候我也觉得自己像个小孩子一样。"

"但我不喜欢她。我觉得她实在不讨人喜欢。"

"我记住了。"

"我不懂你写她做什么。你希望我吃醋吗？"

"不完全是。我很想你。"

"但我很喜欢那些箴言。"

"那是给我们两人的。"

"我这里有了。等一下……我最喜欢这一句：家族的秘密蛛网伸展出去，从史前浓汤里的微细拼图，到千里眼的肉鳍鱼，和进步的两栖类。小心地，接力棒传到温血的爬虫类手上，及擅长表演特技的猿猴与阴沉的类人猿。在爬虫类的脑子里，可曾酝酿着若干潜在的自我认知？而类人猿既非自我中心，他们对这进行中的大计划，可曾有过一丝一毫的概念?"

"哦，是啊，他们像一对鹊鸟一样会学舌。"

"少自大了……还有像这一句：眼球上，创造与反思有所冲突。双向见识的眼球是神奇的旋转门，创造的灵在自己身上遇见被创造的灵。搜寻宇宙的眼，是宇宙自身的眼。"

"我都忘了这一句了。"

"他们一定是很了不起的人物。"

"我从第一眼见到他们，就是这么想的。"

"但是，当然我并不同意这些看法。"

"你有特别想到什么吗?"

"你没忘记自己有些专业上的责任吧，法兰克? 我的意思是，就科学理论来说，这些都是满纸的荒唐言。"

"我再也无法这么肯定了。"

"你不会相信今天发生的一件事会影响到很久以前的一切吧? 或是你已经臣服于玄学之中?"

"当然没有。但我的确觉得生命有其意义存在。"

"你真是让我惊讶。"

"如果有个人和很久以前的某个人长得一模一样，就很难说这是纯粹的'机会'。"

"正如我刚才所说的，你真是让我惊讶。"

"没有什么比这个世界的存在更令人惊讶。我们活着，薇拉! 真是不可思议啊!"

"我自然同意这点。"

"我们好像都有个基本教条，说这个宇宙的存在是一个可怕的意外，但我们其实并没有真的认可这点。它真的没有'意义'吗？"

"现在你开始自我膨胀了。"

"我想宇宙是有意图的。"

"你开始信教了吗？"

"你可以这么说。但是没有什么特别需要告解的，我只是开始觉得我自己的生命，以及我身边的世界都有种意图。"

"这就很够了。但是你可以更明确地定义一下这个'意图'吗？"

"我不是在开玩笑，薇拉。我们都知道生命的演化历时数十亿年，只是自然科学始终将这难以算计的创世工作，标示为一长串盲目而随机的物理与生化过程，而且基本上是相当没有意义的。我已经不再这么认为。"

"那么你就得重新训练自己成为神职人员，或是巫医。"

"好吧，且听我说：人类是一种复杂的生化流程，这项流程至少要持续八十到九十年之久，说穿了不过是一个骗人的框架，框架内有些大分子奋战不懈，努力复制自己。人类生命唯一的目标就存在于每一个细胞之内，也就是基因的大量自我复制。所谓'人类'，不过就是一个让基因存活的机器。真正的目标是个别的基因而不是有机体本身。生存的目标，就是基因的存活，而不是为基因所控制的个体。目标是蛋而不是鸡，因为鸡不过是蛋的产品。它不过是蛋的生殖细胞。所以，我们大可以把你铲进鸡舍里！"

"我想你大概有点累了，但我愿意让它以一段可接受的摘要叙述通过。"

"你不该这么做的。在未来的五十年内，大多数人都会嘲笑这种世界观。我们这一代的生物学家几乎是口径一致，觉得不应该抱持归谬法的观点。"

"那么存在的意义又是什么呢?"

"像我说的,我不知道。我只是说,宇宙不是没有意义的。生命的演化是一种令人叹为观止的过程,不是大多数极端的创世神话所能够描绘的。"

"你真是奇怪。你实在是非常奇怪。"

"你同意你有灵魂吗?"

"我不知道。我不知道是否该用那个名词。"

"但你同意你有意识,是吗?"

"当然。如果我说没有,那就自相矛盾了。"

"那么你就有了这个宇宙的意识……"

"还有我自己的。我思故我在。"

"我们当然可以走回到这里,我是说笛卡尔,因为这就是整个过程开始脱轨的时候。是有物质,而且有物质的意识。我相信意识是宇宙在本质上不可或缺的一部分,因此它不可能只是意外的副产品。"

"但物质先来。"

"是有可能。"

"我还没看到一个意识能够以具体的方式表现自我,但是我见到具体的事物有能力表现自己的意识。"

"等一等。你还没看到一个意识能够以具体的方式表现自我?"

"对。"

"这个世界呢?薇拉,你觉得这个世界如何?"

"你把自己的意思表达清楚了。但是你已经不像一个科学家在说话。"

"这么说,或许该谈谈科学之外的一切。对我来说,意识是宇宙本质中，不可或缺的一部分，它比所有星球和彗星加在一起还重要。"

"但是物质先于意识。面对这类的讨论，这是个超越一切的定理。"

"或许如此，如我刚说的。但我越来越觉得宇宙物质在孕育的阶段就有了意识。在宇宙的现实层面中，意识和星球内的核子反应一样重要。"

"我真的不知道。显然你在这方面想得比我多太多。"薇拉说。

"血先于爱。"

"你刚说了什么?"

"我们的血管里一定要先有血液的流动，才能够去爱彼此。那并不表示血液重于爱情。"

"或许这也是鸡和蛋的问题。"

"怎么说?"

"如果没有血，就没有爱。而如果没有爱，也不会有血。"

"对，这就是我的意思。"

"但我们可以在塞维利亚再多谈一点。现在已经快到凌晨三点了。"

"我只是想说，这一个世纪以来，人们过度强调还原主义，这几乎像是噩梦一样，我觉得我已经受够了。该是来迎接新千禧年的时候了。"我说。

"而我只是认为你说得太模糊。除了大自然的力量之外，我们的自然科学还能有什么根据。"

"哈! 我们的结论远远超过那四大元素所代表的意义。"

"举个例子好吗?"

"太阳并不只是恒星，地球不只是个行星，人类不只是动物，动物不只是尘土，尘土不只是熔岩，安娜不会死。"

"最后一个是什么?"

"我不知道。我只是脱口而出，整个句子很谐调。"

"只是配合节奏而已，是吗?"

"是啊，只是配合节奏。"

"我还喜欢这一句：在小精灵的世界里，小丑只有一半。他知道自己会走，因此付出应付的代价。他知道自己正在离开，因此人已经走了一半。他来自存在的一切，而将走向虚无。一旦抵达，便不再梦想着回来。他去的地方，连梦也不存在。"她说。

"所以你很肯定有这个虚无世界的存在?"

"很不幸，是的。只要'虚无'也能够存在。"

"那么我们就更需要见面了。我们的生命太过短暂。"

"我不会反对你这么说。"

"我想这就是箴言所说的一切。"

"对我而言，它说的是我们是某种巨大事物的一部分。"

"我在塞维利亚机场和你碰面。"

"你订好旅馆了吗?"

"我订了多娜玛丽亚。位于王室圣母广场上，在吉拉达塔和大教堂前面。"

"你也帮我订了吗?"

"对。我写得那么殷勤，我想你应该会来。"

"殷勤?"

"也许我应该说，我写得很厚重。你印出来了吗?"

"我立刻就印了一份。我很讨厌看电脑屏幕。"

"我也是。"

"现在我知道为什么你说我让你想起一只壁虎。我很喜欢高登。"

"我可以想象。"

"你需要有人带着你走。"

"但并不是你像高登，而是高登像你。还是因果的问题，薇拉。"

"很有趣……所以你订了两个房间吗?"

"我订了两个人的房间。"

"那是什么意思?"

"我订了一个房间和两个房间……喂?"

"我无言以对。"

"为什么呢?"

"你很轻率，而且你对逻辑原理的态度变得太过马虎。"

"你能说得清楚一点吗?"

"根本不可能订一个房间又订了两个房间。换句话说，你订了两间。"

"逻辑无法包容矛盾。因此在解决冲突时，或是在普通的程序之中，逻辑都不太有用。它是完全僵化的，薇拉。"

"但是这就像说，你无法'部分'抵达一座无人岛。来去是一种完全的动作。你得想想这点。你得好好想一想，法兰克。"

"现在我不知道我能不能肯定了。从一方面来说，侏儒是和水手来到岛上。从另一方面说，他其实是稍后才到。"

"我想我们现在谈得不投机。我就是那座无人岛。"

"薇拉?"

"但我们明天就要见面了。"

"而我们不久就会看到我们如何见面。"

"这别有深意吗?"

"或许在这个天空之外还有另一个天空。"

"我不知道。我已经不知道自己在说什么了,就好像有人在把话塞进我的嘴巴里。"

"这就是所谓的推卸责任。"

"但我突然想到安娜在斐济说的一句话。"我说。

"她说什么?"

"她说:'除了这个世界之外还有别的。'"

"天哪,对了,就是这样。等一等。"

"你要做什么?"

"等一等,我说,我在翻页……'你以为你在参加一场丧礼,事实上是在见证一次新生。'你想她是不是有透视眼?"

"我说了我不知道。我只知道我八点钟要搭 AVE 火车。"

"你知道——我又研究了戈雅的画。我在沙拉满加见到她时,真的让我吓了一跳。"

"这可能对你有好处。"

"什么对我有好处?"

"跳一跳。"

"再见了吧。"

"明天见。"

后记

约翰·史普克

舞池里最耀眼的舞王，全心全意投入生命之舞，
根本没有时间去想，自己的舞竟有跳完的一天。

在我书桌上方，挂着一张席拉的黑框巨幅彩色照片，每当我抬眼望见它，总是会吓一跳。那是几年前，我在克罗伊登的旧市府门前帮她拍的，从此便悬挂在这个地方。当我按下快门时，她一定是直直注视着镜头，因为照片里的她看起来好像在俯首瞪着我。有时候它给我一种感觉，仿佛她就打算以这种方式来监视我。假如她必须离开。

我在望着亡故者清晰的彩色照片时，总是感到格外不安。而侏儒手上竟拿着一张以阿卡萨花园为背景的吉卜赛美女照片，想象在两百年前，安达卢西亚农夫看见这张肖像之时，应感到何等的骇异。

即使已经三年过去，我还是无法相信再也见不着席拉。只是谁又能够确知我们两人再也无法团圆？我觉得很肯定，但不是百分之百。光看着这个世界的存在，就知道其实没有什么不可能。如果这个世界都能存在，那么在谢世之后，为何不可能到另一个世界去？

法兰克或许会说：因为我们和青蛙和蝙蝠一样，都是血肉之躯。这么说，好吧，我同意这点。如果要说有什么事情让我觉得苦恼，那就是我的血液循环。我是个年老的灵长类，但我不也是个有灵性的生灵吗？

要说一个人类的灵魂就和长颈鹿的脖子或大象的鼻子一样，都是以蛋白质为基础所发生的奇妙自然现象，我是绝对无法同意的。我的意识让我有能力挖掘整个宇宙。我不再相信灵魂只是一种生化的分泌液。

我们知道还有其他的银河系，或者甚至如许多太空科学家的想法，有另外的宇宙存在。因此，时间和空间的进展如果有其可能，那么从一个实境到另一个实境又有何不可？或许用另一种说法：从一个平面到另一个平面为什么想不得？从一个梦境醒来当然大有可能。

我们不知道这个世界是什么。我想象着，人其实很容易遭到愚弄，被限制在此刻存在的实境层次之中。而安娜并没有死。

我到塔弗尼岛参与电视节目的制作，谈的是人的未来。那个时候，我已经很久没有写小说。在席拉生病期间，我根本无法写作，而在她刚过世的几年，我也无法提笔写点新的作品。我的大脑向来一次只能做一件事。奇怪的是，像我这个年纪的男人，竟然可以对一个女人如此依恋。而失亲的疼痛竟可以如此减弱人的生命力，想起来几乎算得上是可怕。

我需要到外界走走，好让自己重新开始，而我在塔弗尼岛遇见一些与众不同的人。我需要新的想法与概念的刺激。或许正因为如此，我邀请马拉福的房客齐聚一堂，参与一场热带高峰会。

我的小说往往都来自现实生活的灵感。我当然也不缺乏想象力，但是要虚构一些活生生的小说人物，总是少不了一番挣扎。

我在遇见法兰克之前，其实便已选定安娜与荷西为我下一部小说的主角。安娜年届三十，生得珠颜玉貌。她几乎比荷西高上半个头，长长的黑发，黑色的眼睛，举止雍容有如女神一般。荷西的年纪比她大些，蓝色的眼珠，肤色就西班牙人来说算是健康。他们自称是电视新闻记者，但荷西有一回提及安娜是个知名的弗拉门戈舞者。至于我，则是由英国广播公司派来站在日期变更线上，朗读一些仔细选定的文字，谈谈世界伦理与地球的未来。这对西班牙夫妇似乎是来帮一家西班牙电视台制作一个类似的纪录片，因此我们在东经一百八十度线的地方打过几次照面。当地已经涌进不少电视台的工作人员，虽然真正的庆祝活动是在两年之后。

我会锁定这对西班牙鸳鸯有几个原因。他们独处的时候，或者该说他们旁若无人的时候，就会很习惯地互相念诵着怪异的诗文。他们让我想到一些会自言自语的人——虽然他们其实有两个人——因为很显然一个人要说的话，对方都已经了然于胸。虽然我不会说西班牙语，我还是会兴致盎然地记录他们奇异的呢喃之语，后来法兰克也做着和我同样的事。我和法兰克不一样的地方在于，法兰克听得懂他们在念些什么。这是根本上的差异。我反映的是他们对谈的形式，而非内容。即使在法兰克抵达的第一天，我便留意到，晚餐时刻，他在偷听这对西班牙人的谈话。当他问我能否借他一支笔时，我在心里窃笑着。我想象自己已经用了某种方式让他更加热衷起来，只是他并不明白。

还有另一件事，才真正引起我对这对西班牙夫妇的兴趣，或者说，格外想要追逐他们：从第一眼起，我便有种强烈的感觉，我见过安娜。然后法兰克来到岛上，他也说他觉得安娜非常眼熟。这时候我私下进行了一点调查工作，而当我找到答案时，竟无法隐藏我的惊愕之情。我真的吓到了，从此之后，每当我再见到安娜，便有了迥异于以往的感觉。

我决定按兵不动。我也不对法兰克透露任何一点蛛丝马迹，因为这只会让他觉得更加迷惘。我决定只给他一点线索，让他在马拉福继续自行探究。然后我会等着看。我要留着自己细细咀嚼。

我向来不喜欢谈论自己眼前正在进行的工作，在真正的写作过程开始之前，当然更是守口如瓶。我很担心万一它变成斐济岛上茶余饭后的话题，整件计划便会被谈论到不剩一丝生气。

法兰克刚到塔弗尼岛时，已经在南太平洋停留了整整两个月。我所知道有关这个地方的一切，都是从他的口中听来的。我对他的认识愈是清楚，愈觉得法兰克就是我下一部小说的叙述人。虽然我们两人年纪差了一大截，但我觉得我们可以成为忘年之交。我可以这么说，法兰克向高登谈到的梦，其实是我告诉他的，是我在马拉福的一个夜里做的噩梦。我梦到不记得自己是十八或二十八岁，然后醒来发觉自己已经六十五岁，而不是法兰克那个骇人的不惑之年。我径自起床，站在卧室里大大的镜子前。我才是那个年老的灵长类。

没有两个人是相像的，而且，当然人类的特色更是多得难以计数。只不过依我看来，其实只分为两大类。其中一种，也就是绝大部分的人，都满足于七十、八十或九十年的寿命。原因有很多。有些人指出，在八九十岁之后，他们已经活得够久，日子过得多彩多姿，这时候他们就开始等着两腿一伸，寿终正寝。另一些人说，他们不想活得太老，得要依靠别人，成为人们的负担。还有人强调，说要活得超过八九十岁其实并不合理，因为大自然为我们作的设计，就不是要活得太久。然后还有许多人（或许是这一个族群当中，数目最庞大的一组）觉得，如果事情的安排，是要他们在这个地球上活个几百年或几千年，他们会觉得很难想象。好，很好！和大自然和谐相处，水乳交融。但是还有截然不同的另一类人：有一小撮人，他们想要得到永生。他们无法想象，这个世界在他们走了之后，怎么还能继续运作下去。法兰克就是其中之一，这也是为什么我从见到他的第一眼开始，便对他有着莫大的兴趣。无论如何，要让他成为这部小说的发言人，这是先决条件。

有些懦夫压根不敢想要在地球上活个万万岁，我总是和这些人比较格格不入。早年我与人初次谋面，这都是我会试着探知的第一件事。我会问，如果你可以选择，你会选择永生吗？或是你会屈服于自己总有一死的事实。我会用这种方式做个非正式的民意调查。我得到的结果是，绝大多数的人都想死。好，很好！大自然协调得如此同声一气，实在很好。

但是，那些最珍惜生命的人，并不见得最不愿意放弃生命。正好相反：那些最能享受生命的人，对自己终将与世长辞的事实显得最不以为意。这听起来或许有点诡谲，但只要仔细检视便可以发现，其实不然。那些拒绝屈服于生命有其终点的人，已经在无人之境找到自己了。他们觉悟到自己很快就会离去，因此他们其实已经走了一半。在他们面前，还有五年或五十年并没有两样。在接纳必死命运（当然前提是它不会立即发生）的心态上，他们就是这点与众不同。那些想要活到永远的人，并不是最急于跃上舞台的人。他们不是我们所谓"努力地活的人"。舞池里最耀眼的舞王，全心全意投入生命之舞，根本没有时间去想，自己的舞竟有跳完的一天。

法兰克在给薇拉的信里，曾谈到他从维地雷福到塔弗尼岛一段短短的航程。我想即使从这里，就很容易看出他是属于哪一类的人。我花了很长一段时间，才搞清楚他在抵达岛上的第一天，脑子里都在想些什么。但我相信，即使在当时，我对他大脑里的罗盘便已经有了一点概念，在接下来的几天里，看得更是清楚。法兰克是那种稀有的品种。他是那种随时会因为缺乏生存精神与永恒感，而觉得悲不可抑的人。

玛　雅

法兰克为自己由纳地飞来的一趟航程所下的结论是："这趟飞行挑起了一种难以脱离的感觉，我只是个处于生命正午时刻的脆弱脊椎动物。"他是会说这种话的人，我想，因为我可以在他的体内发现我自己。不同点在于，我比他大了将近三十岁，年纪正好和那位飞行员相当，这对我来说是很明显的相异之处。我在克罗伊登的家中伏案写作的此刻，时时都会受到坐骨神经疼痛的折磨。因此我并不需要一个灵长类专家来告诉我，我拥有一副衰败的骨骼。我还因为心绞痛而接受治疗，我明白自己在世界上多活的每一刻，都是赚来的红利。这就仿佛你的头上指着一把枪，也像是我在银河系里仅余的时光，都将花在一架火柴盒小飞机里，里面的仪器没有一件牢靠。我甚至还没有女朋友来帮我读她腿上的地图。

　　席拉过世至今已经三年，而距离她有能力走过房间，将抚慰的手搁在我脖子上的时间更是久远。席拉离开我的时候，我们已经相识有四十多年的时间。我不断唠叨这些私人事务，只是为了强调，将近一年之后，我在马德里遇见法兰克时，为何能够采取断然的行动。

　　那天早上我从机场接回法兰克。西班牙人来用餐时，我对他们提到，有个挪威人搭了早班飞机抵达，而且据说大多数挪威人都打得一手好牌。我还说，这当然和他们的冬天太长有关系。我始终认为，他们前几天会坐在那儿打牌，都是为了安娜。无论如何，她总是最热心于寻找牌搭子。有个荷兰人牌友那天早上就要离开小岛，那么由谁来填补他的桥牌位置呢？无论如何不是我，因为我不会打牌，也一点都不想学。

　　看到纸牌，我就会想到席拉。她可以整晚自己一个人玩着单人纸牌，我则是坐在阁楼里工作。每当我工作完毕下到客厅，她总是喜形于色。为了安抚她的情绪，让她感到自己的重要性，我总会坐在那儿看着她玩完一把牌，如果她想嘲笑我，我就会帮她洗牌，让她再玩一次。唯有在这个时候，她才会好好瞧着我。

法兰克抵达之时，我特别留意他住的是哪一间茅屋。然后，趁机在无人的接待柜台上，记下他家里的住址、生日，以及他的护照是由奥斯陆政府发出。稍后我告诉西班牙人，那个挪威人住在哪一间茅屋里，同时说我看见他坐在阳台上。我想他大概有点寂寞，我说。这纯粹是一番好意。

我只是想简单说明，一月份在马拉福发生的那些事，并非完全自然降临。我也不是刻意在玩什么好笑的花样。不过我的确设计了某些舞台。我让那古怪的社交活动提前进行，否则它可能要花上一整个星期。

是我指点安娜与荷西，法兰克或许会愿意取代荷兰人在牌桌上的位置。那是第一件事，最主要也是为了安娜。早餐之后，指出挪威人搬进哪一间茅屋的人也是我，这是第二件事。第三件，我建议西班牙人，稍后在那天晚上，我们或许可以试试那位演化生物学家，看看在达尔文的"起源"之后将近一百五十年，他的科学已经走到什么地步。前一天晚上，荷西和我都同意了一项颇有意趣的理论，认为现代人实在太缺乏我们所谓的"认知想象力"。

如果《给薇拉的信》——包括这附加的《后记》——真的成为国际日期变更线上的时光胶囊，我会因为这些诡计而在一千年之后遭到审讯，刑场也已经备妥。但是那时候所有的起诉都会出现时间障碍，就连一年之后，我在塞维利亚的相关作为也是一样。因为安娜与荷西的故事尚未终了，法兰克与薇拉的故事也还没结束。

但我会稍感安慰，因为无论我们醒来是为了什么，不久都会遭到遗忘。对你们这些在一千年之后读到这本书的人，我只有一点要求：安娜的故事不能因为进入另一个千禧年，便没入人们的欣喜之中。

我在《每日电讯》上读到，不久之前，已经有人打算在塔弗尼岛上装设"千禧纪念碑"。任何人都可以花五百美元，写一张问候语，放在一个玻璃胶囊中，等待第四个千禧年。这个胶囊会放在一枚砖块的凹洞里，然后将砖块的洞封好，再用来建造纪念碑。在未来的一千年里，将有个基金会照顾这面墙，保证你个人的时光胶囊会在公元三〇〇〇年被打开来。

一千年将会过去，安娜·玛丽亚·玛雅的故事，将会在穿越塔弗尼岛的东经一百八十度线上被读出来。每当我想象着有人在一千年后，站在日期变更线上阅读这些文字，脑海里总会出现一个侏儒的身影。

给薇拉的信里，法兰克为他前来的小岛画了一幅工笔画，我很难理解他怎么有时间这么做。我是说，他在马德里的饭店里，只有两天时间可以将安娜与荷西的故事说个明白，而他却花了许多时间针对青蛙与蝙蝠大书特书！我不晓得五百块钱买来的时光胶囊可以有多少空间，但我只知道它们就塞在砖块内的一个空洞里。如果是我想送进未来的讯息，我一定不会保存法兰克所写的全部文字，我得这里、那里撕掉几页奇怪的内容。另一方面，公元三〇〇〇年的一月一日，当《给薇拉的信》在塔弗尼岛被读出来（我会使尽毕生的力气保证它会成真），我们的后代子孙对这座"花园岛"在一千年前的样貌就会有全盘的认识。可怜的傻瓜！或许他们会开始恨我们。我很怀疑橙鸽是否依然在清晨飞过塔吉毛西亚湖。我很怀疑雨林是否依然茂密。就是这个原因，我才没将法兰克所写的塔弗尼岛的自然生态全部撕个干净。最糟的情况是，我会在封住的砖块里放一张磁碟片。但问题是，一千年之后，它和未来机器的相容性可能如何。为了安全起见，我无论如何得附上一份书面的箴言。这应该不会浪费太大空间。

我偶尔会想，如果薇拉真的收到法兰克的信时，可能有什么状况发生，但是我一想到，便会感到脊椎骨隐隐作痛。只不过一旦加上后记之后，我就得保证薇拉非得读到不可。这可以让她更加明白当时在塞维利亚所发生的一切。如果她也坚持别人该有机会读读安娜的故事，我或许就得放弃时光胶囊的念头。如果某项作品已经广为流传，就没什么道理将它藏在时光胶囊中，留个一千年。它已经成为其他世人的问题，究竟何者该交给后代子孙，何者该被世人遗忘。人类的脚步总是纠缠着许多声音，太多的声音。如果我们将前面所有世代的声音全放在一个背景中，那么发出来的声响就会令人难以忍受。无论用哪一种方式，都必须能够将一个秘密保存一千年，否则忘了也罢。

是我先和法兰克谈到壁虎，因为我对它们非常反感，至少是不愿和它们有任何肢体上的接触，我的感觉比他更难过一点，例如睡着的时候。法兰克自认是这种生物的专家，我想象他会有几句安慰的话，像爬虫类和人之间应该和平共处之类的，即使像我这种别扭的英国人也不例外。不过我总是觉得，他一样宁可房间里不要有壁虎存在，只是不知道为什么他选择不说。他说他只看到一只壁虎，但他会很小心门户，不让蚊子进来；而这却是我毫不在意的事。这就是那只名曰高登的壁虎的故事，它是得名于一种伦敦的烈酒品牌，后者是我的贴心至爱，宝贝得连席拉都看不过去。每当我拧开瓶盖，尤其是新的一瓶，我都还会觉得席拉在瞪我。

法兰克不仅会因为缺乏生存精神与永恒感，而随时觉得悲不可抑，他还是那种随时都会听见大脑发出声音的人。

我也是，脑子里也会发出声响，尤其是在席拉过世之后。这让我直到现在都还能和她谈个许久，我不太确定有多少时候会说出声音来，或者都是在内部进行。我知道自己有时候会像在自言自语，然后她在我的思想里回答我。

即使在席拉活着的时候，她的对话都是透明的。如果我针对某项事物发表意见，总是知道她会如何回答，不只是她这么想或那么想，而是一字不漏、一言不差。我们对彼此的了解实在太深。

我相信每个人都有自己说话的方式，而当我们在说些日常用语，像是"就这么办""至于""这么说好了""如果你知道我的意思""我老是这么想""你看这有多愚蠢"诸如此类的词汇用语时，格外能够显现个人的特色。我和他人相聚之时，总会有许多属于席拉的用语出现在脑海里，好让她和我在某个方面接近一些。

每当我想到某些席拉说的话，我就会大声回答。即使我事先就知道她会说些惹恼我的话，还是会有这种情况发生。在这个方面，我的生活并没有太大的改变。在我这个年纪说这种话或许显得不伦不类，但我很想念她的身体。我们大多数的日子都过得很亲密，并不只是因为我们会彼此沟通，也因为我们共享的所有记忆。席拉当然居于这一切的中间位置。我有时甚至会思念她要我帮她洗牌的时刻。

席拉总爱玩单人纸牌，当她年轻的时候，这是其中一个让我死心塌地爱上她的原因；但后来我也为了完全相同的一件事而觉得厌恨不已，我讨厌她整晚坐在壁炉前，玩好几个小时的单人纸牌。我还记得有一回说单人纸牌简直是像白痴一样的休闲方式。这个打击对她伤害很大。有时候我甚至会在她玩牌时，觉得心情烦躁而要她停止。而现在，现在她走了，我过去厌恨的事情，如今竟让我追念不已。因此它整整绕了一圈，只是不能算是恶性循环。人总是比较容易舍近求远，逃不了的不爱，抓不到的才苦苦追求。

有个邻居曾说，他看到我有几次在自言自语。他很容易上当。我很高兴截至目前，他还没听见席拉在说话。但是总有一天，我会没有办法将席拉的话全部隐藏起来。我知道自己已经在渐渐变老。现在或许时候未到，不过我已经有了一点可以称之为语言失禁的现象。它有可能会发芽成长。

只要所有的声音都还留在我的脑子里，就没有什么值得惭愧。我从来不会因为不断和席拉说话，而觉得有罪恶感。这可能本末倒置了。是她在世的时候留存了太多的回音。"午茶时候到了，约翰。你要来了吗？""你不会想穿这套西装吧？两个月前就告诉你该送洗了。""我想我们该请杰诺米和玛格丽特来吃个饭。他们好久没来了！"

热带高峰会是我大胆一手导演的成果，法兰克有他个人的描绘方式，我不想太深入地加以评论。一般而言，对于我们的谈话过程，我想他是勾勒出一幅合宜的画面。只有一个重点可以为法兰克的摘要上个颜色。

法兰克总结安娜对实境的看法有三点。首先她说："在我们眼前的现实之外，有另一个实境。当我死去，我并未死去。你们都相信我已亡故，但我其实还活着。不久我们就会在另一个地方相会。"然后她说："你以为你在参加一场丧礼，事实上是在见证一次新生……"最后："除了这个世界之外还有别的。我们只是在转化中游荡的精灵。"

　　她确实说过这类的话，没有必要争辩，不过当然一年多以前说的话不可能一字不忘地忆起全文。不过我有义务指出，安娜在自己的生死问题和埋葬问题上，加上了她看待这世界的二元论观点，我觉得我们的法兰克先生有点过度强调这个部分。她相信在这个世界之外还有另一个实境，在此生之外还有另一个存在，但她是用比较一般性的语言来形容这一切信仰。我还记得她也联结了一些罗拉和我都触及到的部分，因为我确确实实记得她说："或许我们会在另一个地方重逢，回想起这一切竟是南柯一梦。"

　　假如几个月后我未曾在马德里遇见法兰克，《给薇拉的信》就没有必要沦陷于我的诡辩之中。但是安娜所用的精确文字，其重要性却远远超出我们的想象。如同法兰克一样，我还相信她是在将丧礼比喻为一次新生。除此之外，我只能强调，安娜在说话的当儿，荷西泪洒当场，而我也不认为那是因为他眼里进了沙子。后来我怀疑，这些眼泪和安娜在一天半之后的病发是否有任何关联。

　　法兰克说得对，在这对西班牙夫妇走进棕榈树丛之后，我便很快退场，因此不知道法兰克还在当地待了多少时候。只不过我这么想，他已经遭到罗拉自然神秘主义的引诱；这从他和高登的彻夜长谈里，便可以明显看出。我觉得他好像在内心里交战着，想从他那太过机械论的世界观里解脱出来。因此，那个留着黑色发辫、两个眼珠颜色不同的青年女子所持的美妙观点，似乎就令人难以把持得住自己。

　　在法兰克的信里，他描述自己在离去的前一天夜里如何向该地告别。我还记得我的视线尾随法兰克与罗拉而去，直到他们坐在阳台上。

为了澄清记录，我应该要说，除了法兰克给薇拉的信中内容之外，那天晚上后来有何事发生，我已一无所悉。

法兰克离去之后的第二天，我返回伦敦家中，但我的路程和他不同，我是向西而行，经过悉尼到新加坡再到曼谷。长长的旅途让我首度有机会将自己在马拉福的所见所闻整理一番。

在安娜突然晕厥、挪威人离去之后，安娜又发作了一次。就在游泳池前的棕榈树丛里，就在我传达过法兰克的问候之后。这次发病持续了大约两分钟，荷西的反应可以用恐慌来形容。他捏她的手臂，喊了几次她的名字，设法让她站起来靠着椰子树。那树干上有个标示，清楚地警告人们要小心掉落的椰子。

我转达了法兰克对安娜的关切，说他祝她早日康复。我还谈到他如何喜爱西班牙画家的画，同时他形容布拉多拥有全世界数一数二的艺术品馆藏。我或许还加了简短的评语，说在西班牙的绘画大师之中，戈雅是那位挪威人的最爱。不过荷西只是觉得很烦。他说："我知道了。但是你能让我们安静一会儿吗？"

安娜对我主动谈及戈雅一事显得比较没那么反感，只不过在一刻钟之后，陷入游泳池边草丛里的人是她。在晚餐时刻，我只向他们点了点头，因为现在又有几个新的客人来了。

法兰克未曾交代四月之前这段时间，他在奥斯陆的所作所为。假如他还住在萨格斯芬，可能就很难爬上从大学回家途中的最后一段陡坡。如果他开车，就得经过车祸发生的地点，或许一天好几次。我也是过来人，我想我可能会搬家，就单单为了这个理由。在克罗伊登，我常会绕远路，以避免经过席拉临终之前住的医院。

法兰克和我都有点厌世的感觉。但当我听到他和薇拉无法继续往来的事实，却觉得有点恼火。他们是失去了一个孩子，但他们也曾一起拥有过那个孩子。席拉和我努力了许多年，膝下却依然空虚。她有她的单人纸牌，而我有我的小说。

我已经解释过法兰克对斐济的种种描绘都有事实根据。

如果我有什么写作哲学的话，那就是：我总是尽可能根据真实事件来写。但是你不可能每一件事都挖得出资料来，而就在这些灰色地带里，有些让想象力奔驰的空间。至于历史事实，像戈雅的模特儿，曼纽·葛多的艺术收藏，或弗拉门戈舞的先驱等，你会发现历史研究资料其实很有限。另一方面，我觉得得附带一句，小说家也可能会挖到一些事实来源，而在此之前，这些资料就连专业历史学家也是一无所知。不仅如此，作者甚至可能侥幸取得一些近乎原始的资料，而为一些历史事件投注新的生命。就这点来说，我曾有过几次福星高照。我之所以强调这点，是因为大部分关于斐济和西班牙所发生的一切，都是确有其事。

安娜与戈雅的玛雅，其神貌之相似简直令人匪夷所思。布拉多介绍戈雅的正式导览说：

"'裸体的玛雅'，此一形象之谜尚待解答，为秘密绘画之一例。"它说"尚待解答"，但不是说"从来未有解答"。但它用了"秘密"一词。该画完成至今已整整两个世纪，而在西班牙还有很多古老的秘密抽屉，例如巴拉米达的山路卡这个地方，或许在这里会出现一些线索。

我的作品行文至此稍有脱节，因为我在马德里遇见法兰克。就在我小说的中间，主角本身出现在皇宫，事实上就像出外景一样。我之所以来到这个地方，是为了描绘法兰克如何坐在这里写他的长信给薇拉。

前一个星期，我还很鲁莽地跑了一趟塞维利亚。那是个错误。那里也发生了一件事，对我的小说略有不利。

我被迫必须厘清安魂弥撒本身，这并不是我的原始意图，相反的，我的小说进展到此，安娜·玛丽亚·玛雅已经因为追逐一个拍了她一张照片的侏儒而亡，我预期的是，届时将遇见一大群哀痛欲绝的吉卜赛人。

所以，塞维利亚究竟发生了什么事呢？

有时候这种事也会发生在我们的生命里，在平静无波的生活中，总有若干的妙趣横生，任何创作都无法超越。

我走进皇宫的酒吧，法兰克已经坐在那儿，手上拿着一杯啤酒。时值十一月中，与我们在斐济相聚的时光相隔已近一年。还记得我到那小小的机场去接他和另两名美国人时，觉得他是个相当压抑的人，如今这样的印象在我的脑海里依然鲜明。

而到了现在，距离他在这里写长信给薇拉也已过了半年。或者说得更清楚一点，是距离我想象他和薇拉在沙拉满加的研讨会上相遇，然后坐在马德里的旅馆房间内写一封长信给她。将这两则故事分开来说变得愈加重要了。一九九八年的十一月，我已经做好心理准备要写这部小说，只是它还没发展得很完善。

我甚至没想过会和法兰克在同一家旅馆见面。我知道他住在奥斯陆，只不过他早期曾经和西班牙有过些许渊源。尽管如此，要和他在马德里相遇的机会还是相当渺茫。指点我到皇宫来的人不是法兰克，而是克罗伊登新图书馆里的克利斯·贝特。

我一坐下，这挪威人便胸有成竹地微笑着，从内侧口袋里取出一支黑色的"百乐"画笔。

"笔忘了还你,"他说,"好了,在这儿。"

我笑了,但我的笑有两种意思,因为事实上是我该谢谢他。

"我说了,你可以留着的。"我回答道,但还是接了过来。我觉得它带着一点感情的价值在内。

"你的报告进行得如何了?"我问。

"很好,几乎要完成了。你的小说呢?"

"我也可以这么说。"

"到西班牙来度假吗?"

这自然是我预期中的问题。

"不算是。"

"做研究吗?"

"就某一点来说,是的。"

"写关于西班牙的事物?"

我用一只手指压住嘴唇。

"我从来不谈自己在写些什么。你呢?"

"我倒不介意谈谈我的报告。"

"我是说,你来马德里做什么?"

他没有立即回答,我便加上一句:"来看薇拉吗?"

"她住在巴塞罗那。"

"哦,是了,我记得你提过这点。你和她在沙拉满加碰过面了吗?"

他很快点了点头。

"但你们联系不多?"

"我们再看看。"他就说了这么多。

"是啊，我们再看看。"我重复他的话，"你今天不是和她一道吃午饭的吧？"

他摇摇头。显然他脑子里转着我们正在谈论的内容。

"那是我在大学时代的老同学。我在马德里读过一段时间。"

"现在你到这儿来休息一下？"

他开始在椅子里蠕动着，但是接着又说："漫长的周末一时兴起。少年时代我曾在这里待了好些年。我父亲在这里当过四年的报社特派员。这里总是有些东西会吸引我回来。"

"也许，薇拉也是其中之一？你会和她联络吗？"

他就说到这里，不再说了。现在他微笑着说："你是在进行侦讯吗？"

啊，是啊！已经开始有点像是侦讯了。但我必须试着了解目前的进展如何。而且，如果我办得到的话，我得试着问出他在这里有没有空闲的时间。我决定采取远兜远转的方式。

"你去过布拉多之类的地方吗？"

他突然眼睛一亮，而我不认为那是因为我换了话题的关系。

"我其实想明天去走走，"他说，"如果你有时间的话，我们可以一道去。你知道，里面有几张画我很想让你看看。"

我懂了，我沉吟着，几张画。

"戈雅或维拉奎兹？"

他一脸神秘。

"戈雅。"他说。

"你想到的是哪些画？"

他直直看进我的眼里，我可以看见他的瞳孔因兴奋而放大。

"你得看一看，"他说，"我真的很想看看你发现这些画时，脸上的表情。"

他的表情几近骄傲，有如即将揭示的荣耀他也有份。接着一转眼，他又谨慎起来。

"你知道我指的是什么吗?"

我当然稍微知道他想让我看到布拉多的哪些画作。我们在塔弗尼时，我便处于优势。我向乔肯·凯斯借了一部笔记本电脑和数据机，只要几分钟时间，就可以清楚看见戈雅最知名的画作。当它们开始显现在画面上时，我吃惊得几乎要跳起来跑进棕榈树丛中——只穿着我的内衣裤——大叫："我找到了!"但我收摄心魂，开始在网页里，寻找塞维利亚的弗拉门戈舞讯。不久便发现安娜是个知名的弗拉门戈舞者，而且她的全名是安娜·玛丽亚·玛雅。此后，事件开始加速进行。就在我发现安娜姓玛雅的那一天，罗拉开始谈到印度的玛雅概念，岂非奇哉怪也?然而我屈服于种种诱惑之下，将指头放到她的额头上，叫出她的真名，我甚至造次地形容她是"杰作"。结果就和法兰克给薇拉的信里所描述的一样。安娜酷似戈雅的玛雅，而且她必然因为随时都得曝光而觉得厌恶至极，大概也是因为如此，荷西才会因为我发现她的姓而大发雷霆。从此之后，他们越来越退缩。然后安娜突然发病，在法兰克走后又来了一次。我开始怀疑她是否病得厉害。

"布拉多有很多戈雅的名画。"我说。

因以为我不了解他说的是什么，他放心地叹了口气。

"我想你会大吃一惊。"他说。

对话持续了好一会儿。我们都在旁敲侧击，但是都没碰到重点。我决定切中要害。

"我明天要去塞维利亚，"我说，"事实上，我一个星期之前才从那里回来，但我在回英国之前，这个周末还要去走一趟。"

"你得转达我的爱，向那些橙树问安。"

"我会的，我保证。"

我不知道他是否自己也去过那个地方，但是现在他说："在一年当中的这个时节，安达卢西亚一定很美。"

这就对了，我想。来吧！

我注视着他的褐色眼珠。

"那么你不想一道去吗？"

他略显不解地看着我，仿如思索着：这是在做什么？

"那里有些人事物，我真的很想让你瞧瞧。"

他纵声大笑起来。

"有什么好看的呢？"他问。

我又用手指按着嘴唇。

"你得自己去看，法兰克。"

截至目前，两人都有新鲜事物要呈献给对方。法兰克看看时钟，在椅子里又蠕动了起来。

"我想可能算了吧，"他说，"时间和金钱都是问题。"

我觉得他已经上钩。

"我负责你的花费，"我说，"这不成问题。"

"告诉你实话好了，"他说，"我其实打算回程去巴塞罗那走一趟。我得先打个电话，你知道的……我总是等到最后一刻才做。"

"你可以两件一齐做，"我让他放心，"先在塞维利亚待个一两天，然后你可以经过巴塞罗那飞回奥斯陆。你会在塞维利亚晒出一身漂亮的古铜色皮肤。人们总会留意到这种事。"

挪威人又叫了一瓶酒，坐在那儿掂量起来。他正在踌躇不决的时刻，我给了他临门一脚："我想我可以向你保证，绝对不会让你失望。我猜你一定会大吃一惊。"

他那清晰的五官无疑是因为我的故作神秘，而流露出一脸的狐疑。

"或者这么说好了，你知道我打算做什么吗？"

他露齿微笑，但摇了摇头。我继续说道："这真的是令人难以忘怀的情景。如果那不能算得上是你终生难得一见的美妙景象，我就甘拜下风。"

他耸了耸肩，而现在，现在他几乎要打定主意了。

"你打算什么时候去？"

"明天早上。AVE 火车几乎每小时都有一班车，所以我们可以在火车上吃午餐。"

他支支吾吾地犹豫不决。

"这个想法不坏。我其实不算真正去过塞维利亚。不过当然了，我不能要你帮我付钱。"

"你当然能。这不仅是我的荣幸，还是一项无价的研究计划。"

他又给了我一阵典型北欧人的哈哈大笑。

"我希望你的意思不是说，我是你的研究对象吧！"

我点着一根香烟。

"别这么说。我们可以谈谈爬虫和诸如此类的玩意儿，或是谈谈大洋洲的濒临绝种动物。我需要复习的东西太多了。"

"当然。你尽管问。"

那天晚上他在酒吧里待到很晚，我们甚至聊了一点演化生物学的话题。我还听了夺走他女儿生命的悲剧性车祸，完整的一则故事。

几个小时之后，我们搭乘火车到塞维利亚。我觉得我在豪赌一场，而且我必须坦诚，我多少觉得自己有点像在作茧自缚。但现在轮子已经转了起来。

火车停在科多巴，他猛然抬起眼来，拍拍自己的额头，仿佛忘了什么事情。

"我没让你看看那些画！"他大叫一声。

但他拒绝告诉我那是些什么画。他只是重复说道，我得亲眼见到它们才行。

我在玛丽亚夫人饭店订了三个房间，法兰克注意到这个动作，但我解释道，晚上我有个朋友会来。我其实无法确定是否会用上第三个房间。我告诉他，他得等到晚上才能见到那毕生难忘的景象。

我带他去看大教堂和橙园，我们沿着排列整齐的橙树信步走着，看着那累累的成熟果子，法兰克告诉我，罗拉寄了一张她在塔弗尼岛拍到的罕见橙鸽。我听了不禁莞尔，因为他并不知道我怎么写他们在斐济群岛的那一段小小情史。

我们登上吉拉达塔，它刚开始是一座回教寺院的尖塔，在扩建之后，才变成一座钟楼。我们在这里可以俯瞰整座白色的城市横跨瓜达奇维尔河两岸。我们爬上王室圣母广场，看着门口一长排的计程马车，接着走进阿卡萨花园凉爽的池塘与喷泉。棕榈树无所不在，我和法兰克竟能再次徜徉于一片棕榈树丛之中，感觉颇为奇特。恍惚之间，竟似回到了马拉福植物园。

我们在花园里最古老的地点探险之后，便穿过权贵之门，俯首看着诗人花园，它的两座水池周边围着三尺高的矮墙。法兰克霍然停住脚步，大叹一口气喊道：

"这里真是……好美！"

我注意到他的眼里溢满了泪水，便以手扶着他的肩膀。或许这里的美让他难以置信，我想，因为他立即揉了一下眼睛。也许是要掩饰他的情难自禁，他说："我想我刚经历了一次似曾相识的经验。"

马尔千纳之门前面有个碎石广场，我们走上建有俯视看台的城墙，坐在长椅上。天气热得无以复加，我到咖啡馆去点了一些饮料。

不久之后，一件怪事发生了，就某一方面来说，一切就此开始——虽然就另一方面来说，它是始于奥斯陆的一家托儿所门外、在斐济群岛的塔弗尼机场、在托姆斯河的桥上、在马赛港码头边肮脏的小仓库里、在瓜达奇维尔河西岸的特里安纳区、在一个世纪以前的卡地兹港，或是阿尔巴公爵夫人在巴拉米达的山路卡乡间的座椅上——遑论那天晚上稍后在塞维利亚开展的一段。从一个比较宏观的（对我而言是全面的）角度来看，我们甚至必须回到泥盆纪时期，当第一只爬虫类攀上干地，瞧它们用那原始的而又是多么进步的四肢攀上干地。但是何妨再回到一百五十亿年前大爆炸的时刻，当一切时空起创之初？再一次，一切故事的开始都包含在一个紧密的核子之中，含着尚待引爆的创造能量。

如下就是事情发生的经过。有个侏儒突然急步穿过马尔千纳之门而来。他身上的戏服让他看起来像是刚离开一场嘉年华会。接下来，他果敢地站到我们面前，定定地望了我们一眼。一转眼间，他拿出一只照相机，对着我们按了几次快门，先照了我，然后是法兰克。

"你看见了吗?"法兰克大叫。

侏儒转身疾奔而去，不一会儿便站在俯瞰台上的一个缺口瞪着我们。又一次，他举起照相机，照了一两张。

"好奇怪的家伙!"法兰克说。

"当然，很古怪的行为。"我也说。

但是这位挪威人并不就此满足。他一跃而起，开始朝着侏儒追了过去。我可以看见他穿越城墙，跑过权贵之门，几分钟之后便转了回来。他无奈地张开了双臂，说:"他消失了。"

时间是四点半，阿卡萨花园即将关门。我们走出花园，再度进入王室圣母广场，穿过山塔克鲁兹的犹太人旧社区，从狭窄的巷道里可以窥见漂亮的庭院，向上望着奇特的大建筑，内有锻铁窗棂和阳台。我前一个星期才来到这里，因此能够告诉法兰克，那些保护所有窗户和庭院的锻铁在过去有两种功能。其中之一是增进美观与内部的视野，培养一个比较透明化的社会，以杜绝犯罪;另一方面，这些窗棂是随时上锁的，因此增加了安全感。在早期，少女可以坐在窗棂之内，她们的追求者站在窗外细诉甜言蜜语，但如果迷恋的情况较为严重，追求者就得"吃铁"。我解释道，在天气较暖的半年里，生活大多还是在庭院里度过的，而当阳光炙热，通常就会直接在上面搭个凉棚。

我们在同盟广场喝了啤酒，望着繁芜的九重葛爬上其中一处造景。在造景之后一株棕榈高高耸立，树后依然可以瞧见吉拉达塔。它和所有其他犹太人旧社区的广场一样，都种了成排的橙树。

一个小时之后，我们前进到艾维拉夫人广场。广场上设置优雅的陶制长椅，从这里，我带法兰克进入一条名曰"苏珊娜"的狭窄巷道。我说我要让他瞧瞧山塔克鲁兹的秘密。我们溜进一处小小的广场，这里原先是个私人的庭院，我指着一面瓷砖，上面有个骷髅头图案。瓷砖是在一扇窗户上头的墙上，骷髅头下方则写了一个名字"苏珊娜"。

"这就是山塔克鲁兹的秘密吗?"挪威人问道。

我点点头。

"苏珊娜是十五世纪时期的一位犹太少女，"我解释道，"她悄悄地爱上一个年轻的基督徒，但是苏珊娜听说自己的家族正在计划一场血腥暴动，以对抗城里的基督教领导人。要处死的其中一人就是她的心上人，因此她去见他，密告这项计划。结局是她自己的父亲被处以死刑，苏珊娜本人也被情人抛弃。当她过完凄苦的一生，临终之时，她在遗嘱中指示，她的头必须和身体分开，并在她的房子外头示众，以警世人。一直到十八世纪终了，她的头骨都还被悬挂在那儿，后来则是在同一个地点装设了那面瓷砖。"

广场里有几棵橙树，法兰克问我能否分辨是什么样的橙树，长出来的柑橘是甜是苦。我说我不能，他便从一棵树上摘下一片叶子，让我看看叶子本身，下端有个小小的叶片（注：即单身复叶。塞维利亚的橙树是酸橙，必须接枝之后才是可食的甜橙。），因此这棵树的果实是酸苦的。

我们走上圣者广场，过去这里曾是退休神职人员的医院。广场里有两家餐馆，还有两棵橙树。我们坐在户外的一张餐桌，在点餐之前，先喝了一杯山楂酒。我们又谈起生命演化的话题，我想是法兰克起的头，或许是要让我对这趟塞维利亚之行的投资值回票价。我们那天晚上讨论的许多重点我都派上了用场。就是在这里，他对我谈到新西兰的鳄蜥。

我思量着，截至目前，我在马德里巧遇法兰克算得上是纯粹的愉悦恬适。但是决定性的一刻正在接近，时间已近九点。付过账之后，我带着法兰克穿过窄巷，进入山塔克鲁兹广场。我们与阿卡萨花园之间，尤其是和诗人花园之间，有一座高墙将我们隔离开来，我让他看看我们和那座高墙有多么接近。

"我想你的眼睛前面一定长了一把尺。"我说。

他不了解我的意思，因此我要他仔细瞧瞧。他指着广场中央的铁制大十字架，我告诉他，过去法国人如何烧毁曾经耸立在当地的旧教堂，同时将这片广场和这个地区都以这座教堂为名。这片广场就包围着这个巴洛克时代的十字架，我们在广场上走了一圈半。然后他蓦然瞥见了一样物事。他两眼发亮地望了我一眼，接着亮光便消失在弗拉门戈舞场"雄鸟"之内。

"我满脑子都是戈雅的那些画，"他一边大叫，一边拍着自己的额头，"我几乎都忘了她在塞维利亚是有名的弗拉门戈舞者！"

我好玩地拍拍他的肩膀。

"这下有趣了！"他说，但我不敢肯定他等会儿是不是要把自己的话给吞回去。

弗拉门戈舞场里，除了一群日本观光客之外，人还不算太多，我们坐在我预订的舞台边座位。我们都点了一杯白兰地，法兰克一语不发，只是举起酒杯，充满期盼地望着我。

不久表演开始。首先，有三个身着黑色长裤与白色衬衫的男子，他们从厅内另一端的看台走下阶梯。他们穿过观众席，踏上舞台的位置。其中一人带着吉他，另两人除了灵魂般的歌声和他们的五指韵律之外没有任何乐器。吉他手开始演奏，他的两个同伴则是拍着手，弹着指头。

　　然后她出现了，风姿绰约有如仙女下凡。安娜沿着旋转阶梯步入舞台，投入日本人陶醉的掌声之中，后者显然认得她——大约就是为了她，他们才大老远地从东京、京都和大阪来到这里。安娜一身红衣，一条玫瑰色丝巾与鲜红色的鞋子。她的一头黑发束成马尾，上面插了一朵玫瑰花。

　　"安娜！"她踏上舞台之时，法兰克悄声说道。

　　我点点头："安娜·玛丽亚·玛雅。"

　　"那是她的名字吗？"

　　我再度点了点头。

　　"玛雅？"

　　"嘘！"

　　安娜开始跳舞。她的舞步热力十足，比我前一个星期看到的更为华美。我注意到她的手臂动作有如流水，而脸部表情却僵硬而全神贯注，还有那优雅的绕指动作，使我想起曾在欧瑞沙见识过的印度寺庙舞蹈。

　　其他的舞曲伴随着其他舞者继续进行，但是安娜·玛丽亚·玛雅才是当晚最耀眼的星星。安娜舞动着双手和手臂、脚掌与手指、腹部及臀部。她骄傲尖刻，她轻佻煽惑，她温柔可人。我最想在塞维利亚让法兰克见识到的，就是这样的安娜。我要让他看到后动物时代的脊椎动物伸缩自如的四肢，最放荡不羁的演出。原始的爬虫类将以此作为见证，我想，它们住在塞维利亚的曾孙跳着弗拉门戈舞，用上四肢的极限，每一条肌肉和脊椎骨，每一个大脑内负责协调动作的神经元。但是在泥盆纪的半黑暗时代，那些原始爬虫类在羊齿类植物和石松之间，义无反顾地缓缓爬行，在诸多泥坑与小湖之畔，进行着定期的幽会，却浑然不知自己的未来将是何等光鲜明亮。我们看到的是一种骄傲挺立而欣喜得意的舞蹈，原始两栖类小姐与原始两栖类先生将和所有的蝌蚪一同欢庆，后者不久之后便将充塞于蕨类湖与芦苇塘之内，大家激越狂欢，因为它们的青春流荡绝非虚度。我们看到的不仅是一种胜利的舞蹈，还是倏忽而逝的脊椎动物垂死的挣扎，因为不久便来了一首歌——深沉粗哑，令人屏息——一首描述爱与死、写尽欺瞒抑郁的歌。

然后是中场休息。安娜在接受掌声之后，随着团员进入走道，正当此刻，荷西来到我们的桌前。他手上抱着一个娇小的婴儿，法兰克两眼圆睁难以置信。孩子只有两三个月大。法兰克并未与荷西正式打招呼，便紧紧盯着婴儿，然后抬头望着荷西。

"这是……你的吗?"他问。

荷西骄傲地点头微笑着。

"这是马努耶。"他边说着边坐了下来。

不久安娜过来和我们一道。

"看到你真是难得啊，法兰克! 真是意外。"

法兰克坐在那儿呆若木鸡。

"他多大了?"他问。他的问题像是不只在问孩子满心愉悦的父母，还在问他自己。

"两个半月。"安娜回道。

这位生物学家开始掐指算了起来："你在塔弗尼岛知道这回事吗？"

他的问题从此悬在空中，因为有位神态雍容的女子肩上背个大肩袋，朝我们的桌子走过来。那是薇拉，突起的腹部显示孕期只剩不过两个月。

"薇拉？"

在这一天之内，法兰克二度揉着自己的额头，看起来是一头雾水。或许他又经历了另一次似曾相识的经验，因为这并不是他第一次看到薇拉浑圆的腹部。

薇拉靠了过来，给他一个重逢的拥抱。我说："打从我离开斐济，她的名字便出现在我的书里。我们昨天下午见了一面之后，我便在马德里打了两次电话给她。我想我们五个人该见个面，或是六个，或该说七个。我昨晚才邀她前来塞维利亚。"

我知道法兰克自从在沙拉满加与薇拉相遇之后，便没再见过她。他不时转头打量着她那怀有身孕的肚子，而当他的目光离开薇拉，我可以读出他脸上深切的哀愁。他痛苦地挣扎着，让自己保持君子风度，对她的现状额首示意。

"恭喜了。"他虚弱地说。

片刻之后他转身，颇具深意地注视着我，带着一点责备的意味。我无法确定那是因为我邀请了这位待产中的母亲来到塞维利亚，或是因为我的保密功夫。

薇拉笑得很不自然。这让我觉得很是歉疚，因为她会来到这里都是我的错。她甚至没有机会回应法兰克的道喜之意，因为有两个吉他手和两名歌手又从走道下来，往舞台前进。他们就位之后，弗拉门戈舞女王才踏上舞台。她走下旋转台阶时，着实有如天女入凡尘。

薇拉坐在我和法兰克之间，她分别看看我们，然后悄声说道："我想我一定见过她。"

法兰克在心受重创之下，仍不免会心一笑。他遥望着我，而我们两人此刻都忆起在马拉福那几天，我们如何使尽力气，试图想起自己曾在哪里见过安娜。

他看着薇拉，现在，也只有现在，他说了："想想布拉多。"

"和布拉多有关？"

"还有，和戈雅有关。"

薇拉两眼圆睁。然后她的声音大得让我担心连舞台上都可以听见："赤裸的玛雅！"

法兰克和我都骄傲地点了点头，好像我们让戈雅那谜团重重的模特儿转世超生了一般。所以现在他可以不用再带我去布拉多。

"她们简直是同一个人！"薇拉悄悄地说。

"嘘！"我说，女王再度起舞。

一个半小时之后表演结束，时间已是凌晨一点三十分。现在酒吧里的桌上已经摆满了构实酒和山楂酒。安娜与荷西在后台忙着，法兰克、薇拉和我正好有机会单独将情况说个明白，我觉得这是我提出的临时动议，必须负责到底，同时我想他们会需要个主席。

"现在别因为我在场而觉得害臊，"我说，"好歹我是唯一对你们双方背景都有所了解的人。两个成人经常都是因为如此而不再沟通。"

他们都同样紧张，有如学童被拉到严厉的老师面前一般。我并不想掩饰自己其实从中得到了某种乐趣。

"或许你说对了。"法兰克评论道。

他再度对着薇拉的肚子点了点头。

"我们几个星期之前才通过电话，而且聊得还颇愉快。我想你或许也说过你已经怀有身孕。"

她闻言显得严肃了起来。

"我只是太懦弱了，"她承认，"我不敢。"

他在望向她之前，先瞧了我一眼。

"我假设这孩子有个父亲。"

"法兰克……"

"不过无论如何，我们的分居时间已过。所以我没有问题。你可以再婚。"

她迷惘地望着我，但我并不想拉她一把；他们得自己解决。我只是坚定地点点头。

她拉起法兰克的手，他很快抽了回去，但她望着他，恳求谅解。

"这是你的孩子，法兰克。"

一瞬间，他的脸色让我想起安娜，她在塔弗尼岛扑向餐桌之前的脸色就是如此。然后他的脸颊开始燃烧，呼吸变得沉重起来。我仿佛听见他的血压正在升高的声音，有好一会儿，我很担心他会给她一巴掌。然后他断然说道："这怎么可能！"

她摇摇头。

"你不会算吗?"

"可是……你在开什么玩笑！"

这时候我请服务生过来，示意给法兰克另一杯白兰地。他需要冷静下来。

现在薇拉开始谈起正事。

"你不会忘记我们在沙拉满加曾有一夜相聚吧。你并没有喝很多酒。"

他转向我："你真的想听这些话吗？"

"对！"我只说了这个字。

她继续："不，我不敢告诉你，法兰克。我们曾发下重誓，说再也不团圆。然后——我们发现自己就站在我旅馆房间的门口。你不是回到自己的房间，而是随我进门。你还记得吗？我们都同意，我们称之为插曲的事件，不能算是复合的开始。因为我们两人已经完全结束。"

"我们是这么说的，至少是如此。"法兰克承认。

"然后我向你保证，那天晚上绝对没有避孕的问题。对我而言，那天是那个月里的安全期。而当我不可思议地怀孕，我自然想到桑妮亚。我要这个孩子，我很确定。我准备要当个单亲妈妈，而且当然孩子出生之后，我会立刻让你知道。但我必须等待，情况也可能再出错，我的意思是……我打算让你决定你想和孩子保留多少联系，这还是，还是我想做的事。"

法兰克不想隐藏他的眼泪。

"请继续。"他说。

"然后有个名为约翰·史普克的人打电话来，说他有缘在斐济和你相处了一阵子，而且他很意外地在马德里又见到你。他说你或许这个周末会待在塞维利亚，然后邀我来看他所谓的'本世纪最出色的弗拉门戈舞演出'。他并没有夸张，她真的是很了不起。我想这也许会让我有机会解释一切。那是昨天下午，然后他在半夜又打了一次电话，只是向我确认你真的正在前往塞维利亚途中。他订了一张机票，说我可以在巴塞罗那的机场取票。他还说他觉得你还爱着我，然后针对我们在奥斯陆的车祸之后的行为表现，痛骂了一顿。"

当他还来不及回答，她说："你能够原谅我吗，法兰克？我的怀孕没有任何其他的意思，无论如何都不是针对你。但是你能够原谅我吗？"

"你会在这里待多久？"他问道。

"我不知道。我的回程机票是星期天下午三点半。你呢？"

"我不知道。也许到星期一吧。"

所以他们终究还是需要一个人来调停一番。

"你们两人都得停留同样长的时间，然后你们得决定要回到奥斯陆或巴塞罗那。否则，我要你们把钱都还给我。"

我们无法继续讨论，因为就在这个时候，我们被传唤到另一张大桌子，上面摆满了杯盘、构实酒与山楂酒。然而，我注意到法兰克将右手放在薇拉圆滚滚的肚子上，上头则是覆着她的手。

这让我想到法兰克的信里所写的，安娜在他们驱车从日期变更线回转马拉福时所说的话：

"在大腹便便的黑暗之中，总会有几百万个卵囊在游泳，带着崭新的世界意识。无助的小精灵成熟之后，正要开始呼吸，便被挤压出来。因为他们能吃的食物就是甜美的精灵之乳，来自精灵血肉的一对柔软芽苞。"

另一个念头冒了出来。我们坐在马拉福的棕榈树丛中，人人都在诉说自己的信仰，安娜认为在此生之外，还有另一个实境。"或许不久我们将在另一个地方相会，记起这不过是梦一场。"她说。因此我可以破格，让法兰克将她的陈述写进《给薇拉的信》里。因为我们都在这里，齐聚一堂，安娜没有死。

我们那天晚上喝了很多山楂酒，将在斐济的诸多回忆注入新的生命。现在我们有个没在斐济当场的人，而薇拉很想听听每个人都说了些什么。我们谈到比尔与罗拉时，她的兴致极高，但我没告诉她，法兰克曾带着宴会上的一瓶酒，和罗拉一齐到了他的茅屋里去。

安娜与荷西到塔弗尼是为了做个关于二十一世纪的纪录片，其中有个场景就是要在日期变更线上拍摄。这个节目早就制作成功播放完毕，荷西也给了法兰克一卷带子。安娜还很得意地说，在斐济拍摄的那一段，还访问了法兰克，请他谈谈大洋洲的原生动植物受到什么威胁，谈谈当地的生态环境有何问题。

法兰克和我解释道，我们在塔弗尼岛和安娜见面之时，都有种似曾相识的感觉。

"哦，别再来了！"安娜笑了起来。

她以手遮脸说道："你不知道常有人对我这么说。"

我向大家说明我如何进入国际网络，几分钟之后，便找到一些清晰图片，让我看到戈雅的玛雅。我还挖了一些关于安娜·玛丽亚·玛雅这位知名舞星的资料。

"然后你把手指放在安娜的额头上，用间接的方式让大家知道，你在网络上找到一则关于她的文章。"荷西评论道，"你们颇为过分地开始互相谈论，说你们都见过她，而且我知道安娜很讨厌被认出来，无论是塞维利亚的舞星或是戈雅的玛雅。我想你们甚至开始形容安娜是'杰作'？当时我就联想到，你们一定是上了网络，但我们当时是在斐济呀，天哪，在斐济！就连国际网络都可能被人糟蹋。"

"当时你们知道安娜怀孕了吗？"法兰克再度问道。

他们都摇摇头。

"或许这是你在早餐桌上昏倒的原因？"

是荷西的回答。

"是的，我们后来才知道。她发病的时候我吓呆了。我知道安娜会因为过敏而休克，因为她对昆虫的咬伤总是很敏感。我当时是显得不太理性，不过我觉得用力打她或许会让她的肾上腺开始运作。"

就这样，对话来来去去，桌上的酒瓶不断换新。法兰克甚至坦承他在波马瀑布时，曾在指缝间偷窥安娜裸身洗澡，语毕却遭到指摘。

"就是这时候，我明白我只认得你的脸。"他宣称，"通常我不太偷窥的。"

安娜笑了。

"几个星期之后，我看起来更像戈雅的玛雅。"

一行人在清晨四点钟散场，我得看着法兰克和薇拉走过那窄窄的巷道，回到玛丽亚夫人饭店。我们和夜间值班人员见面时，他告诉我，没有人住进我预订的第三个房间。法兰克和薇拉面面相觑；他们或许正在想自己在沙拉满加之时，在房间门口也遇到类似的问题，而今已经过了孕期的四分之三。然后他们爆出了一场大笑。

"我想我们的房间够了。"我说，"不过你能不能帮我找个太太？"

在我们进门之前，我对法兰克与薇拉说了最后一句话，提及在我克罗伊登家里的书桌上，有一张破旧的海报，上面是那神圣家庭的大城堡沙雕，我得记得还回去。

第二天早上，我们这一大家族开始出门闲逛，当时太阳已经高高挂在城上的天空。安娜与荷西用一辆红黑条纹的手推车，带着马努耶和我们在玛丽亚夫人饭店碰面。不久我们便穿过王室圣母广场，还经过印度档案馆到荷雷斯门，随后进入愉悦大道，在这路上，我们沿着瓜达奇维尔河走了一会儿，才来到玛丽亚露易莎公园，那是塞维利亚诸多绿洲当中，最大的一片公园。该公园最初是在一八九三年，由玛丽亚露易莎王妃送给该市，到了一九二九年，便成为伟大的伊比利亚与美国的展览场。公园里有着迷宫一般的走道与曲径，台榭楼阁、岩穴假山、花草繁荣、树木葱茏，这里已经是欧洲最为丰美的一座花园。

　　在所有的楼阁之中，有一座来自玛雅灵感的墨西哥式建筑格外吸引我们的目光。荷西说明道，在世界博览会之后，这里曾经是个妇产科诊所，产妇和待产的妈妈都会特别留心这个地方。法兰克指出，"玛雅"是美国印第安人和亚洲的印度人都有的名词，虽然它们之间没有任何语言学上的关系。荷西说，法兰克的说法有点粗糙，并还击道，西班牙文的"弗拉门戈舞"也有"红鹤"的意思，但它们并没有语源上的关联。安娜与荷西谈到，他们有一回到圣玛丽庙去朝圣，那里有一大群来自欧洲各地的吉卜赛人，安娜在他们面前跳了弗拉门戈舞。在卡马古，他们还看到许多鲁恩河三角洲的红鹤。

　　我们走到考古学博物馆前方的美国广场。广场上到处都是白色的鸽子，安娜带来一整袋喂鸟的种子。不久她便消失在一大片白色恐龙的后代子孙之间，法兰克再度提及罗拉所拍到的，在塔弗尼岛仅见的橙鸽。

　　我们从美国广场进入公园。安娜与荷西轮流推着手推车，而法兰克与薇拉对彼此的兴趣在逐渐增加，却不为对方所知，因为法兰克总是在薇拉转头之后看着她，而当法兰克去看手推车或转向安娜与荷西时，薇拉也不忘斜着眼睛偷瞧他。他们唯一回避的就是正视对方的眼睛。

我要安娜与荷西告诉我们一点安达卢西亚弗拉门戈舞的根源。他们谈到布拉奈达和知名的弗拉门戈舞迷沙拉芬·伊斯提巴纳兹·卡德隆，此人绰号"幽客"，就是"寂寞的人"。在《安达卢西亚的故事》一书中，他从上个世纪中叶谈起，生动地勾勒现代塞维利亚弗拉门戈舞的周遭环境，并谈到一个关于特里安纳庆典的故事。幽客可以算得上是弗拉门戈舞之父。

"布拉奈达（El Planeta）和寂寞的人（El Solitario）？"法兰克复述一遍。

安娜会心地点点头，但法兰克当然是聪明过人，很容易有所联想。

"这让我想起罗拉，"他说，"她老是在读《寂寞的星球》。"

"佩服佩服。"荷西承认，因为法兰克找到了关联性。

我们站在一个标示牌前，上面写满了公园里所有的小鸟，我想就是在这里，法兰克提到我们在阿卡萨花园里，曾经见到一个奇怪的侏儒。

安娜微微一笑。

"他住在那儿。"她说。

"住在哪儿？"

"嗯，无论如何，大家都是这么说的。他在花园里到处跑来跑去，用拍立得照观光客的相片，然后在出口的地方卖个一手一脚的。他们说他住在葛鲁泰斯可走廊。打从我有记忆以来，他就在花园里工作，没有人知道他的年纪有多大。"

我们走进西班牙广场，这是为了伊比利亚与美国的展览而建的。这座镰刀形的广场，四周都是威尼斯式的运河，有一座新月形的宫殿，用来放置世界博览会时的西班牙工业与手工制品。这座宏伟的建筑面对太阳与瓜达奇维尔河，与广场之间有四排列柱，每一列都有十三根柱子。

我们越过一座桥，安娜与荷西带着我们走向左边的列柱。他们指出，在回栏之下，有精细的马赛克瓷砖，勾勒出西班牙每一个省份最重要的历史事件，以及每一省的地图与纹章。荷西告诉我们，西班牙有五十个省，另外在摩洛哥还有两个自治城市，塞乌达与梅立拉。

"那就是五十二个，"法兰克说，"和斐济的众议院选区数目一样。"

法兰克与荷西之间的联想游戏变成了一场比赛，荷西反击道：

"或是扑克牌的数字。我们将你彻底击败。"

这个有关玛雅的话题和五十二的数字，对我来说显得特别有趣，这是有原因的。然后当我说了这句话，我觉得我比他们更胜一筹：

"或是在古老的玛雅历法里，在天文学的历法上，一年有三百六十五天，但他们的仪式年度是两百六十天。因此，如果要让这个数字运作顺利，每五十二年就会有一次循环。"

安娜瞅着我，我再度觉得和戈雅的玛雅目光接触。

"你在开玩笑，是吗？"她说。

但我摇摇头。

"天文学上的五十二年等于一万八千九百八十天，如果你将它除以玛雅人的一年两百六十天，就会得到七十三个仪式年。两百六十天也可以被等分成十三个月。"

现在我们的话题转到了历法与时间的计算，既然是我的舞台，我便继续说道："你们还记得他们为何打算在斐济迎接新的千禧年吗？"

"这就是我们在这里的原因。"荷西说,"除了南极圈和一小块的西伯利亚,斐济是唯一被东经一百八十度线画过的土地。这是地球上唯一一个你不用穿着雪鞋便能从今天走到明天的地方。"

我很有耐性地点点头。

"但你有听过最近的说法吗?"

荷西摇摇头,于是我说:"日期变更线的问题其实错综复杂,有夏令时,还有日出的时间不太一定等,究竟哪里是第一个进入公元二〇〇〇年的地方,在几个太平洋小岛之间起了激烈的竞争。事实上,只有塔弗尼岛和几个其他的斐济小岛真的处于一百八十度线上,但是为了击败东加和小彼特岛,斐济从今年开始引进了夏令时。就在几个星期之前,他们首度将时间拨快了一个小时。但是不仅如此……"

"好吧,你就继续说下去好了。"法兰克说,"但愿你不是要说他们在日期变更线上盖了一座豪华大饭店。"

"不,谈不上。但他们将在一百八十度线上竖立一座'千禧纪念碑',也就是安娜访问法兰克谈大洋洲濒临绝种动物的地方。任何人都可以在里面放一个时光胶囊,它会存放在里面一千年。你写个问候语,问候第四世纪的人,将它放在一个玻璃容器内。该容器正好放在一枚砖块的凹洞里,然后他们会把它封起来,组合而成纪念碑。一枚时光胶囊的价值是五百美元。在未来的一千年里,有个机构会负责照顾这面墙。他们还保证会在二〇〇〇年除夕之时,以合宜的仪式开启这些时光胶囊。"

"我不知道我会有什么话说,"荷西说,"那是好久以后的事。你们呢?"

"我想到要存放一些二十世纪的箴言。"我说。

"箴言?"荷西问,"政治性的宣言吗?"

我摇摇头。

"我们在马拉福植物园开的热带高峰会上谈论过许多话题，我把它们以摘要的形式记录下来。你不觉得，在我们身后，我们应该给斐济留个简短的履历表吗？"

他们一起大笑起来。

安娜说明道，西班牙的省份是依照字母顺序排列，从阿拉法到萨拉格萨，我们边靠近列柱，她边指着那些栏杆念道："阿拉法、阿尔巴塞得、阿里千得、阿米利亚、阿维拉……"

薇拉打断了她。

"我妈妈在阿米利亚怀了我，"她大叫，"在一个名为薇拉的小镇里。因此我就取了这个小镇的名字。"

然后她冲到阿米利亚的地图边，指出一个名为薇拉的小镇。

我们都站在阿拉法的地图前，安娜看着荷西说："我可以告诉他们一个秘密吗？"犹记得我们在塔弗尼岛时，荷西始终禁止安娜回答一些问题。而今他只是耸耸肩，表示她不再受到言论限制。

"我们几乎每个星期天都会来这里散步，"她说，"几年下来，我们帮每个西班牙省份都编了个小故事。我们在旅行的时候，就会试着依照正确的顺序，将所有故事背出来。或是我们干脆编些新的。"

法兰克与我交换了一个心照不宣的眼色。这两个西班牙人之间的永恒呢喃终于也有了解释。我当然不明白他们在说些什么，因此我会需要法兰克当翻译和中间人，所幸他至今仍不明白自己在负责这项功能。

我们慢慢走过那许多西班牙省份。安娜与荷西指着那些马赛克，为每个省份念出一小段神话、传奇或故事。

现在法兰克与薇拉开始轮流推马努耶的小推车。我静静想着，假若六亿五千万年前，不是有个大陨石打到地球上来，他们现在推的或许是个蛋蛋小推车，因为恐龙也可能会发明轮子。

当我们抵达广场另一端的萨摩拉省，他们两人一起推着小车子，不过那是因为我们站在萨拉格萨之前，荷西谈到那壮丽的皮勒大教堂，上面画了许多戈雅的壁画，因此他们将小推车接了过来。当他们将车子还给安娜，便牵起手来，坚定地凝视着对方。现在已经成了半个圆。另一半是法兰克给薇拉的信。我从来没打算将这两半凑成一个完整的圆。我压根没想到会在皇宫饭店的圆顶大厅巧遇法兰克。而一旦命该如此，便让我大伤脑筋，但也给了我许多新点子。

有一回荷西问我，我们在塔弗尼岛时便在做笔记，现在这本书进行得如何。我再度伸起手指示意，我从来不谈论自己正在撰写中的作品。

"我只是问你进行得如何？"荷西重复问道。

这会儿大家的目光全集中在我身上，我也明白这很不合理，他们全都彼此坦然相见，而在我们上一次见面至今，我是唯一没有给大家新消息的人。其他的人甚至已经为这世界制造了两个新的公民。

"那是一则真实故事，当然也是虚构的小说。但我不知道哪一个比较迷人。或许那是因为，就某个层面来说，它们是各自独立的。它们就像是鸡与蛋的关系，没有真实的故事，捏造的便无法存在；而缺了虚构的部分，真实的故事便很难想象。而且我无法说究竟两个故事是从何开始，到哪里结束。故事的开头可以为结局下个定义，而其结尾也能够为起头进行注解。那是我们已经谈论过的一切。宇宙大爆炸发生一百五十亿年之后，给它的掌声才终于响了起来。"

"但是这两则故事究竟在谈些什么？"薇拉想知道。

"它们谈的是脊椎动物。"

法兰克瞪大了两只眼睛。

"脊椎动物？"

我点点头。

"它们谈的是单弓类动物，尤其是演化树枝叶的最末梢，我的意思是后动物时代的灵长类。我自己就是这些奇妙生物的一分子，而我已经活到六十五岁。因此每当我想到那活在六亿五千万年前的地鼠，或是三亿六千五百万年前的两栖类，想想我是它们的子孙，感觉真是怪异得很。好吧，很好！但我们还是很可能只走到晶莹瑰丽的成蛹阶段，却无法羽化成蝴蝶。"

然后我弯腰鞠了个躬，先对着手推车内的马努耶，然后是薇拉的肚子。

"这巨型的线性接力赛还没跑完。追逐还要继续，我的朋友，它将远离我们，继续前进。至于这趟长途旅行要带我们走到哪里，目前还是个未知数。"

安娜无言地点点头。我有种感觉，我的书出版之后，她一定不会冲去买一本来狼吞虎咽一番。这也无妨。

法兰克给薇拉的信附带着四套塔弗尼岛的照片，每套十三张。在每一张背后，安娜都写了一句箴言，那是他们在塔弗尼岛各处背诵着的诗句。我们从西班牙广场的一端踱到另一端——从阿拉法到萨拉格萨。我试着背出自己还记得的那些箴言，每一句代表西班牙的每一个省份。我当时想到，荷西必须记得指出，这些箴言是为了两个要终生相伴的伴侣所写的，因为它所开启的视野或许会让你觉得，若是没有一只手可以紧紧握着，将是很难受的事。

法兰克已经不像我们在马拉福植物园的棕榈树丛谈话时，那么的灰心丧气。我想象着，现在他即使想到没有永恒的存在，也会觉得好受一点。至少他不会在宇宙的夜空里踽踽独行。如今，在那令人疲惫的道路上，他终于有人相伴。他还是个抑郁不欢的天使，但基本需求会教导那些无翼的天使学会去爱。

我们在西班牙广场分道扬镳。安娜与荷西带着马努耶回家，法兰克与薇拉坦承这个周末他们要自己留在塞维利亚。

因此，我又走上回家的路，我对我的每一个年轻朋友都有种依恋的感觉，这种感觉强烈到远远超出他们所知。

在我搭乘AVE火车回到马德里，然后搭飞机回到盖维克之前，我又信步走到瓜达奇维尔河，穿过圣塔摩桥，我再度站到特里安纳的圣安娜教堂门前。教堂的门开着，霎时间，是我自己经历了一种强烈的似曾相识的感觉。

我站在这座土黄色的教区教堂前，一大群身着黑衣的人慢慢聚集过来。我想是一场安魂弥撒正要进行，而当他们开始鱼贯进入教堂，我也跟了进去。我不太懂得牧师说了些什么，但显然亡者是名青年女子，因为我可以清楚辨别她的父母和她的丈夫。

牧师主持着仪式，我开始悄悄地私下琢磨，被带走的人究竟是谁，为什么她会被带走——而这一切的发生是否属于我的过失。

我们起身离开教堂之时，我瞥见了阿卡萨花园的侏儒。当我穿过教堂的门，他抬头望着我，眨了眨眼睛。或许因为前一天的相见。他还认得我，我想。虽然我不记得是否回眨了眼睛，他勾勾手指，召唤我离开那一行人。他将手伸进外套口袋里，翻翻一小沓彩色照片，然后取出一张交给我。那是我坐在阿卡萨花园的马尔千纳之门前方广场。我疯狂地掏遍口袋，想找些零钱出来，但侏儒却表示拒绝地直说："不客气，不客气！"我不断向他道谢，但在我能够仔细端详之前，他已经和所有的人一道失去了踪影。

我站在圣安娜教堂前的广场许久，瞪视着我自己的照片。我只看见自己已经认识的、也是我一向认识的形象。我看见一个悲戚的灵长类，而在那回望着我的寂寞眼神里，却遍寻不着妥协。因此我终于明白，我已开始撰写的小说其实不是关于法兰克与薇拉，或安娜与荷西。那是关于席拉和她的单人纸牌。那是关于我自己。

几乎是出于直觉地，我翻过刚得来的照片，背面有侏儒以红色墨水写的字。它说：

"人类或许是整个宇宙里，唯一拥有宇宙意识的生物。因此保留此一星球的生存环境不仅是全球的责任。它是全宇宙的责任。有朝一日，黑暗可能再度降临。而这一回，上帝的神灵将不再浮现于水面。"

箴言

傅佩荣 译

A

　　有一个世界存在。以概然性来说，这几乎是不可能的。如果碰巧什么都不存在，那倒更是可想象的。如此一来，至少不会有人总是要问，为何什么都不存在？

2

　　由不带偏见的角度看来，这个世界不但不像是个一眼看得透的简单现象，而且还不断地为理性制造压力。如果理性存在的话，意思是，如果有个中立的理性。由内而发的声音在这么说。小丑的声音在这么说。

此时此地，是由两栖类的后裔认真发出这声音。在浓密森林里，陆栖蜥蜴的子侄辈透露了这声音。那毛皮脊椎动物的后代所提的问题是：这一切，除了源于这颗无所顾忌的卵囊朝着各个方向不停生长之外，还有什么理由可说？

4

　　要问的是：存在之物由虚无中产生，这样的机会有多大？或者，当然可以从另一面来问：存在之物自永远即已存在，这样的几率有多少？不管怎么问，都可以接着再问：宇宙物质历经世世代代的睡眠，某日清晨突然揉揉眼睛，醒来觉察自己竟然有了意识，这样的几率可能算得出吗？

4

5

如果上帝存在，那么它不但是一位魔术师，留下许多线索让人探寻。最主要的，它还是一位善于隐藏真相的大师。这个世界不是可以一眼看穿的。天体中仍然保存了不少秘密。群星在窃窃私语。不过，没有人忘得了大爆炸。自此以后，寂静负责主宰，那儿的一切也向外扩散开去。你依然可以邂逅一颗卫星，或是一颗彗星。只是不必期待友善的问候。天体中是不印名片的。

6

在起初，发生了大爆炸，那是很久以前的事。这张牌只是个提醒，要你注意这个傍晚的额外表演。你还来得及抓住一张入场券。简单说来，喝彩之声环绕着这表演本身的观众所展示出来的创造品。不论情况如何，如果没有观众鼓掌，这个事件就没有理由被描述为一场表演。有些座位还空着。

9

7
♣

　　在天体的一排排座位中，到处都只是冰块与火焰时，谁又能观赏这出宇宙烟火施放表演？谁又能猜测到，当第一只大胆的两栖类向着岸边所爬的一小步竟然也是长途旅行中重大的一跃，最后才使得灵长类能够看到他们光荣演化从一开始所取路程的全盘景观？大爆炸发生了一百五十亿年以后，给它的掌声才终于响了起来。

8

♣

　　无可否认，创造整体世界，是个值得大加赞赏的成就。不过，更值得尊重的，或许是一个有能力创造自己的整体世界。由此反观可知：这个世界就其只是被创造的经验而言，实在乏善可陈；相形之下，能够从虚幻状态中引发自己的存在，并且完全在自己双脚上站立起来，那才是惊天动地的壮举。

8

9

　　小丑感觉自己在成长，他在双手双脚的变化中感觉到了，他觉得他不只是自己想象中的样子了。他感觉他那外表像人的动物的口中，冒出了珐琅质与牙齿。他感觉自己戏袍里的灵长类的肋骨变得轻盈了，他感觉稳定的脉搏不停地跳动，正在把温暖的液体注入他的身体中。

6

10

　　我们不难想象这样的状况，就是：造物者以泥土塑造男人，将生命吹进他的鼻孔，使他成为一个有生命之物，然后自己看着这个杰作也不免倒退了一两步。这一事件令人讶异的部分反而是：亚当自己一点都不惊奇。

J

小丑取得灵长类的形貌，在小精灵之间走动。他俯视两只陌生的手，用手碰触自己还不熟悉的脸颊，抓抓眉毛，这才知道脑袋里面藏着挥之不去的困扰谜题，到底这个自我、灵魂的原形质、能认知的胶质是怎么回事。他永远无法更接近事物的本质部分。他模糊地觉知自己一定是个移植过来的脑。那么他也不再是他自己了。

这个世界上，处处都看得到欲求。一物越强大越有力，它就越鲜明地感觉自己缺少救援。谁会听到沙粒的苦难？谁会侧耳倾听蝼蚁的欲求？如果一切都不存在，就不会有任何涉及渴望的情事了。

K

我们生出并且生自一个我们不认识的灵魂。当这个谜在双腿上撑起自己而尚未得到解答时，就该轮到我们上场了。当梦中的画面掐住自己双臂而未能醒觉时，那就是我们。因为我们正是没人猜测的谜。我们是困陷于自身形象中的童话。我们是那一直在前进而未曾抵达理解的东西。

K

玛　雅

A

　　某物竖起耳，张开眼；它经历了遍地火焰，史前的厚重浓雾，通过了寄居洞穴阶段，继续往上走，终于来到了一望无际的大草原上。

A

2

    这条秘密的通路蜿蜒曲折，它并非向内走，而是向外走，并非走入迷宫，而是走出迷宫。秘密经由含氢的蒸汽，循环相生的轮生体，不断爆炸的超大新星，而传递下去。最后一步是一个自己形成的巨大分子网。

3 ◇

家族秘密的蛛网伸展开来，从史前浓雾里的微小谜团，走到了视力清爽的肉鳍鱼，以及更为进步的两栖类。就这么小心翼翼地，接力棒再由温血的爬虫类，擅长跳跃翻腾的猿猴，以及看来愁眉不展的类人猿传下去，在爬虫类的脑海深处，潜藏着自我觉知的初步能力吗？没有一只不平凡的类人猿曾经对这实际进行中的庞大计划，产生一点模糊的念头吗？

4

◇

这全盘景观就像充满魔法的迷雾，冉冉升起。它
穿过了迷雾，也超越了迷雾。尼安德塔人旁系的兄弟
皱着眉头，知道在他这灵长类的额头里面，游动着柔
软的脑浆，那是演化过程里的自动驾驶员，是蛋白质
盛宴里介于心智与物质之间的气囊。

5

　　突破点在四肢动物的大脑圆环出现了。这是物种宣布最新成就的地方。在温血脊椎动物的神经细胞中，第一瓶香槟的木塞飞了起来。比近代灵长类更进一步的品种，终于看到了伟大的全盘景观。他们并不害怕：这是宇宙正在以广角镜头观看自身。

5

6 ◇

　　灵长类蓦然回首，在以光年计算的夜里回溯反思，看到了远亲谜样的尾巴。直至此刻，神秘通道才算抵达终点，那终点就是意识到长途旅行原来是在走向那终点本身。此时他能做的只是以双手鼓掌，而双手正是他为物种后代所储存的最后利器。

9

7

◇

　　对于自己的祖先在演化时突然转入一个没有尽头的死巷，大象自然会觉得尴尬。猿猴可以获得较多表扬。它的外表也许看来有些可笑，但是至少演化的方向感没有问题。不是每一条路都通向小丑。

◇

7

8 ♦

　　从鱼类、爬虫类与甜美可爱的小地鼠身上，潇洒的灵长类继承了一双适用的眼睛，可以分辨空间的纵深。肉鳍鱼的遥远后裔，观看着银河群星在太空中的飞行，知道那是花了数十亿年才能使他们的视觉变得越来越完美。水晶体由大分子琢磨修饰。目光的聚焦作用则由高蛋白与氨基酸来完成。

8

9

　　在眼球中，创造与反思发生撞击。可双向注视的眼球是神奇的旋转门，在那儿，创造的灵在被造的灵身上遇到自己。眺望宇宙的眼，正是宇宙自己的眼。

6

　　小精灵不是虚构的，而是脊椎动物。他们是鱼子，蛙卵，突变的爬虫类子孙。小精灵是五指的脊椎动物，原始地鼠的合法后裔，没有尾巴的灵长类——他们听到那原始鼓声沉闷的回音，就从树上爬了下来。

J

　　小精灵不是由外而来，却是由内而生的。他们是活跃的DNA蜘蛛所结成的精微奥妙的网。小精灵不是洞穴墙壁上的幻影角色。他们是极具特殊性的细胞殖民地。小精灵不是幻想。但他们是童话，纯粹的童话。

J

Q

这个充满生命的星球，目前是由数十亿极具个人性的首席哺乳类动物在统治。他们全都源于同一个海湾，来自同一条肉鳍鱼的肚子。他们之中，不曾有两个完全一样。也不曾有两个小精灵降临在同一颗星球上。

Q

玛　雅

K

◇

小丑站在秘密通道的终点。他知道自己背负着古老的行李，这行李不是装在背包或布袋中，而是深藏在他身上的每一颗细胞中。他看到地球在做成内部的精致奥妙的转型之后，继续扩张其精巧的DNA塑像。谁是今年的大象？今年的鸵鸟在哪里？此刻，谁是世上最有名的灵长类？

◇

A

　　小精灵现在是在童话中，但他们对此并无所见。童话若能看到自己，那还是个真正的童话吗？日常生活若是一直不停地解说自己，那还是个奇迹吗？

A

2

　　小精灵总是充满生机而未必全然清醒，奇妙可喜而未必全然可靠，并且神秘的程度也超过他们小小的悟性所能理解的范围。仿佛令人昏昏欲睡的八月午后，晕眩的大黄蜂在花间追逐喧闹，这个季节的小精灵也固守着他们在天体中的高尚居所。只有小丑设法让自己获得自由。

2

3

　　小精灵把无线电望远镜转向那由内观看的童话外围的遥远迷雾。但是这个奇妙景观无法从内部来理解，而小精灵正好住在内部。小精灵住在自己的世界中，他们被这个谜团的存有学重力场牢牢围住了。他们是存在之物，既然如此，就没有理解可言，有的只是延伸与续存。

3

4

鱼类的五等表亲稳稳坐好，在四万英尺的高空中向下俯视，看到每一间韩塞尔与格雷特的屋子所透出的灯光。即使是停电，昏暗的地面仍有许多活物来来去去。即使灯泡全亮，照样会有一股气流从地面升起，模糊了视野。

5

此刻是小精灵国的清晨，在打开电灯泡之前，虽然有十万个内在光源露出微光，天色依然昏暗。小精灵已经开始从怠惰的梦境中摇醒自己，但他们的脑细胞还在交互放着影片，影片内容是：坐在戏院观看自己在银幕上。

5

6

♡

　　小精灵试着思考一些想法，那些想法是很难思考的，以至他们无法思考。但他们就是无法思考。银幕里的影像不会跳出来，走进戏院攻击放映机。只有小丑找到通往座位的路。

△

9

7

♡

　　小精灵在神奇的文明戏院中，扮演他们任意随兴的演出部分。他们完全沉醉于自己的角色中，以至忘了从来就没有任何观众。没有外来者，没有冷静的观点。只有小丑向后退了一步。

8

　　小精灵妈妈站在镜前，检视着自己披在匀称肩膀上的金色长发。她认为自己是世间最可爱的雌性灵长类。小小精灵在地板上爬来爬去，他们手中抓满了颜色鲜丽的积木。小精灵爸爸躺在沙发上，头埋在一份粉红色的报纸下。他认为日常生活是踏实的。

8

9

    在太阳已经变成一颗红色巨星之后的无数世代
中，太空星雾里还可以截听到片段的无线电讯号。你
穿好衬衫了吗，安东尼奥？立刻来妈妈这里！现在离
圣诞节只有四周了。

6

10

　　在隆起的腹部的黑暗世界中，总是游动着数百万个卵囊，卵囊里面包藏的是全新的世界意识。在无助的小精灵变得成熟并且准备要呼吸时，就一个个被挤压出来了。此时，他们除了吸吮母体那对乳头流出来的甜美乳汁之外，还不能吃别的食物。

蜜糖般的小娃儿穿着蓝色小背心，让人真想咬他一口。一棵大梨树的横枝上，系着两条结实的绳子，下端缚着一块木板；小精灵妈妈看着他坐在木板上荡过来又荡过去。她正在悉心照料这朵午后的火花，它的来源是那庞大而神奇无比的烟火，她环顾这座小花园中的一切，却没有看到那联结起所有花园的闪耀亮光。

玛　雅

Q

　　红心皇后是她自己的花朵。当她想装饰客厅或会见情人时，就会把自己摘下来，那真是一项了不起的杰作，她知道自己来自稀有品种。郁金香争先恐后地亦步亦趋。雏菊抬头望她，羡慕不已。百合恭敬地点头示意。

Q

当我们死时，亦即影片中的画面停格而场景被拆卸烧毁时，我们将是后代子孙记忆中的魅影。接着，我们变成鬼魂，亲爱的，然后变成了神话。但是，我们依然在一起，我们依然一起构成了过去，我们是一个遥远的过去。在神秘的过去所形成的屋宇圆顶下，我依然听见你的声音。

A

　　小丑像是童话里的间谍，不知疲累地游走于小精灵之间。他获得了他的结论，但是找不到人可以诉说。只有小丑是他所看到的。只有小丑看到他所是的。

2

当小精灵从睡眠的秘密世界中释放出来，准备充分要进入崭新的一天时，他们会想些什么？统计数字会说什么？这是小丑在发问。每当这种小奇迹出现时，他都会显示同样的惊讶神情。他全神贯注地看着这个奇迹，有如他在耍弄自己的一项小把戏时一样。他就以这样的方式庆祝创造之黎明。他就以这样的方式礼赞今日黎明之创造。

3

　　小丑从无拘无束的梦境醒来，看到自己只是个皮包骨的瘦子。他赶紧采下夜里长大的莓果，以免白天将它们催得过熟。现在就做，不然永远没机会做。现在就做，不然机会不会再来。小丑明白，他绝不可能两次走下同一张床。

4

小丑是个机械玩偶，每天晚上都会还原为一片片零件。当他醒来时，立刻收集手脚，组合起来，玩偶这才会像是昨天的模样。那儿有几只手臂？又有几条腿？接着，头在这里，加上双眼与双耳，然后他才能起床。

5

　　小丑最先醒来的，是枕头上一个有机硬碟里面的部分。他觉得自己正在从半清醒的幻象热流中，努力爬向新的一天的岸边。是什么样的核能，使小精灵的脑袋燃起火花？是什么让意识的爆竹嘶嘶作响？是什么样的原子能把灵魂的脑细胞联结在一起？

6

他觉得自己飘浮在空荡荡的地方。不能一直这样下去。不是到了应该再往前走一步的时候吗？小丑对着卧室的镜子，做出一些反抗的手势，努力想从自己灵魂的生魂之内，闪现明智的一瞥。但是一切如常。他咬紧牙关，让自己屈从于这个奇迹中。

9

7

忽然之间，他竟坐在马鞍上，奔驰于那注定的由始到终的旅程中。他不记得自己上了马，但是现在只觉得野生种马在胯下疾奔，接着他被神秘的力量举起，然后顿然停止。

8

小丑心中充满各种假设情况，以至恍惚之间竟觉得自己十分坚实，他能算出，从第一次细胞分裂以来，至今已过了多少代？他能算出，从第一只哺乳动物诞生以来，又经过了多少次繁殖？现在该计算这个大数字了。当第一条肺鱼跳出水面时，他不就是一直走在旅程中，准备迎接今晨的反思？然后，一刹那之间，这个小弄臣感觉到有死之物的晕眩。他有丰富的背景，但是他没有未来。他在过去是十分充实的，但是今后，他什么都不是了。

8

9

　　小丑是抑郁不欢的天使。致命的误会使他得到血肉之躯。他原本只想分享灵长类的命运一时片刻，却扯断了身后的天梯。如果此时无人接他回去，则生理时钟将会加速运作，而他也将回不了天堂了。

6

10

走出童话的大门敞开着。当然，应该有人去报告这个情况，但是却找不到负责报告的人。小丑被无情地拖向寒冷的风口，外面是一片荒寒。他忍不住流下眼泪，不，他现在真的哭了。然后，这个机灵的弄臣伤心地告别了。他知道自己没法讨价还价。他知道这个世界不会再回来了。

J

在小精灵的世界里，小丑只是半个生命。他知道
自己会离开，因此付出一定的代价。他知道自己正在
离开，因此已经走了一半。他从一切都存在的地方走
出来，现在是走向虚无之地。一旦他抵达了，就连做
梦要回去也不再可能。他走向一块土地，在那儿甚至
连睡眠都不存在。

小丑越走近永恒的幻灭，就越清楚地看见自己在新的一天醒来时在镜中所遇到的动物。在一个悲戚的灵长类绝望的眼神中，他找不到任何妥协的余地。他看到的是一尾着魔的鱼，一只变形的青蛙，一条残疾的蜥蜴。这是世界末日，他这么想。这是演化的长途旅行画下句点之处。

玛　雅

K

　　创造一个人得花上数十亿年，而一个人要死亡只须几秒钟。

K

（京权）图字01-2007-025

图书在版编目（CIP）数据

玛雅（新版）/（挪威）乔斯坦·贾德著；江丽美译.
-- 北京：作家出版社，2017.8 （2017.8 重印）
书名原文：Maya
（苏菲的世界系列）
ISBN 978-7-5063-9336-2

Ⅰ.①玛… Ⅱ.①乔… ②江… Ⅲ.①长篇小说 – 挪威 –
现代 Ⅳ.①I533.45

中国版本图书馆CIP数据核字（2017）第022622号

玛雅（新版）

作 者：［挪威］乔斯坦·贾德
译 者：江丽美
责任编辑：陈晓帆 苏红雨
装帧设计：任凌云
出版发行：作家出版社
社 址：北京农展馆南里10号 邮 编：100125
电话传真：86-10-65930756（出版发行部）
86-10-65004079（总编室）
86-10-65015116（邮购部）
E-mail:zuojia@zuojia.net.cn
http://www.haozuojia.com（作家在线）
印 刷：三河市华业印务有限公司
成品尺寸：139×205
字 数：275千
印 张：12.5
印 数：10001 – 20000
版 次：2017年8月第1版
印 次：2017年8月第2次印刷
ISBN 978-7-5063-9336-2
定 价：36.00元

JOSTEIN GAARDER

苏 菲 的 世 界 系 列